Brombeerfesseln

*Ein
BDSM-Liebesroman*

Tanja Russ

Bibliografische Information der Deutschen Nationalbibliothek

Die Deutsche Nationalbibliothek verzeichnet diese Publikation in der Deutschen Nationalbibliografie; detaillierte bibliografische Daten sind im Internet über die Adresse http://dnb.ddb.de abrufbar.

© 2016 Schwarze-Zeilen Verlag
www.schwarze-zeilen.de

Printed in Germany

ISBN: 978-3-94596-731-7

Coverfoto: Visage_deux (Visage-deux.de)
Model: Verspera.

Hinweis

Ähnlichkeiten mit lebenden Personen sind nicht beabsichtigt und rein zufällig.

Dieses Buch ist aufgrund seiner BDSM-Szenen nur für Erwachsene geeignet. Bitte achten Sie darauf, dass das Buch Minderjährigen nicht zugänglich gemacht wird.

1

Himmel, was bin ich für eine verdorbene Schlampe!

Lea konnte selbst kaum glauben, dass sie im Begriff war, sich auf einen Mann einzulassen, den sie vorher nur ein paar Mal im Chatroom getroffen hatte. Obwohl das nicht ganz korrekt war. Wenn alles nach Plan lief, würde sie sich ihm sogar für ganze sechs Monate als seine Sexsklavin übereignen.

›Wie kann ich so etwas Schräges auch nur in Erwägung ziehen?‹, fragte sie sich zum wiederholten Male.

Trotzdem, die Vorfreude auf dieses irre Abenteuer jagte Adrenalin durch ihre Adern. Einfach nur geilen, tabulosen, harten Sex, ohne Gefühlsduseleien und ohne weitere Verpflichtungen. Lediglich einige unumstößliche Regeln hatte er angekündigt. Die Einzelheiten würde sie heute Abend erfahren und falls nötig darüber verhandeln können. Noch war sie in der Position dazu ... noch.

Auf jeden Fall war die ganze Sache vollkommen verrückt! So etwas tat eine anständige Frau nicht. Oder? Nun, wen interessierte das schon?

Das Leben liegt denen zu Füßen, die sich nehmen, was sie wollen! Das sollte ab sofort ihr Motto sein und sie war fest entschlossen, diesem Leitsatz Taten folgen zu lassen.

Nach ihrer letzten katastrophalen Beziehung lebte sie seit mittlerweile drei Jahren allein. Vor ein paar Tagen hatte sie ihren neunundzwanzigsten Geburtstag gefeiert und war mit sich und ihrer Welt zufrieden. Lea arbeitete als Fotografin in einer kleinen Agentur in ihrer Heimatstadt Limburg. Fotografieren war schon immer ihre große Leidenschaft gewesen und jeden Tag war sie aufs Neue dankbar dafür, ihre Brötchen mit ihrem Hobby verdienen zu können.

Ihr Freundeskreis war überschaubar und bestand ausnahmslos aus Menschen, mit denen man prima abfeiern konnte, wenn sich die Gelegenheit bot, die aber auch da waren, wenn man sie brauchte.

Anstatt sich mit einem nervigen Lebensabschnittsgefährten herumzuärgern und sich vorschreiben zu lassen, was sie zu tun und zu lassen hatte, gönnte sie sich lieber gelegentlich einen One-Night-Stand. Unkomplizierter Sex in den Armen eines Fremden, damit hatte sie bisher keine so üblen Erfahrungen gemacht. Allerdings fehlte ihr dabei immer etwas, denn ihre speziellen Neigungen konnte ein x-beliebiger Kerl, den sie in irgendeiner Kneipe aufgabelte, nun einmal nicht befriedigen. Denn Lea mochte dominante Männer mit einer feinen gemeinen Prise Sadismus. Sie liebte es, gefesselt zu werden, und hatte nichts dagegen, wenn man ihr ordentlich den Hintern versohlte. Diese besondere Sorte Mann lernt Frau halt nicht mal eben auf der Straße kennen. Doch heute Abend würde sie einen Kerl treffen, der dazu bereit und in der Lage war.

Ihr Wunsch nach dem Austausch mit Gleichgesinnten hatte sie vor einigen Wochen in einen SM-Chatroom getrieben. Schnell war ihr klar geworden, dass dieser virtuelle Darkroom reine Zeitverschwendung war, denn der Hauptanteil der User dort bestand aus Dummdoms und Gestörten. Sie wollte den Computer gerade ausschalten, als sie auf ihn traf. Lukas.

Sie unterhielten sich stundenlang über Gott und die Welt. Sogar vor dem Bildschirm, an der Art wie und was er schrieb, spürte sie seine Dominanz und wohlige Schauer rieselten ihr über den Rücken. Trotzdem konnte sie sich mit ihm auf Augenhöhe unterhalten. Er war ein interessanter Gesprächspartner und spukte ihr ständig im Kopf herum, noch bevor sie überhaupt wusste, wie er aussah. Als sie dann schließlich ihre Fotos austauschten, ging ihr sein Anblick unter die Haut. Sie fragte sich, warum ein Mann wie der, sich wohl in einem solchen Schmuddelchat herumtrieb. Doch ihr Bauchgefühl sagte ihr, dass er echt war.

Sie verabredeten sich ein paar Mal online zum Chatten. Erstaunlicherweise baute sie binnen kurzer Zeit so viel Vertrauen zu ihm auf, dass sie nicht lange zögerte, als er ihr einen völlig verrückten Vorschlag machte.

Lukas wollte eine Sklavin auf Zeit. Eine rein sexuelle Beziehung begrenzt auf sechs Monate, ohne weitergehende Verpflichtungen, ohne Liebesschwüre, ohne Dramen, ohne gegenseitiges Einengen.

Eine Regelung, die Lea grundsätzlich entgegenkam. Es reizte sie, sich diesem dominanten Mann zu unterwerfen. Sie hoffte, dass er ihre dunklen Sehnsüchte erfüllen würde. Außerdem stand ihr der Sinn nach einem Abenteuer. Sich jemandem hinzugeben, den sie nur aus dem Netz kannte, das war gewagt. Ein Nervenkitzel der besonderen Art.

Trotzdem hatte sie Skrupel vor ihrer eigenen Courage und ein bisschen schämte sie sich vor sich selbst, weil sie ernsthaft erwog, etwas so Schräges zu tun. Sie hätte sich wohl niemals darauf eingelassen, wenn es nicht ein Hintertürchen gäbe. Erst nach ihrer Verabredung würden sie beide entscheiden, ob sie ein solches Abkommen eingehen wollten. Sie hatte sich kritisch gefragt, ob sie entweder notgeil oder total verrückt geworden war, aber sie sehnte sich nach dem Spiel von Dominanz und Unterwerfung. Nach Lust und Schmerz. Nach dem Mut zur Demut. Drei Jahre war es jetzt her, dass sie so etwas erlebt hatte und es fehlte ihr. Obwohl die Stimme der Vernunft in ihrem Kopf nicht aufhören wollte, ihr dieses Abenteuer auszureden, war sie wild entschlossen, sich auf diese Liaison einlassen – und auf Lukas.

Bevor sie das Haus verließ, warf sie einen letzten prüfenden Blick in den Spiegel. Der schwarze Rock schmiegte sich eng um ihren kleinen Po und das silbergraue Oberteil betonte jede Kurve an ihr. Hoffentlich hatte sie seinen Geschmack getroffen. Ihr Outfit sollte sexy und sie selbst für ihn leicht zugänglich sein. So lautete seine Anweisung und sie hegte keinen Zweifel daran, dass er damit den freien Zugang zwischen ihre Schenkel meinte. Daher hatte sie auf einen Slip verzichtet, was sich einerseits irgendwie unerhört, andererseits aber so herrlich schamlos anfühlte, dass es in ihrem Schoß prickelte. Ihre schlanken Beine steckten in schwarzen halterlosen Nylons und silberfarbenen, sündhaft teuren High Heels, die sie sich eigens für den Anlass gekauft hatte. Sie liebte hohe

Schuhe, denn so konnte sie das ausgleichen, was die Natur ihr an Körpergröße verweigert hatte. Zufrieden mit ihrem Spiegelbild fuhr sie noch einmal kurz mit der Hand durch ihre langen, dunkelbraunen Locken, die ihr seidig über den Rücken flossen, und verließ das Haus.

Ausnahmsweise gönnte sie sich ein Taxi, das sie bis an den Rand der Limburger Altstadt brachte, wo sie zum Essen in einem netten, ruhigen Lokal verabredet waren. Sofern sie einander sympathisch waren, würden sie später am Abend zu ihm fahren.

Unterwegs biss sie nervös auf ihre Unterlippe. Das Ganze war vollkommen verrückt! Kaum zu glauben, dass sie ihm tatsächlich gleich von Angesicht zu Angesicht gegenüberstehen würde und das auch noch ohne Höschen! Dieser Mann machte sie so unglaublich scharf.

›Himmel, wo bin ich in zwei Stunden, wenn dieses Kennenlernen nach Plan verläuft? Werde ich mich in Fesseln winden? Oder vor ihm auf dem Boden knien? Werde ich stöhnen vor Lust oder jammern vor Schmerz? Wird er meine dunkelsten Sehnsüchte erfüllen?‹

Sie schluckte trocken. Wagte sie das wirklich? Oh doch! Es kam überhaupt nicht infrage, so kurz vor dem Ziel zu kneifen. Dann müsste sie sich immer fragen, was sie verpasst hätte.

Als das Taxi vor dem Restaurant hielt, gab sie dem Fahrer mit zittrigen Fingern ein großzügiges Trinkgeld und stieg aus. Ihr Herz klopfte wie ein Presslufthammer und sie musste sich geradezu zwingen, die letzten Meter bis zum Eingang zu gehen. Am liebsten hätte sie sich umgedreht und wäre davongerannt. Der Mut, den sie sich so beharrlich eingeredet hatte, während sie sich für das Date stylte, schien sie mit jedem Schritt, den sie ihm näherkam, ein bisschen mehr zu verlassen. An der Tür verharrte sie zögernd, um sich zunächst einmal einen Überblick über die Gäste im Lokal zu verschaffen. Sie suchte ihn inmitten der Gäste und entdeckte ihn, als er aufstand und in ihre Richtung schaute. Groß, dunkel, breite Schultern, schmale Hüften. Sie schluckte trocken.

Ihr Blick blieb an seinen grauen Augen hängen, die sie durchdringend ansahen. Wow, war alles, was sie denken konnte, als sich ihre Füße wie ferngesteuert auf ihn zu bewegten. Eingehend musterte sie ihn, während die Distanz zwischen ihnen sich verringerte.

Er war mindestens einen Kopf größer als sie. Das schwarze Haar trug er kurz geschnitten und stylish zerzaust. Seine Augen erinnerten an den Himmel während eines Sturms. In diesen Augen konnte man sich vollkommen verlieren. Lea senkte schnell den Blick, um nicht wie eine Idiotin da zu stehen. Sie wusste, sie konnte für nichts garantieren, wenn sie in diesem Gewittersturm versank. Er war nicht im klassischen Sinne schön. Kein Modeltyp, der reihenweise Ohnmachtsanfälle bei den Frauen auslöste. Aber er hatte etwas, das ihr Herz Purzelbäume schlagen und ihre Nippel bei seinem bloßen Anblick hart werden ließ. Schon sein Foto hatte sie fasziniert, doch die Realität war noch um einiges besser, obwohl sie nicht genau bestimmen konnte, was sie so sehr anzog. Vielleicht waren es seine markanten Gesichtszüge, der Dreitagebart, der ihm etwas Verwegenes gab, oder die sinnlichen Lippen. Vielleicht waren es diese Wahnsinnsaugen oder einfach die Art, wie er da stand. Aufrecht, aber lässig. Ein Typ, der sich Respekt zu verschaffen wusste. Nicht durch den Einsatz perfider körperlicher Kraft, sondern durch Autorität. Er wirkte eher kompromisslos als rücksichtslos. Ein Mann wie der würde nicht zurückweichen. Niemals und vor niemandem. Sie war sicher, dass nicht nur ihre Augen auf ihm ruhten. Seine ruhige, intensive Dominanz zog sie mehr und mehr in seinen Bann, je näher sie ihm kam.

Er war ganz in Schwarz gekleidet, was ihm wirklich gut stand. Das Hemd spannte sich über breite Schultern, fiel locker über seinen flachen Bauch und verschwand in einer engen Jeans. Leicht befangen blieb sie vor ihm stehen.

»Hallo Lukas«, presste sie hervor und hatte das Gefühl, nicht genug Luft in ihre Lungen pumpen zu können.

Er zog sie in eine kurze aber kräftige Umarmung. Sein Körper war fest und muskulös. Ein wohliges Schaudern kroch an ihrer Wirbelsäule herab.

»Hallo Lea, schön dich endlich persönlich kennenzulernen.«

Sein tiefer, warmer Bass schickte den Schauer von ihrem Rücken geradewegs in die untere Region ihres Körpers. Wow, wie sexy mochte es erst klingen, wenn dieser Mann ihr Befehle erteilte? Seine Aura sprach die devote Seite in ihr so stark an, dass sie am liebsten hier und jetzt vor ihm auf die Knie gefallen wäre. Lea war überwältigt und eingeschüchtert zugleich. Verlegen setzte sie sich und betrachtete eingehend die Tischplatte.

2

Lukas nahm sich einen Moment Zeit, die Frau zu mustern. Rein optisch war sie ein Sahneschnittchen. Recht klein, was den Vorteil hatte, dass er sie trotz dieser scharfen High Heels, die sie trug, immer noch ein gutes Stück überragte. Trotz ihrer schlanken Figur verfügte sie über eine gut gefüllte Bluse. Ihre Gesichtszüge wirkten edel. Große, braune Augen, hohe Wangenknochen, eine niedliche Stupsnase und ein Schmollmund mit einer etwas zu vollen Unterlippe, in die er zu gerne hineingebissen hätte.

Bei der Vorstellung, wie diese weichen Lippen sich um seinen Schwanz legten, während ihre Rehaugen zu ihm aufsahen, wurde es eng in seiner Hose.

Trotzdem war er nicht sicher, ob er das Arrangement, das ihm vorschwebte, mit ihr eingehen wollte. Die Kleine war ihm viel zu nervös und unsicher. Wie sie da saß, den Blick nach unten auf die Tischplatte geheftet, die Wangen vor Verlegenheit rosarot, war sie genau das, was sich die meisten dominanten Männer wünschten. Allerdings galt das nicht für ihn. Er stand auf Frauen, die zu ihren devoten Neigungen standen. Er mochte es, wenn sie voller Stolz vor ihm knieten und ihm von unten in die Augen sahen.

Andererseits war sie ihm im Chat alles andere als schüchtern vorgekommen, also war das hier auf jeden Fall eine genaue Begutachtung wert. Alles in allem war er positiv überrascht, bei seinem Ausflug in den schmuddeligen virtuellen Darkroom so einem Rasseweib begegnet zu sein.

Selten waren ihm so viele Spinner und Möchtegerndoms- und -subs begegnet wie dort. Die meisten angeblich jungen, blonden, devoten, nymphomanen Sklavinnen waren nach seiner festen Überzeugung noch nicht einmal Frauen gewesen.

An dem Abend, als er sie zum ersten Mal dort traf, war er einfach nach einem harten Arbeitstag zu kaputt gewesen, um in einen der angesagten Fetischclubs zu gehen. Eigentlich ging er sowieso nicht mehr sehr oft in diese Etablissements. Früher hatte er sich fast jedes Wochenende in der Szene herumgetrieben. Nachdem seine Verlobte Emma, die einzige Frau die er jemals geliebt hatte, ihm das Herz aus der Brust gerissen hatte, begann er seine Neigungen auszuleben. Schnell erkannte er, dass er gar keine feste Partnerin brauchte, da sich immer eine willige Sklavin fand, die nur zu gerne bereit war, sich von ihm bespielen zu lassen. Er bedauerte Freunde und Kollegen, die sich von ihren Frauen um den Finger wickeln ließen, nur um sich nach wenigen Jahren geschieden, desillusioniert und pleite dem Suff zu ergeben.

Nein, er brauchte keine Ehefrau, keine unerfüllbaren Erwartungen, keine Vorwürfe und keine Tränen. Was er brauchte, war eine Sklavin, die sich von ihm für einen überschaubaren Zeitraum führen ließ, der wieder vorbei sein musste, bevor es kompliziert wurde. Er liebte neue Herausforderungen, deshalb suchte er sich gern hin und wieder eine neue Spielpartnerin, legte Regeln für eine begrenzte Dauer fest und spielte ein Spiel auf Zeit.

Gewöhnlich fand er seine Sklavinnen in den Szene-Clubs der Stadt. Da konnte er sicher sein, auf eine Gespielin zu treffen, die seinen Neigungen entsprach. Es waren reiner Zufall und ein bisschen Neugier, die ihn in diesen SM-Chat geführt hatten. Er verfolgte das Geschreibsel dort teils amüsiert, teils genervt, bis er auf Lea aufmerksam wurde.

Sie fiel ihm zunächst mehr durch ihren Schreibstil auf, als durch das, was sie inhaltlich von sich gab. Er begann mit ihr zu chatten, um sie näher kennenzulernen. Die Anonymität des Internets war dabei anziehend und abstoßend zugleich. Einerseits faszinierte ihn, wie schnell man sein Gegenüber auf einer recht privaten Ebene kennenlernte. Wie schnell man sehr intime Gedanken austauschte, die nach so kurzer Zeit niemals von Angesicht zu Angesicht auf den Tisch gekommen wären. Andererseits hasste er es, seiner Gesprächspartnerin nicht in die Augen schauen zu können. Er wollte sehen, was in ihr vorging und ob sie ihm die Wahrheit sagte. Die

Worte, die sie in die Tastatur hackte, reichten ihm nicht. Dennoch hatte er, während der virtuellen Treffen mit ihr, Lust auf ein Abenteuer bekommen. Er schlug ihr ein Arrangement für sechs Monate vor, ohne sie jemals gesehen zu haben. Es war eine Herausforderung. Zwar hatten sie sich im Chat schon über Ansichten, Vorlieben und Tabus ausgetauscht aber bei einigen Themen war sie geschickt ausgewichen. Sie glaubte vielleicht, er hätte es nicht bemerkt, aber da täuschte sie sich. Jedoch benötigte er den persönlichen Kontakt, um sie besser einschätzen zu können. Genau bei den Fragen, die sie nicht beantworten wollte, brauchte er den Blick in ihre Augen. Nur deshalb ließ er ihre Ausweichmanöver auf der virtuellen Plattform zu. Nun war er gespannt auf dieses Blind Date und auf die nächsten Wochen, falls sie zu einer gemeinsamen Einigung kamen. Wie sehr teilte sie seine Neigungen wirklich? Würde sie seinen Vorstellungen von einer Sklavin entsprechen oder würde er sie erziehen müssen? Zu viel Wenn und Aber entschied er. In den nächsten Stunden würde er es wissen.

Aus den Augenwinkeln sah er eine Kellnerin auf ihren Tisch zusteuern, die schnell noch einen weiteren Knopf an ihrer Bluse öffnete, bevor sie bei ihnen stehen blieb. Sie beachtete Lea gar nicht sondern beugte sich vor, um ihm einen guten Blick in ihren Ausschnitt zu gewähren, und schnurrte:

»Was kann ich für dich tun, mein Hübscher?«

Ihr Tonfall und der Blick, den sie ihm zuwarf, ließen keinen Zweifel daran, dass sie nicht unbedingt die Getränkebestellung im Sinn hatte.

Er schaute gleichmütig an dem freizügig dargebotenen Busen vorbei. Blickte stattdessen seine Begleiterin an, die die Lippen vor Empörung zu einem Strich zusammenkniff.

»Was möchtest du trinken?«

»Ich nehme eine *Cola light*, denke ich. Auf Alkohol verzichte ich heute lieber.«

Er lächelte. »Das sehe ich genauso. Eine *Cola light*, eine normale Cola und die Karte bitte«, bestellte er ohne den Blick auch nur für eine Sekunde von Leas Gesicht zu lösen.

»Das wäre alles«, fügte er hinzu, als die Kellnerin sich nicht schnell genug in Bewegung setzte. Verdrossen stakste sie ohne ein weiteres Wort Richtung Tresen davon.

Er legte eine Hand unter Leas Kinn und hob sanft aber energisch ihren Kopf.

»Wenn das hier funktionieren soll, dann musst du mich anschauen. Wenn du den Blick auf den Boden richten sollst, werde ich dir das sagen. Ansonsten lege ich Wert darauf, dein Gesicht und deine Augen zu sehen. Ich will wissen, was in dir vorgeht und wie du auf die Dinge, die ich mit dir anstellen werde, reagierst. Das kann ich nur, wenn du mich ansiehst. Hast du das verstanden?«

»Ja.« Sie blickte ihn jetzt direkt an. Ihre Unterlippe zitterte etwas, als sie Luft holte.

Er strich sanft mit dem Finger darüber. »Und ich möchte, dass du mir in ganzen Sätzen antwortest, ein *Ja* oder *Nein* reicht mir nicht.«

»Ja Lukas, ich habe dich verstanden«, sagte sie leise.

Er lächelte leicht. »Schon besser«, und ließ ihr Kinn los, weil die Kellnerin mit den Getränken zurückkam.

Er überflog die Karte und bestellte ein Steak mit Pommes und Salat. Lea wählte gegrillte Forelle mit Butterkartoffeln und Gemüse. Gut so, er mochte es nämlich nicht, wenn Frauen, mit denen er aß, nur an ein paar Salatblättern knabberten. Und die Kleine musste sich nun wirklich keine Sorgen um ihre Figur machen.

»Du bist nicht der Typ Frau, der sich mit einer Internetbekanntschaft auf ein sexuelles Arrangement einlässt. Warum also willst du das hier tun?«, fragte er direkt, sobald die Kellnerin verschwunden war.

Sie straffte die Schultern und sah ihn entschlossen an. »Doch genau das bin ich.«

»Bist du dir sicher?« Er legte eine Hand auf ihr Knie. Reflexartig presste sie die Beine zusammen.

»Spreizen!«, befahl er ruhig aber streng, während er ihr fest in die Augen sah.

Sie holte zittrig Luft, kam aber seiner Aufforderung nach. Langsam wanderte seine Hand an der Innenseite ihres Schenkels nach oben. Sie hielt die Luft an und starrte ihn an.

»Atmen! Bist du dir *wirklich* sicher, dass du das bist?«, kam er auf seine Frage zurück, während seine Hand ihr Ziel fand und er zufrieden feststellte, dass sie, seiner Anweisung folgend, kein Höschen trug und außerdem rasiert war. Ein Finger teilte ihr Fleisch und drang sanft in sie ein. Ihr Schmollmund öffnete sich ein wenig, ihr Atem ging schneller.

»Bitte«, flüsterte sie, »Ich kann mich nicht konzentrieren, wenn du mich so berührst.«

Er schmunzelte, zog seine Hand zurück und hielt ihr den feucht glänzenden Finger, der soeben noch in ihr gesteckt hatte, an den Mund.

Sie folgte seiner stummen Aufforderung und leckte ihn ab. Dabei unterbrachen sie kein einziges Mal den Augenkontakt. Plötzlich schien ihr wieder bewusst zu werden, wo sie sich befanden und was sie gerade getan hatte. Denn sie schaute sich hektisch um, nur um festzustellen, dass niemand zu ihnen herübersah.

»Hör auf, mich zu verwirren!«, sagte sie heftig.

Ihr Gesicht war hochrot angelaufen, was ihr verdammt gut stand. Er stellte sich vor, wie sie sich mit genau dieser Gesichtsfarbe und vor Lust verhangenen Augen in Ketten wand, während sie seinen Namen schrie.

»Doch, ich bin genauso eine Frau und ich will genau das, was du mir geben kannst!«, stieß sie entschlossen hervor und er hatte Mühe, sich auf ihre Worte zu konzentrieren.

»Und das wäre?«, fragte er leise.

»Warum fragst du das? Wir haben stundenlang gechattet. Du weißt, worauf ich stehe und ich weiß, worauf ich mich einlasse.«

»Ich will es aber von dir hören, Lea. Du kannst vieles schreiben im Schutze der Anonymität des Internets. Ich will es hören und dabei dein Gesicht sehen. Und ich will wissen *warum*. Meiner Frage nach dem *Warum* bist du bisher immer ausgewichen. Im Chat habe ich dir das durchgehen lassen, jetzt nicht mehr.«

Sie atmete tief ein. »Okay, wenn du es unbedingt noch mal hören musst: Ich steh drauf, gefesselt zu werden, und ich habe Lust am Schmerz. Ich mag es, dominiert zu werden. Ich will mich dir ausliefern und ich bin bereit zu ertragen, was deine dunkle Begierde mir abverlangt.«

»Und warum suchst du dir dafür keinen netten, dominanten Mann, der dich heiratet und dir den Hintern versohlt, bis dass der Tod euch scheidet?« Er schien einen Nerv getroffen zu haben, denn sie zuckte heftig zusammen.

»Nein! Kein Bedarf! Ganz bestimmt nicht!« Eine einzelne Träne kullerte über ihre Wange, die er sachte fortwischte.

»Warum nicht? Was ist passiert?«

Sie atmete tief durch und begann stockend zu erzählen: »Am Anfang funktionierte es gut. Er war nicht mein erster fester Freund, aber er war mein erster Dom. Er hat Dinge mit mir getan, von denen ich bis dahin nicht einmal zu träumen wagte. Ich gab mich ihm völlig hin und war glücklich dabei. Ich dachte, er wäre der Eine, den ich wirklich lieben könnte. Deshalb hatte ich nichts dagegen, als er schon nach ein paar Wochen vorschlug, zusammenzuziehen. Aber im Nachhinein betrachtet war der Einzug in die gemeinsame Wohnung auch schon der Anfang vom Ende. Er beließ es plötzlich nicht mehr dabei, mich nur im Bett zu dominieren. Wenn wir essen gingen, bestellte er für uns beide, ohne zu fragen, ob seine Auswahl mir zusagte. Er begann, mich zu kontrollieren. Beispielsweise rief er zu Hause an, um zu überprüfen, ob ich nach Feierabend direkt heimgefahren war. Wenn ich nicht ans Telefon ging, wollte er später genau wissen warum nicht. Ich musste Rechenschaft ablegen, wenn der Einkauf länger dauerte. Ging ich mit Kollegen noch etwas trinken, verlangte er anschließend genaue Auskunft darüber, wo ich gewesen war und mit wem. Er isolierte mich systematisch von meinen Freunden und Kollegen, indem er jedes Mal einen Aufstand probte, wenn ich ohne ihn weggehen wollte. Wenn wir gemeinsam mit Freunden ausgingen, wirkte er entweder gelangweilt oder er kritisierte und nörgelte in ihrer Gegenwart an mir herum. Er trieb es so weit, dass ich mich nach und nach von meinem Freundeskreis zurückzog, weil es so peinlich und anstrengend war. Bevor ich aus dem Haus ging, kontrollierte er sogar meine Kleidung. Hielt er sie für zu aufreizend, musste ich mich umziehen.«

Lea unterbrach sich, weil das Essen kam. Eine Weile aßen sie schweigend. Lukas stellte ganz bewusst keine Fragen, weil er sehen wollte, was sie von sich aus preisgab.

»Na ja und so weiter«, nahm sie den Faden schließlich wieder auf. »Da gab es so viele Kleinigkeiten, es würde zu lange dauern, das jetzt alles zu erzählen. Tatsache ist: Er nahm mir die Luft zum Atmen und ich war kreuzunglücklich. Ich bin keine 24/7 Sub. Niemand hat mir vorzuschreiben, was ich esse oder anziehe oder wann und mit wem ich abends ausgehe. Meine Eigenständigkeit ist mir wichtig. Ich brauche Augenhöhe bei einem Partner, mit dem ich mein Leben teile. Ich bin wirklich nur im Schlafzimmer devot. Dort hat er das Sagen, in allen anderen Lebenslagen bin ich zu Kompromissen bereit, aber nicht zur Selbstaufgabe. So etwas wie damals will ich nie wieder durchmachen müssen. Ich habe einfach keine Lust, meine Eigenständigkeit gegen einen Kerl zu verteidigen, der meint, nur weil ich devot bin, darf er mich unterbuttern und mit Haut und Haaren vereinnahmen. Trotz allem bin ich eine normale gesunde Frau und habe gewisse Bedürfnisse. Ich liebe Sex und habe nach diesem Reinfall schon viel zu lange darauf verzichtet. Für jemanden mit meinen Neigungen ist ein schnelles Abenteuer schwierig, denn ich möchte nicht gefesselt und geknebelt feststellen müssen, dass mein Gegenüber ein Psychopath ist.«

Sie sah ihm entschlossen in die Augen. »Das, wonach ich mich sehne, kann mir nur ein Mann geben, der so tickt wie du. Und ich will es, ohne dafür meine Unabhängigkeit aufgeben zu müssen. Nur beim Sex werde ich mich unterwerfen, ansonsten möchte ich frei sein.«

Er hatte ihre Hand genommen, während sie redete, weil er das Gefühl hatte, sie bräuchte eine kleine Stütze. Jetzt streichelte er sanft über ihren Handrücken.

»Woher willst du wissen, dass ich kein Psychopath bin?«

»Das ist eine gute Frage. Mein Gefühl sagt mir, dass du es nicht bist, keine Ahnung wieso. Aber ich kann mich eigentlich immer auf meinen Bauch verlassen.«

Er lächelte. »Ich kenne diesen Typ Mann, den du da beschrieben hast. Leider gibt es immer mal schwarze Schafe in unserer Szene. Aber so sind nicht alle Doms, weißt du. Ich bin mir sicher, du findest jemanden, der zu dir passt und der die gleichen Vorstellungen von einer Beziehung hat wie du. Obwohl ich irgendwie das Gefühl habe, es gibt da noch etwas anderes, was dich leitet, außer deinem Bauch. Auch wenn du mir gerade einen kleinen Einblick gewährt hast, fehlen mir noch eine Menge Informationen, um deine Beweggründe verstehen zu können. Das Bild ist zurzeit noch nicht stimmig für mich. Da gibt es etwas, was dir wichtig ist, was du mir noch nicht erzählt hast. Habe ich recht?«

Wieder nahmen ihre Wangen eine zarte Röte an.

»Wie kommst du darauf? Wie kannst du das wissen, obwohl wir uns doch so gut wie gar nicht kennen?«, wisperte sie, teils geschockt, teils fasziniert.

Lukas schenkte ihr ein Lächeln, von dem er wusste, dass es seine beruhigende Wirkung auf Frauen selten verfehlte. »Bitte erzähl es mir.«

Lea rang mit sich. Sie hatte noch nie jemandem von ihrem Traum erzählt, hütete ihn wie einen Schatz tief in ihrem Inneren.

»Sei mir nicht böse, aber das ist einfach zu früh. Wir kennen uns kaum, eigentlich gar nicht. Wer weiß, vielleicht erzähle ich dir das später einmal. Es hat auch nichts mit meinem Ex zu tun. Es ist etwas sehr Persönliches, etwas an das ich glaube. Für das, was wir beide planen, musst du das nicht wissen. Vielleicht sollten wir uns zunächst einmal auf die Richtlinien konzentrieren, die du vorgeben möchtest.«

Lukas schaute sie lange an, dann bezwang er seine Neugier und nickte. Immerhin hatte er ihr bereits ein Thema entlockt, über das sie nicht gerne sprach. Damit begnügte er sich für den Moment.

»Okay. Richten wir unsere Aufmerksamkeit auf das Nächstliegende. Wenn wir uns zu diesem Arrangement entschließen, wird es für ein halbes Jahr gelten und für diesen Zeitraum gibt es Spielregeln. Denn wenn wir uns aufeinander einlassen wollen, sollten wir wissen, was wir zu erwarten haben.

Wir haben uns beide ärztlich untersuchen lassen und die Ergebnisse vorab per Mail ausgetauscht. Wir sind gesund, und damit das auch so bleibt, wird es für keinen von uns andere Sexualpartner geben. Falls wir uns dazu entscheiden, bei einer Session weitere Personen mitspielen zu lassen, ist das Benutzen von Kondomen zwingend erforderlich. Da ich weiß, dass du die Pille nimmst, sind keine sonstigen Verhütungsmaßnahmen notwendig, solange nur wir zwei miteinander spielen. Falls du sie mal vergisst, sag mir Bescheid.

Jeder von uns lebt sein Leben wie bisher in seiner eigenen Wohnung. Wir werden versuchen, uns an den Wochenenden mindestens einmal zu treffen. Wenn das in Ausnahmefällen wegen beruflicher oder privater Termine nicht klappt, dann ist das okay, sollte aber die Ausnahme bleiben. Darüber hinaus verabreden wir uns, sofern wir Zeit und Lust dazu haben.

Wir werden viel und oft reden und die Dinge, die wir getan haben oder tun wollen, analysieren, weil ich wissen muss, was ich dir zumuten kann. Wenn ich dir Fragen stelle, wirst du sie in ganzen Sätzen beantworten und du wirst mir in die Augen schauen, es sei denn, ich befehle dir etwas anderes.

Wenn wir uns zu einer Session verabreden, wird es vorkommen, dass ich dir vorschreibe, was du anzuziehen hast. Wenn ich das tue, gehört das zum Spiel und zu den Plänen, die ich für die Session habe. Ich mache das nicht, um in dein Leben einzugreifen.

Um uns schnell während eines Spiels darüber auszutauschen, wie es dir geht, verwenden wir das Ampelsystem. Das bedeutet, dein Safewort lautet: ROT.

Für den gesamten Zeitraum, in dem wir miteinander spielen, gehört deine Lust mir. Du wirst dich nicht selbst befriedigen, es sei denn, ich erlaube es dir ausdrücklich.

Unser Abkommen gilt für sechs Monate. Danach geht jeder von uns seiner Wege. Es wird weder eine Verkürzung noch eine Verlängerung geben.

Wir werden diese Grundsätze mit unseren Unterschriften besiegeln. Hast du noch Fragen dazu?«

Lea sah ihn mit einem leicht spöttischen Grinsen an. »Was dir da vorschwebt, hört sich schon eher nach einem Vertrag an, als nach Spielregeln. Du hältst dieses Regelwerk doch nicht ernsthaft für rechtsgültig, oder?«

Leicht genervt hob er eine Augenbraue. »Wie du das nennen willst, ist mir egal. Ich habe ganz sicher nicht vor, dich auf die Einhaltung meiner Verhaltensrichtlinien zu verklagen. Ich möchte lediglich, dass wir beide wissen, worauf wir uns einlassen und es notfalls auch nachlesen können. Das Ganze soll eine gewisse Ernsthaftigkeit haben und mit unseren Unterschriften bestätigen wir, dass wir uns an diese Grundsätze halten werden.«

Lea biss sich auf die Unterlippe. »Nun, dann habe ich noch eine Frage.«

Er hob eine Braue. »Frag.«

»Wie hart wirst du mich ran nehmen, dass du mir ein Safewort an die Hand gibst?«

Er lachte leise. »So hart, wie es uns beiden Spaß macht, Baby. Eine Session ist kein Kindergeburtstag. Das Safewort dient dabei deinem Schutz. Und für mich wird es einfacher, mich gehen zu lassen, weil ich weiß, dass du mich stoppen kannst, wenn es dir zu viel wird. Aber ich werde mich bemühen, dich so gut einzuschätzen, dass du das Safewort nicht einsetzen musst. Du wirst lernen, mir zu vertrauen. Es ist meine Aufgabe und meine Pflicht, auf dich zu achten. Ich werde dich an deine Grenzen führen und manchmal auch darüber hinaus. Aber immer nur so weit, wie du es erträgst. Darauf gebe ich dir mein

Wort. Wenn du möchtest, können wir das auch in die Regeln mit aufnehmen. Über alles andere werden wir zu gegebener Zeit reden.«

»Nun okay«, murmelte sie zögernd. »So wie ich das sehe, gibt es nur zwei Möglichkeiten. Entweder ich vertraue dir oder wir vergessen das Ganze. Und da ich mich auf dieses Abenteuer einlassen will, muss ich mich auch auf dich einlassen.«

»Genauso ist es. Ich schlage vor, wir nutzen diesen Abend als Testphase. Wenn wir uns miteinander nicht wohlfühlen oder irgendetwas nicht stimmt, beenden wir es noch heute. Wenn du damit einverstanden bist, dass wir zu mir fahren, werde ich dich jederzeit nach Hause bringen, wenn du das möchtest. Du musst es mir nur sagen. Nur wenn wir es beide wirklich wollen, setzen wir morgen unsere Unterschriften unter die Spielregeln.«

Lea schaute ihn lange an. Musterte sein Gesicht, seine Hände. Ihre Gedanken standen ihr deutlich ins Gesicht geschrieben. Sie versuchte sich vorzustellen, wie seine Hände ihr Lust und Qualen schenken würden. War sie stark genug für seine Fantasien? Konnte sie ihm vertrauen? War sie mutig genug, sich auf so etwas einzulassen?

»Denk nicht so viel, Baby. Du hast dein Safewort. Dir kann nichts passieren, denn sobald du ROT sagst, höre ich sofort auf. Wenn du nach Hause möchtest, fahre ich dich auf der Stelle und ohne Diskussion. Es liegt in deiner Macht, es zu beenden, zu jeder Zeit. Ja oder nein, entscheide dich!«

Sie schluckte krampfhaft, dann straffte sie die Schultern. Mit einem Lächeln erinnerte sie sich an das, was er vorhin gesagt hatte. Ganze Sätze wollte er von ihr hören, nicht wahr?

»Ja Herr, bitte spiel mit mir, nimm mich mit in deine Fantasie. Bitte benutz mich, lass mich fliegen und fang mich auf, bevor ich falle.«

Lukas hob überrascht eine Braue. Solch unverblümte Worte hätte er der kleinen Maus nie und nimmer zugetraut. Das könnte interessanter werden, als er erwartet hatte. Er mochte die Art, wie sie ihn Herr nannte, obwohl ihm Anreden dieser Art normalerweise nichts gaben. Bei ihr klang es respektvoll aber nicht unterwürfig und er stellte fest, dass er sich daran gewöhnen könnte.

Sanft aber bestimmt griff er nach ihrem Kinn, zog ihr Gesicht näher zu sich. Der Blick seiner sturmgrauen Augen befahl ihr, nicht wegzusehen. Er strich mit seinen warmen Lippen über ihren Mund. Dann nahm er ihre Unterlippe zwischen seine Zähne und knabberte daran. Ganz sachte anfangs, doch der Druck wurde stetig größer. In ihren Augen sah er alles, was er wissen wollte. Sie mochte das zarte Necken.

Der Biss überraschte sie zunächst, aber dann begriff sie, worum es ihm ging. Der leichte Schmerz, den er ihr zufügte, fuhr wie ein Blitz in ihren Unterleib, schickte kleine heiße elektrische Schläge direkt in ihren Schoß. Sie stöhnte leise auf. Er las in ihren Augen, wie weit er gehen konnte, biss lediglich so fest, dass der Schmerz ihr Lust bereitete. Behutsam bewegte er sich an der Grenze zu echtem, unangenehmen Schmerz, jedoch ohne diese zu überschreiten. Er ließ sie seine Dominanz spüren, aber auch seine Sensibilität. Nach einer gefühlten Ewigkeit, in der sich ihre Welt auf graue Augen, sanfte Lippen und genussvollen Schmerz reduzierte, beendete er den Kuss und streichelte ihre Wange.

»Danke«, flüsterte er leise.

Sie fragte sich, wofür? Für ihre offenen Worte? Dafür, dass er in ihr lesen konnte, was er für ihr Spiel wissen musste? Für den Vertrauensvorschuss, den sie ihm gab, indem sie mit ihm ging? Sie wusste es nicht und es war ihr auch egal. Das hier fühlte sich richtig an! Sie wollte es, die ganze falsche Moral konnte ihr bitteschön gestohlen bleiben! Er beugte sich noch einmal vor und küsste sie. Sie öffnete den Mund, ließ ihn willig ein. Ihre Zunge stieß in seinen Mund. Berauscht von seinem Geplänkel küsste sie ihn leidenschaftlich, doch er ließ sich nicht auf ihre stürmische Eroberung ein. Träge umkreiste er ihre Zunge mit seiner, neckte, streichelte, tanzte mit ihr. Er setzte sich durch, nötigte sie zu einem quälend langsamen Rhythmus, obwohl sie sich am liebsten auf ihn gestürzt hätte. Sogar in seiner Sanftheit dominierte er sie, zwang ihr seinen Willen auf. Ein heißes Verlangen pochte in ihrem Unterleib, rieselte von dort aus durch ihren Körper. Lea glaubte zu zerfließen.

Der Kuss wurde intensiver, hungriger. Lukas schmeckte verführerisch wie die Sünde selbst. Sie freute sich, dass sie nicht gekniffen, sondern sich getraut hatte, herzukommen. Sie wollte ihn. Wenn er mit wenigen Mitteln schon in der Lage war, sie so scharfzumachen, was mochte der Abend dann noch für Wonnen bereit halten? Er legte sein Verlangen in diesen Kuss, gab ihr ein wortloses Versprechen auf eine unvergessliche Nacht. Sie wimmerte, krallte ihre Finger in seinen Arm, in dem Versuch ihm näher zu sein. Doch der Tisch stand ihnen im Weg und holte sie beide zurück in die Realität. Seine Lippen lösten sich von ihren.

»Lass uns gehen«, sagte er nur und zauberte mit nur drei Worten eine Gänsehaut, die an ihren Armen hinauf, bis in den Nacken kroch. Als sie mit glasigen Augen und geröteten Wangen nickte, winkte er die Kellnerin heran und zahlte. Händchen haltend verließen sie das Lokal und die missbilligenden Blicke der anderen Gäste, denen ihre heißen Küsse offenbar nicht entgangen waren, interessierten sie beide kein bisschen.

3

Die Fahrt zu ihm dauerte eine gute halbe Stunde, aber Lea bekam nicht allzu viel davon mit. Ihr Herz klopfte viel zu schnell. Ihr Körper prickelte. Sie fühlte sich ängstlich, verrucht, erwartungsvoll, erregt, alles auf einmal.

Lukas bewohnte ein altes, liebevoll restauriertes Haus mit Garage und einem großen Grundstück, außerhalb der Stadt. Er schloss die Haustür auf und ließ sie in einen großzügigen Eingangsbereich mit grauen Fliesen und beigefarbenen Wänden eintreten. Geradeaus erhaschte sie einen kurzen Blick in das Wohnzimmer. Doch Lukas ging an ihr vorbei und versperrte ihr mit seinem Körper die Sicht, als er vor ihr stehen blieb und auf sie hinunter schaute.

»Zieh deine Sachen aus.« Sein Ton war kühl.

»Wie was jetzt gleich?«, fragte sie erschrocken.

»Ich wiederhole mich nicht gern, Baby. Ab sofort wirst du mir gehorchen. Für jede Anweisung, die ich zweimal geben muss, werde ich dich bestrafen. Hast du das verstanden?«

Sie schlug die Augen nieder.

»Schau mich an!«, donnerte er.

Lea zuckte zusammen, ihr Herz hämmerte und durch ihren Magen raste eine Achterbahn. Sie hob den Blick.

»Ja Lukas, ich habe dich verstanden.«

Sie beeilte sich, ihr Oberteil über den Kopf zu ziehen, wobei sie vor Verlegenheit wieder einmal auf entzückende Art errötete. Darunter kamen ihre helle, blassrosa Haut und ein schwarzer Spitzen-BH zum Vorschein. Zum Anbeißen!

Er achtete darauf, seinen Gesichtsausdruck vollkommen neutral zu halten, während sie den BH auszog und ihre üppigen Brüste entblößte. Zwei perfekte volle Hügel mit zarten rosa Höfen und prallen kirschroten Nippeln, die ihre Erregung deutlich verrieten. Sie stieg aus dem Rock.

»Stopp, lass die Strümpfe und die Schuhe an!«

›Oh Gott‹, dachte sie leicht panisch. ›findet er mich halbwegs attraktiv? Gefällt ihm, was er zu sehen bekommt? Hätte ich doch mehr Sport getrieben in den letzten Wochen, oder besser noch in den letzten Monaten. Sind meine Oberschenkel noch straff oder eher wabbelig? Und mein Hintern? Himmel, habe ich einen Hängearsch?‹ Nervös versuchte sie, in seinem Gesicht zu lesen, doch er musterte sie mit undurchdringlicher Mine nur kurz von oben bis unten. Unmöglich, seine Gedanken zu erraten. Wortlos griff er nach einem Seidenschal und verband ihr die Augen.

»Hände auf den Rücken«, ordnete er an und fixierte sie mit einem weiteren Schal. Dann packte er ihre Oberarme und dirigierte sie geradeaus ins Wohnzimmer. Dort ließ er sie los und entfernte sich von ihr.

»Komm zu mir«, klang sein Befehl plötzlich von irgendwoher.

»Was? Aber wie ...«

»Komm zu mir!« Sein Ton war jetzt streng und er betonte jedes einzelne Wort. Sie ging ein paar wackelige kleine Schritte in die Richtung, aus der seine Stimme gekommen war. Blieb stehen, lief zögerlich weiter.

»Dreh dich nach rechts«, drang es aus dem Raum. Sie tat es, stoppte wieder, machte dann einige weitere unsichere Schritte.

»Jetzt nach links.«

Wieder hielt sie an. Wenn sie wenigstens die Hände hätte ausstrecken können, aber die Möglichkeit hatte er ihr ja genommen. Nichts als schwarze Finsternis hinter dem verdammten Tuch. Schließlich war sie noch nie in diesem Haus gewesen, konnte noch nicht einmal Umrisse erkennen und musste hier herumstolpern. Aber vermutlich hatte sie dankbar zu sein, dass er sie nicht auf Knien kriechen ließ. Das fing ja gut an! Frustriert und tief verunsichert stolperte sie weiter.

»Dreh dich nach rechts«, hörte sie seinen Befehl nun aus einer anderen Richtung.

»Hey, du hast den Standort gewechselt! Das ist unfair! Was ist das für ein blödes Spiel?«, brach es aus ihr heraus.

»Ja, ich habe den Standort gewechselt! Und ich werde ihn auch noch zehn Mal wechseln, wenn es nötig ist. Wir spielen dieses blöde Spiel, wie du es nennst, solange bis ich das Gefühl habe, dass du mir zumindest ein bisschen vertraust. Solange, bis du verinnerlicht hast, dass ich dich weder über einen Stuhl stolpern noch vor einen Schrank laufen lasse. Und jetzt beweg dich! Rechts!«

»Entschuldige bitte, es tut mir leid.« Sie schloss hinter dem Schal die Augen, atmete ein paar Mal tief durch. Sammelte sich, suchte und fand ihre innere Mitte. Nachdrücklich rief sie sich ins Gedächtnis, wie sehr sie das hier wollte und dass es ohne ein Mindestmaß an Vertrauen nicht funktionieren würde. Noch einmal atmete sie tief ein und aus. »Ich bin bereit, Lukas, bitte führe mich«, sagte sie dann entschlossen. Ihre Stimme klang jetzt gelassen.

»Dreh dich nach rechts«, verlange er wieder.

Sie tat es und lief mit langsamen, aber festen Schritten los. Kein Zittern, kein Zögern, kein Anhalten.

»Jetzt nach links.«

Sie gehorchte, konzentrierte sich nur noch auf seine Stimme, spürte seine Präsenz im Raum und ließ sich von ihm leiten. Er wechselte noch zweimal den Standort und dirigierte sie durch das Zimmer. Sie folgte seinen Anweisungen, bis er sie in eine sanfte Umarmung zog.

»Das hast du gut gemacht, Baby. Genau das ist es, was ich von dir will«, flüsterte er ihr ins Ohr. Sie schmiegte sich an seinen warmen, muskulösen Körper und wünschte, sie könnte die Arme um ihn legen. Gott, er fühlte sich einfach wunderbar an. Er nahm ihr die Augenbinde wieder ab. Sie blinzelte, doch er ließ ihr keine Zeit, sich umzuschauen, sondern packte ihre Hüften und hob sie auf seinen massiven Esstisch.

»Hey, Moment mal, warte.«

Er hob eine Augenbraue und schaute sie fragend an.

»Du hast mir im Chat erzählt, du hast einen SM-Keller mit selbst gebautem Mobiliar. Den würde ich gerne sehen.«

Die Braue wurde noch ein Stückchen höher gezogen. »Ach ja? Du bist neugierig auf meinen Spielplatz?«

»Ja, bitte zeig ihn mir.«

Er schien einen Augenblick zu überlegen. »Nun Baby, wenn du da runter willst, dann kostet dich das etwas im Gegenzug.«

»Was meinst du?«

»Bleib einen Moment hier sitzen, ich bin gleich wieder da.«

Was blieb ihr anderes übrig, als seiner Bitte nachzukommen. Mit auf dem Rücken gefesselten Händen war es schwierig, einfach wieder herunter zu hopsen, ohne sich wehzutun. Also nutzte sie den Augenblick und sah sich um. Ihr Blick fiel geradeaus auf eine sehr bequem aussehende beige Ledercouch mit passendem Sessel und einen niedrigen Couchtisch davor. Eine gemütliche Chill-out-Area, die zu einem Filmeabend vor dem großen Flachbildfernseher einlud. Allerdings stand Lea im Moment überhaupt nicht der Sinn nach behaglicher Trägheit.

Der offene Kamin passte da schon eher zu ihrer Stimmung, denn er heizte ihre Fantasie unglaublich an. Sie sah sich selbst davor auf dem Boden liegen, nackt mit weit gespreizten Beinen. Lukas über ihr, wie er sie mit seinem Gewicht auf den Boden presste und hart in sie stieß. In ihren Ohren hallten ihre Schreie, gemischt mit seinem Keuchen und dem Knacken eines Holzbalkens, der langsam in den Flammen verbrannte. Sie stöhnte auf. Gott, sie hoffte, ihn auch noch in der kalten Jahreszeit besuchen zu können, wenn ein Feuer im Kamin prasselte und die Flammen mit ihren Körpern um die Wette zuckten. Sie riss sich aus ihrem Tagtraum und konzentrierte sich wieder auf ihre Umgebung.

Das Wohnzimmer gefiel ihr. Groß, sehr modern eingerichtet, aber trotzdem urgemütlich. Der dunkle Dielenboden gab dem Raum eine heimelige Atmosphäre und bildete einen schönen Kontrast zu den weiß gestrichenen Wänden.

Sie fühlte sich wohl und geborgen, was angesichts der paar Stunden, die sie sich kannten, erstaunlich war, aber trotzdem war es nun einmal so. Ihre Nervosität und ihre Bedenken waren verschwunden.

Kurze Zeit später kam er mit etwas, das wie ein Gewirr aus schmalen Ledergürteln aussah, zurück. Er hängte das Gewirr über eine Stuhllehne und zog Lea sanft vom Tisch.

»Du hast Stil«, sagte sie bewundernd.

»Danke, aber mir steht jetzt nicht der Sinn nach einem Gespräch über Inneneinrichtung.«

Er nahm ein Gürtelteil, schlang es unter der Brust um ihren Oberkörper und schloss die schmale Schnalle an ihrem Rücken. Mit zwei weiteren Gurten band er jeweils ihre Brüste ab. Das Endergebnis war ein BH aus Ledergurten, ohne die Körbchen, die ihm den Blick verwehrt hätten. Einen zweiten Gurt befestigte er locker um ihre Hüften. Von dort aus führte er auf jeder Seite jeweils ein Lederband senkrecht nach unten.

»Spreizen«, befahl er und sie beeilte sich, seiner Aufforderung nachzukommen, auch wenn es sich merkwürdig anfühlte, nackt vor ihm zu stehen und sich ihm jetzt auch noch weiter öffnen zu müssen. Ihrem Schamgefühl zum Trotz seinen Anweisungen zu gehorchen, war ein wenig beklemmend, aber auch aufregend. Jetzt wurde es ernst und das Gefühl, sich ihm zu ergeben, erregte sie bei aller Unsicherheit sehr.

Lukas schlang die Gurte zwischen ihren Beinen hindurch über ihren Po und schloss sie mit einem Druckknopf am Gürtel, der um ihre Hüften lag.

»Okay, setzt dich wieder auf den Tisch, lehn dich ein wenig zurück und spreiz die Beine.«

Sie tat es und keuchte überrascht auf, als er einen kleinen Vibrator in sie einführte, den sie vorher gar nicht gesehen hatte. Mithilfe von Lederriemen und Druckknöpfen fixierte er das Toy, damit es an Ort und Stelle blieb, egal wie sie sich bewegte. Mit geschlossenen Augen genoss sie das Gefühl, während er Fußmanschetten um ihre Knöchel schnallte. Er wies sie an, sich auf die Füße zu stellen. Der herrliche Druck zwischen ihren Beinen entlockte ihr ein leises Wimmern.

Lukas schloss die Ledermanschetten schmunzelnd um ihre Handgelenke. Dann legte er ihr ein breites Lederband so eng um den Hals, dass es schon fast unangenehm war.

»Jetzt kommt der Clou, Baby«, raunte er ihr zu und brachte vier dünne Kettchen mit Druckknöpfen an den Gurten an, mit denen er ihre Brüste abgebunden hatte. In der Mitte der Ketten befand sich eine Klemme, die aussah wie eine Kreuzung aus Wäscheklammer und Haarspange. Diese Klemmen klipste er ohne Vorwarnung gleichzeitig auf beide Brustwarzen.

Ein scharfer Schmerz schoss wie ein Stromschlag durch ihre Nippel und Lea schnappte erschrocken nach Luft.

»Sag mir Bescheid, wenn es zu weh tut.«

»Gott, das tut richtig weh«, presste sie hervor.

»Okay, dann sitzen sie gut«, flüsterte er ihr ins Ohr. Lange und zärtlich küsste er sie, bis sie alles um sich herum vergaß. Nur seine Lippen auf ihren, seine Zunge, die sie spielerisch neckte, sein herrlicher Geschmack und sein männlich herber Duft waren noch wichtig. Sein Mund löste sich sanft von ihrem und er verband die beiden Nippelklemmen mit einem weiteren schmalen Kettchen miteinander, an dem er probehalber zog.

»Ah, oh Gott!«, keuchte sie. Ihre Knospen schmerzten so sehr, dass ihr die Tränen in die Augen traten.

Lukas drückte auf eine kleine Fernbedienung in seiner Hand und der Vibrator in ihr erwachte zum Leben.

»Oh Lukas«, keuchte sie, als Wellen der Lust von ihrer Mitte ausgehend durch ihren ganzen Körper jagten. Ihre Knie wurden weich und sie hatte Mühe, aufrecht stehen zu bleiben.

Mit funkelnden Augen stoppte er das Toy. »Ganz ruhig, Baby, wir haben noch nicht einmal angefangen.«

Er hielt sie fest und küsste sie. Seine Zunge eroberte heiß ihren Mund. Sie stöhnte und umarmte ihn. Doch als ihr Busen gegen seine Brust drückte, zuckte sie zurück und schrie leise auf. Der scharfe Schmerz in ihren Nippeln raubte ihr für einen Moment den Atem. Lukas strich ihr sanft über die Wange.

»Vorsicht Kleines, nicht so stürmisch.« Dann nahm er einen schwarzen Gummiball mit Lederbändern vom Stuhl und zeigte ihn ihr.

»Keine Angst, ich werde ihn dir wieder abnehmen, bevor wir richtig anfangen. Bei unserer ersten Session musst du sprechen können. Trotzdem möchte ich unbedingt sehen, wie du mit dem Ball aussiehst. Trag ihn nur für ein paar Minuten für mich. Damit schob er ihr den Knebelball in den Mund und schloss die Bänder an ihrem Hinterkopf. Danach trat er drei Schritte zurück und betrachtete sie.

»Wow«, war alles, was er sagte, aber mehr war wohl auch nicht nötig.

»Jetzt hast du dir einen Besuch in meinem Keller verdient«, wisperte er. Sein Atem kitzelte ihre Ohrmuschel und eine Gänsehaut breitete sich auf ihrem ganzen Körper aus, während sie atemlos zu ihm aufschaute. »Komm«, sagte er und führte sie zurück in den Eingangsbereich und dort eine steile Treppe hinunter.

Bei jeder Stufe jagte der Vibrator Schauer durch ihren Körper und sie fragte sich unwillkürlich, ob schon mal jemand beim Treppensteigen einen Orgasmus hatte.

»Wir sind leider schon unten«, bemerkte er ironisch und bewies damit, dass er genau wusste, wie sie sich fühlte.

Hier unten sah man kaum die Hand vor Augen, doch als Lukas einen Lichtschalter betätigte, tat sich ein riesiges Kellergewölbe vor ihr auf. Durch raffinierte indirekte Beleuchtung wurde es in schummriges Licht getaucht. Was sie sah, verschlug ihr die Sprache. Ihr Blick fiel auf einen massiven Steinaltar im hinteren Teil des Raumes. Als Tisch konnte man dieses Monstrum, das gut die Größe eines Doppelbettes hatte, wohl nicht mehr bezeichnen. Klein und zierlich würde ihr Körper auf der wuchtigen Steinplatte wirken. Wie eine Jungfrau, die kurz davor steht einem düsteren Gott geopfert zu werden. Obwohl ... Jungfrau ... nun ja ... ein albernes Kichern entfuhr ihr. Gott wie peinlich! ›Reiß dich zusammen, Lea!‹ Bemüht, die kleine Entgleisung durch husten zu kaschieren, konzentrierte sie sich entschlossen wieder auf das düster-erotische Ambiente des

Spielkellers, um nicht vor Scham in dem dunkelgrauen Betonboden zu versinken. Allein die erste Betrachtung vermittelte ihr eine grobe Vorstellung von dem, was sie in den nächsten sechs Monaten erwartete, sofern ihre Vereinbarung zustande kam. Sie sah sich selbst an das Andreaskreuz gebunden. Mit gespreizten Schenkeln auf dem gepolsterten Sessel sitzen, der sie stark an ihren letzten Besuch beim Frauenarzt erinnerte. Ein etwa hüfthoher Sockel in der Mitte des Raumes erzeugte ein Prickeln auf ihren Hinterbacken. Bei der Betrachtung wurde ihr erst so richtig bewusst, wie lange schon keine Peitsche mehr ihre Kehrseite zum Glühen gebracht hatte. Neben dem Podest stand ein viereckiger Käfig. In einer Ecke bemerkte sie ein ordentlich bezogenes Doppelbett mit Metallgittern am Kopf- und Fußteil. Unwillkürlich fragte sie sich, wie viel Lukas ihr wohl abverlangen würde, bevor er ihr erlaubte, auf die Matratze zu sinken, um sich auszuruhen. Vereinzelt wurde das triste graue Betonmauerwerk durch große Spiegel an Wand und Decke unterbrochen. An einer Wand befand sich eine Sammlung an Schlagwerkzeugen. Der Anblick der unterschiedlichsten Peitschen, Stöcke und Paddel ließ eine Gänsehaut über Leas Rücken krabbeln und lenkte ihren Blick unwillkürlich zurück zum Podest. Das ganze Ambiente wirkte düster und bedrohlich und erzeugte eine aufgeregte Vorfreude in ihrem Magen. Wie wohl die Akustik hier unten war? Nun, das würde sie sicher bald genug herausfinden.

Lea war so versunken, dass sie zusammenzuckte, als Lukas von hinten um ihre Taille fasste und zärtlich ihren Bauch streichelte.

»Gefällt es dir?«, sein heißer Atem strich über ihren Nacken.

Lea nickte heftig.

Durch einen sanften Druck auf ihre Hüften forderte er sie auf, sich weiter in den Raum hineinzubewegen. Er schob sie vor einen der Wandspiegel. Seine Lippen berührten ihr Ohr, als er sprach.

»Schau dich an.«

Atemlos betrachtete sie ihr Spiegelbild. War das scharfe Luder da tatsächlich sie? Die High Heels, die halterlosen Nylons, die schwarzen Ledergurte, die sich um ihren Körper wanden. Dazu die hoch aufgerichteten prall abgebundenen Brüste mit den Nippelklemmen und der schwarze Gummiball zwischen ihren Zähnen. Der Anblick war scharf, schrie geradezu nach Sex und danach, das gefügige Spielzeug eines dominanten Mannes zu sein.

Lukas stand hinter ihr und gemeinsam saugten sie ihr Spiegelbild in sich auf.

»Ja genau, schau dich an. Sieh dich selbst so, wie ich dich sehe.« Sein Atem traf heiß auf ihren Hals, verursachte ein wohliges Prickeln auf ihrer Haut. Er strich über ihren Bauch nach oben, umfasste ihre prallen Brüste und kneteten sie. Sie stöhnte. Als er an der Nippelkette zog, verwandelte sich ihr Stöhnen in ein Jammern. Dann versanken seine Hände in ihrem langen Haar.

»Du stehst drauf, dich selbst so zu sehen, und dir gefällt, was du siehst. Habe ich recht?«

Er beobachtete sie genau, während er mit allen zehn Fingern durch ihre Locken kämmte, bevor er sie ganz sachte ihren Rücken hinabwandern ließ. Sie schaute ihn im Spiegel an und nickte heftig. Sie fühlte sich schön, verführerisch, weiblich, verrucht und sie genoss es.

»Mir auch. Ich will keine Unsicherheit mehr in deinen Augen sehen, wenn du dich vor mir ausziehst. Du hast keinen Grund dich vor mir zu schämen.«

Ihre Hemmungen vorhin in der Diele waren ihm offenbar nicht verborgen geblieben. Inzwischen war sie zu erregt, um deshalb peinlich berührt zu sein. Stattdessen war sie positiv überrascht, wie genau er hinschaute. Immerhin war er im Begriff, sie zu kontrollieren, sie in ihrer Bewegungsfreiheit einzuschränken und ihr Schmerzen zuzufügen. Da war es beruhigend zu wissen, dass er sensibel und ein guter Beobachter war.

Der Vibrator begann erneut zu brummen und schickte sanfte Wellen der Lust durch ihren Körper. Sie zuckte zusammen.

Er fuhr zärtlich mit der Zunge seitlich an ihrem Hals entlang, inhalierte ihren Duft. »Du riechst wie reife Aprikosen, zum reinbeißen.« Er küsste und knabberte sich hinunter bis zu der Kurve zwischen Hals und Schulter, wo er hineinbiss. Sie stöhnte lauter. Seine

Hände streichelten ihren Rücken hinab, erreichten ihre Pobacken, in die er fest hineinkniff.

Der Schock über den plötzlichen Schmerz ließ sie ein Stückchen nach vorn springen. Fast wäre sie mit dem Kopf gegen den Spiegel gestoßen, doch er ahnte ihre Reaktion voraus, griff in ihre Haare und hielt sie fest. Das wiederum ziepte kräftig an ihrer Kopfhaut.

Er lächelte, als wäre nichts geschehen, und raunte ihr ins Ohr: »Weil du das erste Mal hier bist, darfst du dir aussuchen, welches meiner Stücke du näher kennenlernen möchtest.«

Sie sah ihn im Spiegel fragend an.

»Schau dich in Ruhe um, dann such dir ein Gerät aus und stell dich davor.«

Mit diesen Worten ließ er sie los und steuerte einen schwarzen Ledersessel an. Er setzte sich, lehnte sich bequem zurück und beobachtete sie.

Lea zögerte nicht lange. Ihre Augen schweiften durch den Raum. Sie nahm noch einmal alles in sich auf und ging dann wie magisch angezogen zu dem Käfig. Sie stellte sich seitlich davor und schaute ehrfürchtig auf das Metallgestell hinunter, das ihr bis zum Bauchnabel reichte.

Lukas war ehrlich verblüfft. »Du willst in den Käfig? Wirklich?«

Sie drehte sich zu ihm um und nickte.

Er schüttelte den Kopf. »Du überraschst mich, Baby und das finde ich sehr schön.«

Er kam zu ihr, löste den Gurt und nahm ihr den Ball aus dem Mund.

Sie schaute zu ihm auf. »All das hier ... unglaublich ... du hast eine ziemlich bizarre Fantasie, weißt du das eigentlich?«

Er grinste. »Und? Hast du was dagegen?«

Sie lächelte ihn an. »Nein Lukas, ich liebe es.«

Sein Grinsen wurde noch etwas breiter. Er öffnete die Gittertür. »Rein mit dir!«

Lea bückte sich und kroch ins Innere des Käfigs. Der Vibrator drückte unangenehm. Mit weit gespreizten Beinen kniete sie sich auf die schmalen Polstereinsätze, die an beiden Innenseiten des kleinen Gefängnisses angebracht waren. Sie rutschte nach vorn, bis sie mit dem Kopf nah am Gitter kauerte.

Wortlos ging Lukas zur Wand und drückte dort auf einen Knopf. »Achtung«, warnte er und schon wurde der Käfig hochgezogen.

Lea hielt sich an den Gitterstäben fest. Besonders hoch, ging es jedoch nicht hinauf. Lukas stoppte die Automatik recht schnell. Er drehte sich um und schlenderte gemächlich durch den Raum, um einige Dinge aus einem Metallschrank zu holen. Dort bewahrte er vermutlich eine illustre Sammlung an Requisiten und Sextoys auf. Mit mehreren Karabinerhaken kehrte er zu ihr zurück.

»Hände auf den Rücken!«, befahl er, öffnete die Gittertür, fesselte ihre Hände und schloss die Tür. Mit Karabinern fixierte er ihre Fußmanschetten mit der Vergitterung. Dann kam er nach vorn, strich ihr durch die Metallstäbe über die Wange und verband mit einem letzten Karabiner ihr Halsband mit dem Gitter.

Gefangen und ausgeliefert. Adrenalin peitschte durch ihre Adern. Trotzdem hatte sie keine Angst. Merkwürdigerweise vertraute sie Lukas. Vielleicht war sie auch nur zu erregt, um bei klarem Verstand zu sein.

Er schaute sie aufmerksam an. »Alles Okay?«, frage er.

»Ja Herr, es geht mir gut.«

»Ich bin gleich wieder da«, entgegnete er und stieg die Treppe hoch.

›Der will mich doch jetzt nicht ernsthaft hier allein lassen?‹, dachte sie betreten. Jetzt machte sich doch ein flaues Gefühl in ihr breit. Die düstere Atmosphäre und die absolute Stille ließen ihr Herz rasen.

Minuten gingen dahin und kamen ihr wie eine Ewigkeit vor, als sie ihn endlich zurückkommen hörte. In der Hand hielt er ein Glas, das zwei Fingerbreit mit einer bernsteinfarbenen Flüssigkeit gefüllt war. Whisky schätzte sie. In der anderen Hand hielt er eine Flasche Mineralwasser, die er auf dem Boden abstellte. Er setzte sich in einen der Sessel, lehnte sich entspannt zurück und nippte genüsslich an seinem Drink. Stille breitete sich aus, doch jetzt in seiner Gegenwart, war sie nicht mehr unangenehm.

Trotzdem beruhigte ihr Herzschlag sich nicht. Mit jeder Sekunde, die verstrich, wurde ihr ihre Machtlosigkeit ein bisschen bewusster. Er hatte jegliche Kontrolle und es gab nichts, was sie dagegen tun konnte oder wollte. Sie genoss das Gefühl seiner ruhigen Präsenz und ergab sich in ihre Hilflosigkeit. Das Schweigen zog sich in die Länge. Nicht eine Sekunde wandte er seinen Blick von ihr ab. Lea hatte den Eindruck, er könne jede Nuance ihrer Stimmung wahrnehmen, spüren, wie sie sich mehr und mehr ergab.

»Da wir jetzt so gemütlich hier beisammensitzen«, begann er schließlich mit seinem ruhigen tiefen Bass, der ihr Schauer über die Haut jagte, »wirst du mir eine Frage beantworten: Was willst du von mir, Lea?«

»Ich verstehe nicht, was meinst du damit?«

»Genau das, was ich gefragt habe. Ich will jetzt nicht hören, wie du mich um Lust bittest, nicht um Orgasmen und auch nicht um Schmerz. Das alles ist schön und macht Spaß, sicherlich. Aber es sind Mittel zum Zweck. Was willst du von mir?«

Eine ganze Weile blieb es still. Lukas wartete geduldig. Er wusste, dass seine Frage anspruchsvoll war. Aber daran würde sie sich gewöhnen müssen. Er nippte an seinem Drink, während er gespannt auf ihre Antwort wartete.

»Lehre mich Demut, Herr«, sagte sie schließlich. »Lass mich deine mentale Stärke spüren. Führe mich mit Herz und Verstand. Verdien dir mein Vertrauen und die Macht, mich zu beherrschen. Dann werde ich demütig zu dir aufschauen können und voller Dankbarkeit und Hingabe jeden deiner Befehle befolgen.«

»Demut ist eine große Emotion, Baby. Du stellst keine kleinen Ansprüche an mich. Ob ich in der Lage bin, dir Demut beizubringen, werden wir gemeinsam herausfinden. Versprechen kann ich dir das nicht.«

Wieder schwiegen beide einträchtig und hingen ihren Gedanken nach, bis Lukas schließlich erneut das Wort ergriff.

»Irgendwann in nächster Zeit, wenn du so wie jetzt in meinem Käfig sitzt, werde ich dich mit meinem Saft vollspritzen. Und dann werde ich hier sitzen und dabei zusehen, wie mein Sperma zäh über deinen Körper rinnt. An deinen rosigen Wangen herab, über dein Kinn, auf deine herrlichen Titten. Du wirst so lange dort knien, bis mein Sperma auf deiner Haut getrocknet ist. Und dann erst werde ich entscheiden, was ich als Nächstes mit dir anstelle. Aber dieses Vergnügen hebe ich mir für einen anderen Tag auf.«

Er trank aus, stand auf und ging die wenigen Stufen hoch auf das Podest. In ihrem Käfig schwebte sie genau auf Höhe seiner Hüften. So nah, wie er jetzt vor ihr stand, konnte sie nicht mehr von ihm sehen, als die große Beule in seinem Schritt. Stoff raschelte, als er sein Hemd über den Kopf zog und auf den Sessel warf. Dann öffnete er den Knopf seiner Jeans, danach den Reißverschluss und ließ die Hose samt Slip über seine Hüften gleiten. Sein Penis sprang ihr förmlich entgegen. Sie riss die Augen auf und starrte ihn an. Er war riesig und dick mit dunklen Äderchen durchzogen und steinhart. Lukas langte durch das Gitter, packte unsanft ihre Haare, und als sie erschrocken nach Luft schnappte, drückte er ihr seinen Schwanz tief in den Mund. Überrascht von dem plötzlichen Übergriff wimmerte sie. Er ließ ihr keine Zeit, sich an die schwere Fülle in ihrem Mund zu gewöhnen, zog sich zurück und stieß zu. Der Vibrator begann erneut in ihr zu schnurren. Dieses Mal hatte er die Vibrationsstufe erhöht. Hitze glühte in ihrer Mitte, ließ sie erbeben. Sie schloss die Augen, konzentrierte sich nur noch auf die gewaltige Erektion in ihrem Mund und das Schnurren in ihrem Schoß. Nahm seine Stöße hingebungsvoll entgegen. Wieder und wieder. Er wurde langsamer, stieß aber dafür umso tiefer, so tief, dass sie würgen musste.

»Ruhig Baby, entspann dich, atme durch die Nase, ja genauso.«

Wieder stieß er zu, langsam aber tiefer. Dann zog er sich etwas zurück, griff fester in ihr Haar und drehte ihren Kopf ganz leicht nach rechts, jedoch ohne ihren Mund zu verlassen.

»Schau dich an«, seine Stimme war rau vor Lust und ihr Blick richtete sich zum Spiegel an der Wand.

»Vorhin im Restaurant warst du ein scheues, kleines Kaninchen. Jetzt kniest du in einem Käfig, gefesselt an die Gitterstäbe, mit meinem Schwanz in deinem Mund und du bist eine Löwin. Stolz und aufrecht und wunderschön.«

Er hatte recht, stellte sie fest. Ihr Spiegelbild war so scharf, dass der Anblick wahre Stromschläge in ihrem Schoß auslöste und zusammen mit der Vibration dafür sorgte, dass sie jeden Moment explodieren würde. Sie stöhnte gegen seinen Schwanz. Er stellte augenblicklich den Vibrator aus, griff nach der Nippelkette und zog daran. Sie wimmerte, als der Schmerz in ihre harten Knospen schoss.

»Oh nein, du kleines Luder. Ich habe nichts davon gesagt, dass du kommen darfst.«

Als Lea undeutliche Protestlaute ausstieß, zog er ihren Kopf wieder nach vorn und stieß tiefer und fester zu.

»Entspann dich, atme gleichmäßig. Wenn du noch einmal würgst, versohle ich dir den Hintern!«

Tränen traten ihr in die Augen, aber sie nahm jeden Stoß hingebungsvoll auf, genoss das Gefühl, von ihm beherrscht zu werden. Tief in ihrem Rachen hielt er plötzlich inne. Er fasste durch die Gitterstäbe nach ihrer Pussy und öffnete die Druckknöpfe, die den Vibrator hielten. Dann zog er den Plastikpenis heraus und registrierte, dass sie tropfnass war.

»Ja Baby, genauso will ich dich! Nass und geil und bereit!« Er nahm seinen Rhythmus wieder auf, wurde schneller, stieß tiefer.

Ihre Welt reduzierte sich auf den Schwanz in ihrem Mund und sie wollte nichts mehr, als ihn zu verwöhnen. Und als er sich schließlich tief in ihrer Kehle ergoss, war sie einfach nur glücklich.

Lukas nahm sich einige Minuten Zeit, während er langsam wieder zu Atem kam. Er blickte auf die vor ihm kniende Frau hinab, die ergeben mit einem süßen entrückten Lächeln zu ihm aufschaute. Ihr Blick war verschleiert vor Lust und doch schien sie diesen stillen Moment mit ihm zu genießen. Er befreite sie von den Karabinerhaken, öffnete die Käfigtür und half ihr hinaus. Dann nahm er sie auf seine Arme, trug sie zum Bett und legte sie behutsam auf den Rücken.

»Arme über den Kopf«, befahl er knapp. Routiniert hakte er die Karabiner wieder in ihre Handmanschetten ein und fesselte sie an das Gitter am Kopfende, wobei er ihre Arme so weit wie möglich zur Seite zog. Genauso verfuhr er mit ihren Beinen.

Er nahm sich eine Minute Zeit, um sie anzusehen. Hilflos lag sie da, ihm vollkommen ausgeliefert. Er kniete sich zwischen ihre weit geöffneten Schenkel und betrachtete ihre vor Nässe glänzende Pussy. Dann beugte er sich herab, sein heißer Atem traf ihren Venushügel, ließ sie erbeben. Langsam fuhr er mit der Zunge über ihre Schamlippen. Sie wimmerte und wand sich unruhig in den Fesseln. Er vermied es jedoch, ihr vor Lust geschwollenes Fleisch zu teilen, sondern strich nur sanft darüber. Nicht genug, das wusste er und genoss ihre Qual. Ihr Becken zuckte sehnsüchtig. Er zwickte sie sanft mit den Zähnen und sie quiekte erschrocken. Dann streichelte seine Zunge sie wieder. Als sie sich wild in den Fesseln wand, ließ er von ihr ab.

»Bitte«, jammerte sie.

Doch er richtete sich auf und legte seine Hände auf ihre Knie. Von dort aus streichelte er über ihre Schenkel, ihren flachen Bauch, außen an ihren Rippen vorbei, bis er ihre abgebundenen Brüste erreichte. Er knetete sie, arbeitete sich bis zu ihren Nippeln vor. Dann beugte er sich vor und klickte die Klemmen mit einem Griff auf.

Sie stieß einen schrillen Schrei aus, als der Schmerz wie glühende Lava in ihre Knospen schoss. Tränen schossen ihr in die Augen und liefen über ihr Gesicht.

»Ja Baby, leide für mich«, flüsterte er rau und betrachtete sie fasziniert.

Er kniete sich zwischen ihre Schenkel, ohne den Blick von ihrem Gesicht zu lösen und teilte ihr nasses Fleisch mit seinem voll erigierten Schwanz. Mit seiner Spitze strich er durch ihre tropfende Vagina.

»Lukas!«, schrie sie. »Bitte, bitte!«

»Bitte was?« Er stieß sacht gegen ihren Eingang.

»Bitte nimm mich, bitte!«

»Ich verstehe nicht, was du meinst, du musst dich schon etwas deutlicher ausdrücken.«

»Oh Gott bitte, stoß zu! Füll mich aus! Ich halte das nicht mehr aus!«

Seine dicke Eichel stieß ein kleines Stückchen in sie hinein. Himmel, sie war so eng. Er stöhnte auf, bohrte sich weiter hinein. Lea riss die Augen auf und hielt die Luft an.

»Was ist los, Kleines?«

Sie schüttelte den Kopf. »Alles klar«, erwiderte sie gepresst.

Er hielt inne, schaute sie streng an.

»Wenn du nicht ehrlich zu mir bist, funktioniert das nicht mit uns. Und ich möchte jetzt in diesem Moment keine Grundsatzdiskussionen führen. Was ist los?«

»Es ist nur, ... du bist so groß. Daran muss ich mich wohl erst gewöhnen.«

»Soll ich aufhören?«

Die Frage kostete ihn eine Menge Selbstbeherrschung und er betete, dass sie das nicht von ihm verlangen würde.

»Nein bitte nicht, bloß nicht«, rief sie und er war wirklich erleichtert über diese Antwort.

»Was soll ich tun, Baby?«

»Weia, das brennt ein bisschen«, japste sie. »Aber gleichzeitig ist es so wahnsinnig geil. Hör bloß nicht auf. Ich muss dich einfach in mir spüren! Nur mach bitte langsam, ganz langsam.«

Millimeter für Millimeter drückte er seinen Schwanz ganz behutsam tiefer. Es erforderte seine ganze Selbstdisziplin, sich Zeit zu nehmen, anstatt sie mit einem einzigen harten Stoß zu pfählen.

»Lukas! Das passt nicht!«, schrie sie panisch.

»Scht«, flüsterte er beruhigend. »Vertrau mir, Baby, das passt.«

Schweiß tropfte von seiner Stirn.

»Himmel«, stieß er gepresst hervor und schraubte sich quälend langsam in sie, bis sein Becken sich endlich gegen ihres presste. Sie atmete hektisch. Er hielt ganz still, gab ihr die Zeit, sich an ihn zu gewöhnen.

»Alles klar, Baby?«

»Ja ... Nein ... Ja ... ich meine, du bist so groß, dass ich das Gefühl habe, ich zerspringe jeden Moment. Es tut ein bisschen weh, aber gleichzeitig ist es einfach fantastisch. Der Wahnsinn! Ich habe mich noch nie so ausgefüllt gefühlt. Bitte beweg dich ein kleines bisschen, aber vorsichtig.«

Er tat ihr den Gefallen. Behutsam, fast schon quälend langsam zog er sich zurück und schob sich erneut in sie, dehnte sie und genoss das Gefühl, wie eng ihre Pussy ihn umschloss. Sie stöhnte. Er beugte sich herab und umschloss eine ihrer malträtierten Brustwarzen sanft mit seinem Mund. Sie schrie lauter, dieses Mal aus reiner Lust. Er stieß etwas fester zu und ihre Lautstärke erhöhte sich nochmals. Er wechselte zur anderen Brustwarze. Saugte daran, stieß tiefer, fester, härter. Ihre Lustschreie hallten durch den Keller, spornten ihn an. Tiefer, härter, schneller. Er trieb sie immer weiter und weiter.

»Ah, Lukas gib mir mehr, ich brauche mehr!«

Er ließ sich gehen, gab ihr alles, was er hatte. Als ihre inneren Muskeln sich verkrampften, glaubte er, den Verstand zu verlieren. Ihre Pussy würgte ihn. Ihre Schreie verbanden sich mit seinem Keuchen. Tief, hart. Bis er sich mit einem kehligen Stöhnen ein letztes Mal tief in sie rammte und dann zuckend in sie ergoss.

Er brach auf ihr zusammen, lag schwer auf ihren harten Brüsten und versuchte, wieder Luft zu bekommen. Mit einer Hand griff er nach den Karabinern an ihren Handgelenken, löste sie vom Bettgestell und entfernte die Ledergurte von ihren Brüsten. Nachdem er sie auch von den Fußfesseln befreit hatte, ließ er sich vorsichtig wieder auf ihren schweißglänzenden Körper sinken. Sofort legte sie die Arme um seinen Hals und zog ihn noch enger an sich.

»Das war ... unglaublich«, flüsterte sie matt.

Er stützte sich auf den Armen ab und küsste sie träge.

»Ja unglaublich«, murmelte er.

»Das war ...«, plötzlich grinste sie und blickte ihn herausfordernd an. »Wo soll ich unterschreiben?«

Er brach in schallendes Gelächter aus.

»Baby, du bist unschlagbar«, gluckste er. »Aber du hast recht, wir werden unseren Vertrag noch heute Abend hieb- und stichfest machen. Und dann werde ich dir sechs Monate lang das Hirn rausvögeln.«

»Wirst du mir hin und wieder auch mal den Hintern versohlen?«

»Darauf kannst du wetten. Bis er leuchtend rot ist und du die ganze Woche lang an mich denkst, wenn du dich setzt, solange bis du wieder bei mir bist.«

»Das klingt vielversprechend«, flüsterte sie.

»Ich werde dir eine Menge abverlangen, darauf kannst du dich verlassen! Ich werde dich an deine Grenzen führen und manchmal auch darüber hinaus. Ich werde dir jetzt nicht erzählen, was ich alles mit dir anzustellen gedenke. Vieles muss sich einfach zwischen uns entwickeln und das, was jetzt schon feststeht, soll für dich noch überraschend sein. Ich werde dich benutzen, wie es mir in den Sinn kommt und du wirst eine gehorsame kleine Sklavin sein und deinem Herrn mit Freuden dienen! Du wirst dabei auf deine Kosten kommen, das verspreche dir.«

Ein Schauer rann über ihre Haut bei seiner autoritären Ansage.

»Ja Herr, ich werde eine willige Sklavin sein und mich stets bemühen, dich zufriedenzustellen.«

»Deine Mühe allein genügt mir nicht, Lea. Ich erwarte, dass du es ganz einfach tust. Der Fairness halber bereite ich dich auf eine Sache jetzt schon vor, die mir wichtig ist. Ich erwarte absoluten Gehorsam von dir, wenn wir spielen. Du kennst dein Safewort, benutze es, wenn etwas für dich gar nicht geht. Ich werde das respektieren. Aber es kann durchaus passieren, dass ich deinen Gehorsam prüfe, indem ich dich hin und wieder einem anderen Mann zur Verfügung stelle, der dich benutzen darf. Ich werde dich damit nicht allein lassen, sondern dir Halt geben und dir dabei zusehen, wie du vor Lust zerfließt. Ich werde da sein, um dich aufzufangen, wann immer du das brauchst. Aber du wirst dich meiner Anordnung fügen!«

»Nein!«, rief sie erschrocken. »Das kann nicht dein Ernst sein. Du kannst mich nicht einfach mit anderen Männern teilen! Da mache ich nicht mit!«

»Dann wird aus unserem Abkommen nichts werden. Das ist für mich eine Art Hart Limit im umgekehrten Sinn.«

Sie schluckte und schaute ihn mit großen Augen an. »Aber warum ist dir das so wichtig?«

»Ich lebe Dominanz und erwarte absoluten Gehorsam von meiner Sklavin. Indem du dich mir unterwirfst, ergibst du dich meiner Macht, meinem Egoismus, meiner Willkür. Und an dieser Stelle trennt sich die Spreu vom Weizen. Ich will mehr als nur ein bisschen mit dir spielen. Ich verlange deine freiwillige und uneingeschränkte Unterwerfung und ich will, dass es dich etwas kostet, mir den Beweis deiner Ergebenheit zu erbringen!«

Seine Erklärung reizte ihre devote Ader. Sie wollte einen strengen Herrn, dem sie eine willige, tabulose Schlampe sein konnte. Trotzdem verspürte sie bei dem Gedanken, von ihm verliehen zu werden, absoluten Widerwillen. Wäre sie in der Lage, ihm so weit zu gehorchen? Alles in ihr schrie laut *Nein*. Sämtliche Alarmglocken schrillten.

»Ich werde das nicht sofort von dir verlangen. Wir beide brauchen Zeit, uns aufeinander einzustimmen. Vertrauen, Hingabe und auch Demut, das alles ist nicht von Anfang an da, es muss wachsen. Dafür habe ich Verständnis. Aber wenn du dich auf mich einlässt, übereignest du mir deinen Körper, deine Lust und deinen freien Willen und unterwirfst dich meiner Führung ohne Wenn und Aber.«

Diese erste Session mit Lukas war gigantisch gewesen und sie wollte mehr davon! Sie wusste jetzt schon, dass sie so ziemlich alles tun würde, was er verlangte und dass sie dabei vor Lust zerfließen würde. Alles bis auf seinen Wunsch, sie zu teilen. Das kam überhaupt nicht infrage! Aber sie würde ihren Herrn in jeder anderen Hinsicht zufriedenstellen und ihm nie einen Grund geben, an ihrer absoluten Hingabe zu zweifeln. Sie würde ihn diese dumme Idee einfach vergessen lassen.

»Ehrlich gesagt habe ich kein gutes Gefühl dabei, aber ich vertraue mich deiner Führung an. Lass uns einfach schauen, ob wir das gemeinsam hinbekommen«, erwiderte sie deshalb und hoffte, dass diese Aussage diplomatisch genug war und ihr im Ernstfall ein Hintertürchen offenließ.

Er schien mit der Antwort zufrieden zu sein, denn er zog sie an sich und küsste sie so lang und zärtlich, dass sie diese Diskussion schnell wieder vergaß. Eine ganze Weile lagen sie schweigend eng beieinander.

»Wirst du mir jetzt erzählen, was du vorhin im Restaurant nicht sagen wolltest?«, fragte er leise.

Seine Zunge liebkoste eine Stelle direkt hinter ihrem Ohr. Lea stöhnte wohlig.

»Du kämpfst mit unlauteren Mitteln«, murmelte sie, während sie die Arme um seinen Nacken schlang und sich an ihn schmiegte.

»Gott fühlst du dich gut an«, wisperte sie an seinem Hals. »Ich liebe deinen Körper jetzt schon. Ich glaube, dieses halbe Jahr wird mir gefallen.«

Lukas drehte lächelnd den Kopf. Seine Lippen fanden ihre und er küsste sie so sanft und zärtlich, dass sie dahinschmolz wie Butter in der Sonne.

»Die Geschichte, Kleines, ich möchte sie gern hören«, murmelte er, während er hauchzarte Küsse auf ihr Kinn tupfte.

Lea seufzte. Die letzten Stunden waren der Wahnsinn gewesen. Sie war körperlich satt und zufrieden wie noch nie zuvor. So hart und berauschend der Sex mit ihm gewesen war, so zart und unendlich sanft war diese Kuschelattacke. Schon wieder war sie wehrlos, wenn auch auf eine andere Art. Sie konnte sich seiner Bitte einfach nicht entziehen. Es erschien ihr plötzlich gar nicht mehr so ungewöhnlich, ihm Dinge zu erzählen, die sie nie zuvor jemandem anvertraut hatte. Außerdem sah sie eine gute Chance, etwas mehr über ihn zu erfahren.

»Also gut, du gibst ja doch keine Ruhe, deshalb schlage ich dir einen Deal vor: Ich erzähle dir meinen Traum. Aber im Gegenzug möchte ich dafür etwas über dich erfahren. Ich möchte wissen, wann du deine letzte feste Beziehung hattest und woran sie gescheitert ist.«

»Das ist nicht fair«, brummte er. »Über dieses Thema will ich nicht reden, nicht jetzt und nicht später. Es ist wirklich keine besonders gute Geschichte. Sie ist weder unterhaltsam, noch romantisch, noch sonst irgendwie interessant.«

Sie drehte sich auf die Seite, sodass sie in sein Gesicht schauen konnte.

»Aber es ist ein Teil deiner Geschichte, und dass es sich dabei um eine wichtige Erfahrung in deinem Leben handelt, erkenne ich an deiner Reaktion. Deine Erinnerung gegen meinen Traum. Das ist die Bedingung.«

Lukas runzelte verstimmt die Stirn. »Nein, ich will und werde nicht darüber reden!«

Sie schaute ihn mit ihren großen Rehaugen so treuherzig an, dass sich etwas in ihm zusammenzog. Mit einer Hand streichelte sie sanft seine Brust.

»Bitte Lukas, ich hatte gerade den besten Sex meines Lebens, wahrscheinlich lasse ich mich nur deshalb weichkochen und bin bereit, dir meine intimsten Geheimnisse anzuvertrauen. Gib mir bitte im Gegenzug etwas von dir, denn auch ich möchte gerne etwas mehr über den Mann wissen, der mir diese Erfahrung geschenkt hat.«

Seine Augenbraue schoss in die Höhe und er schenkte ihr ein durch und durch männliches Badboy-Lächeln, das seine Augen funkeln ließ. »Den besten Sex deines Lebens?«, fragte er in einem so durchtriebenen und gleichzeitig spielerischen Ton, dass ihr Magen Purzelbäume schlug. Lea spürte, wie sie errötete, trotzdem hielt sie seinem Blick stand.

»Ja«, sagte sie einfach nur.

Lukas seufzte. »Du weißt, wie du einen Mann überzeugen kannst, Baby. Also gut. Deinen Traum gegen meinen Beziehungsalbtraum. Der Deal gilt, aber du fängst an.«

Lea strahlte ihn an. »Okay danke«, nickte sie und begann leise zu erzählen.

»Als ich alt genug war mich für Jungs zu interessieren, hatte ich das erste Mal diesen Traum. Er läuft immer ganz genau gleich ab und endet auch immer an derselben Stelle. Ich träume ihn zwar nicht so furchtbar oft, aber häufig genug, dass ich glaube, er hat etwas zu bedeuten.«

Es war komisch, darüber zu sprechen. Eine Sekunde lang verließ sie der Mut, aber dieses Gefühl von Sicherheit, das ihr der Blick in seine Augen gab, brachte sie dazu, weiter zu reden.

»In dem Traum bin ich in einem Wald. Ich habe einen Korb bei mir und pflücke Brombeeren. Ich achte gar nicht mehr auf den Weg, sondern schaue nur auf die Beeren, die ich sammele. Irgendwann habe ich plötzlich das Gefühl, nicht mehr allein zu sein. Ich schaue mich um und merke zum ersten Mal, dass ich gar nicht mehr auf dem Waldweg bin, sondern auf einer Lichtung, die von hohen Bäumen und Sträuchern umschlossen ist. Der Boden ist mit Gras bedeckt, das so hoch gewachsen ist, dass es bis kurz über meine Knie reicht. Ich bin verwirrt und bekomme Angst, weil ich keine Ahnung habe, wo ich bin und wie ich hierhergekommen bin. Dann sehe ich ihn. Er steht auf der anderen Seite der Lichtung. Er ist zu weit weg, um Details von ihm erkennen zu können. Doch mein Herz beginnt plötzlich wild zu klopfen und ich weiß mit absoluter Sicherheit, dass es nichts gibt, was richtiger und echter ist als das hier. Ich lasse meinen Korb achtlos fallen und renne auf ihn zu. Die Sonne scheint, der Himmel ist blau und das hohe Gras streichelt meine Beine beim Laufen. Er startet ebenfalls von der anderen Seite und läuft mir entgegen. Ich bin glücklich, habe das Gefühl schwerelos zu sein. Er ist etwas schneller als ich, hält in der Mitte der Lichtung an und breitet seine Arme aus. Meine letzten Schritte sehe ich in Zeitlupe. Ich stoße mich ab und fliege in seine Arme. Er fängt mich auf und wirbelt mich herum. Dann verliert er durch meinen Schwung das Gleichgewicht und wir fallen in das hohe Gras. Wir lachen und balgen uns spielerisch, bis er beim Kabbeln auf mir landet. Er hört abrupt auf zu lachen und schaut mich sehr ernst an. Sein Blick ist so tief, dass ich weiß, er sieht alles von mir. Er sieht, wer ich wirklich bin, kennt mich besser als ich mich selbst. Unendlich langsam beugt er sich zu mir herunter und küsst mich. Ich versinke in diesem wundervoll süßen Kuss.

Dann wechselt die Szene. Wir liegen immer noch im Gras, aber wir sind beide nackt. Es ist dunkel und über uns am Himmel sehe ich Hunderte Sterne. Ich weiß, dass wir miteinander geschlafen haben, auch wenn ich das im Traum nicht sehe. Mein Kopf liegt auf seiner nackten Brust und ich bin vollkommen mit mir, mit ihm und mit der ganzen Welt im Gleichgewicht. Ich hebe den Kopf, um in sein Gesicht zu sehen, und in diesem Moment wache ich auf. Immer!

Ich habe noch nie sein Gesicht gesehen, obwohl ich denselben Traum schon so oft geträumt habe. Dann liege ich in meinem Bett und bin einerseits glücklich, weil die Gefühle, die ich im Traum für diesen Mann habe, noch total präsent sind. Gleichzeitig bin ich traurig, weil ich weiß, dass ich wieder in der Realität angekommen bin. Und ich bin traurig, weil ich wieder nicht sein Gesicht gesehen habe. Doch gleichzeitig wusste ich mit absoluter Sicherheit, dass es nicht das Gesicht des Mannes gewesen wäre, mit dem ich gerade zusammen war oder für den ich schwärmte. Mit den Jahren bin ich zu der Überzeugung gelangt, dass dieser Mann meine einzig wahre Liebe ist. Sein Gesicht sehe ich nur deshalb nicht, weil ich ihn noch nicht kennengelernt habe. Ich bin mir sicher, dass ich den Traum erneut träumen werde, wenn ich ihm begegne und dann werde ich auch sein Gesicht sehen.«

Unsicher schaute sie Lukas an. Sie wusste nicht, warum ihr das so wichtig war, aber wenn er jetzt lachte, würde sie das sehr verletzen.

»Eine Weile habe ich recht zielstrebig nach Mr. Right gesucht, aber aus keiner der Kröten, die ich geküsst habe, ist ein Prinz geworden und ich habe einfach keine Lust mehr, meine Freiheit gegen lauter dominante Arschlöcher zu verteidigen. Nicht jetzt zumindest. Unser Arrangement wird auf sechs Monate begrenzt sein. Das ist ja keine Ewigkeit. Sollte ich in dieser Zeit Mr. Right begegnen und mein Traum mir sein Gesicht zeigen, werde ich unsere Vereinbarung sofort für null und nichtig erklären und ihm in die Arme fallen. Keine

Unterschrift der Welt könnte mich davon abhalten. Aber ich sehe nicht, dass das in nächster Zeit passieren wird, oder dass es überhaupt irgendwann passieren wird. Dieser Traum ist mir zwar wichtig, aber ich will mein Leben nicht damit verschwenden, auf etwas zu warten, was vielleicht niemals geschieht. Ich möchte ein bisschen Spaß haben und meine Neigungen ausleben.«

Eine Weile schaute er sie schweigend an. »Du bist sehr romantisch.« Er streichelte sanft ihre Wange. »Und du glaubst noch an die große Liebe, allen Wunden, die das Leben dir beigebracht hat zum Trotz. Das finde ich sehr süß. Ich hoffe, du wirst sein Gesicht irgendwann in deinen Träumen sehen.«

»Ich bin dir dankbar, dass du nicht gelacht hast. Irgendwie war das wichtig für mich.«

»Es gibt keinen Grund, darüber zu lachen. Ich finde es schön, dass du mir davon erzählt hast. Dadurch verstehe ich besser, wie du tickst. Du bist nicht der Typ Frau, der es nur um Sex geht, das war mir im Restaurant schon klar. Dass du dich auf das Arrangement einlassen willst, passte für mich nicht. Da war irgendetwas nicht rund und das hat mich gestört. Jetzt ergibt es einen Sinn. In deinem Leben gibt es gerade eine Phase, in der du dich auf eine Vereinbarung, wie sie mir vorschwebt, einlassen kannst. Damit wollen wir im Moment beide das Gleiche. Es gibt keine falschen Erwartungen und niemand wird verletzt werden. Das ist wichtig für mich.«

Lea lächelte und eroberte seine Lippen für einen zärtlichen Kuss. Er zog sie fest an sich, der Kuss wurde stürmischer, hungriger. Mit einer Hand umfasste er ihre Brust und knetete sie. Lea stöhnte in seinen Mund und ihr Verstand begann sich schon wieder zu verabschieden. Doch plötzlich erkannte sie, was er da versuchte. Sie stemmte die Hände gegen seine Brust und löste sich schwer atmend von ihm.

»Oh nein, mein Lieber! Der Trick ist zwar gut, aber so kommst du nicht um deine Story herum!«

»Hätte ja klappen können«, grummelte er. »Okay, also sei's drum. Wenn du es unbedingt wissen willst. Meine Geschichte ist wirklich nichts Besonderes. Das Gleiche haben Million andere auch schon erlebt. Ich erzähle dir die Kurzform und fasse es in einem Satz zusammen ...«

»Nein!«, unterbrach sie ihn schnell. »Ich möchte die lange Version. Die bist du mir schuldig. Drück dich nicht davor, indem du dich mit ein paar Floskeln herauswindest, das wäre nicht fair!«

Er seufzte genervt. »Okay, wenn es denn unbedingt sein muss.«

Lea schmiegte sich an seine Brust. Sie hoffte, ihre Nähe würde es ihm leichter machen, über einen Teil seiner Vergangenheit zu reden, über den er ganz offensichtlich nicht sprechen wollte. In ihr meldete sich leise das schlechte Gewissen, weil sie ihn dazu drängte. Aber bei dieser Geschichte schien es sich um ein Schlüsselerlebnis in seinem Leben zu handeln. Um ihn besser kennenzulernen, zu verstehen, was ihn geprägt hatte und wie er tickte, musste sie das wissen.

»Emma und ich, wir sind zusammen zur Schule gegangen«, begann er zögernd. »Sie war in der Grundschule in meiner Klasse und wechselte auf das gleiche Gymnasium, auf das auch ich ging. Dort besuchte sie die Parallelklasse. Wir hatten den einen oder anderen Kurs gemeinsam und man begegnete sich halt ständig auf dem Schulhof, auf Feten und so weiter. In der Grundschule war sie für mich irgendein Mädchen und Mädchen waren doof, deshalb habe ich sie nicht weiter beachtet. Auf dem Gymnasium entwickelte sie sich dann allmählich zu einer Schönheit. Sie wurde zum tollsten und angesagtesten Mädchen der Schule. Alle Jungen himmelten sie an, ich natürlich auch. Jeder Typ, mit dem sie ging, gehörte automatisch zur In-Clique der Schule. In der 9. Klasse war ich für ein paar Wochen der Glückliche, dem sie ihre Gunst schenkte. Aber sie hat mich schon nach knapp zwei Monaten wieder abserviert und ist zum Nächsten geflattert. Zu mehr als küssen und ein bisschen fummeln oberhalb der Gürtellinie kam es in dieser Zeit nicht. Trotzdem war ich wahnsinnig verliebt in sie, und als sie mich in die Wüste schickte, war ich ziemlich fertig. Aber es gab genug Mädchen an unserer Schule, die mich mochten und mich halbwegs über den Verlust hinweg trösteten, obwohl ein Teil meines Herzens immer ihr gehörte. Nach dem Abi wechselten wir zufällig auf die gleiche Uni. Sie studierte Jura, ich Bauingenieurwesen. An der Uni waren wir beide keine große Nummer mehr. Mir hat das nicht viel ausgemacht, denn es gab genügend süße Studentinnen, die sich von mir flachlegen ließen und das reichte mir. Obwohl ich damals schon wusste, dass mir bei diesen One-Night-Stands irgendetwas fehlte. Aber wenn ich mal eine Frau beim Sex etwas härter anfasste, gab es regelmäßig Gezeter, Beschwerden oder sogar Tränen. Deshalb habe ich diese Neigung in mir unterdrückt. Emma mangelte es ebenfalls nicht an Verehrern. Aber sie war halt nur noch eine von vielen hübschen Mädels, und wenn sie nicht wollte, suchten sich die Jungs eben eine andere. Es fehlte ihr, nicht mehr überall die Nummer eins zu sein, der die Männer zu Füßen lagen. Wahrscheinlich war das der Grund, der sie wieder in meine Arme trieb, aber das war mir damals nicht bewusst. Ich war einfach glücklich, dass sie wieder bei mir war und verliebter denn je.

Als Emma und ich ein paar Monate zusammen waren, entdeckte ich, dass mein WG-Kumpel Alec ein Anhänger der SM-Szene war. Ich kam eines Nachts spät von einem Date mit Emma in unsere Bude zurück und hörte, wie Alec seiner Gespielin den Hintern versohlte. Als ich die Geräusche und die Schreie hörte, öffnete ich seine Tür, weil ich glaubte, dass jemand Hilfe bräuchte. Aber sobald ich sah, was da los war, wusste ich, das geschah in beiderseitigem Einvernehmen. Ich war so fasziniert, dass ich stehen blieb und den beiden, wie ein mieser Spanner zuschaute. Alec hat mich am nächsten Tag darauf angesprochen, was mir echt peinlich war. Ich habe gar nicht gemerkt, dass er mich bemerkt hatte. Zumindest hat er sich nicht stören lassen. Aber das ist ein anderes Thema. Jedenfalls bekam ich dadurch ein bisschen Klarheit über meine eigenen Neigungen. Er lieh mir Filme, Magazine, gab mir Adressen von Internetseiten und so weiter. Ich beschäftigte mich mit der Materie und wusste sehr schnell, dass SM meine Passion ist. Aber Alecs Angebot, mich mit in die Clubs zu nehmen, lehnte ich wegen Emma ab.

Ich hätte sie niemals betrogen, obwohl mir klar war, dass sie meine Gelüste nicht teilte. Als ich sie nach einem Jahr Beziehung bat, mich zu heiraten, und sie ja sagte, war ich der glücklichste Mann auf diesem Planeten. Wir planten die Hochzeit mit allem Brimborium. Sie wollte ein rauschendes Fest und sie wollte die Königin sein. Manchmal wurde mir ein bisschen bang vor der Sause, die sie da organisierte. Mir wäre es etwas kleiner und dafür mit etwas mehr *Wir* wohler gewesen. Aber alle sagten mir, dass ich als Mann nicht nachvollziehen könne, was eine Frau sich für ihre Märchenhochzeit wünscht. Und da mir alle davon abrieten, ihr in die Planung ihrer Traumhochzeit hineinzureden, ließ ich sie gewähren. Die Einladungen waren längst verschickt und der Termin rückte näher, als sie plötzlich anfing, sich rarzumachen. Sie hatte selten Zeit, und wenn wir uns trafen, war sie unterkühlt und nicht bei der Sache. Ich versuchte, Verständnis aufzubringen, weil ich dachte, es liegt an dem ganzen Stress der Hochzeitsvorbereitungen. Ich sehnte den Tag danach herbei, wenn der ganze Spuk vorüber und sie endlich meine Frau wäre. Ungefähr zwei Wochen vor unserer Hochzeit ging ich zu ihr, weil ich etwas Organisatorisches mit ihr besprechen wollte. Sie war offenbar nicht zu Hause, denn auf mein Klingeln kam keine Reaktion. Es war kühl an dem Tag und ich hatte keine Lust auf der Straße herumzustehen. Daher beschloss ich, in ihrer Bude auf sie zu warten, ich hatte ja einen Schlüssel. Ich wollte mich gerade auf die Couch setzen und den Fernseher einschalten, als ich Geräusche aus dem Schlafzimmer hörte.« Lukas kniff die Augen zusammen.

›Oh nein‹, dachte Lea, ›alles aber bitte nicht das, was ich denke. Das hat er nicht verdient! Niemand sollte so etwas erleben müssen.‹ Sie wünschte sich so sehr, dass sie mit ihrer Vermutung falsch läge. Aber alles Bangen und Hoffen half nichts. Es war ohnehin längst passiert. Vor Jahren schon. Sie hätte in diesem Moment alles getan, wenn sie ihm diese Situation hätte ersparen können und doch konnte sie gar nichts tun. Sein Gesicht nahm einen gequälten Ausdruck an und sie fragte sich, ob er Emma nach all den Jahren und trotz allem, was sie ihm angetan hatte, immer noch liebte. Leas Herz klopfte schmerzhaft in ihrer Brust. Am liebsten hätte sie ihm gesagt, dass sie die Geschichte doch nicht hören wollte. Aber jetzt war es ohnehin zu spät, sie hatte seine bitteren Erinnerungen schon an die Oberfläche gezerrt, deshalb zwang sie sich, den Mund zu halten und ihm weiter zuzuhören.

»Ich ging ins Schlafzimmer und da sah ich sie, wie sie nackt auf dem Schwanz eines Kerls saß, der ihr Vater hätte sein können oder sogar ihr Großvater. Ich stand da wie ein Idiot, unfähig mich zu rühren. Der alte Knacker bemerkte mich als Erster und machte sie mit einem schmierigen Grinsen auf mich aufmerksam. Emma hielt es nicht einmal für nötig, von ihm runter zu steigen. Sie meinte, ich müsse das verstehen, ihr neuer Stecher hätte im Leben schon etwas geleistet. Er besäße einen Ferrari und eine Luxusvilla und aus mir würde sowieso nie etwas werden. Sie erklärte mir, sie bräuchte einen Mann, der mit beiden Beinen im Leben stände und keinen Loser wie mich.

Ich ging, sagte die Hochzeit ab, schloss mich mit mehreren Flaschen Schnaps in meinem Zimmer ein und ließ mich bis zur Besinnungslosigkeit volllaufen. So ging das tagelang, bis Alec schließlich meine Tür eintrat, mich packte, ins Badezimmer schleifte und samt Klamotten unter die kalte Dusche stellte. Danach zwang er mich unter Androhung von Gewalt, ihm zu erzählen, was geschehen war. Er wunderte sich nicht einmal über das, was er zu hören bekam, meinte nur, ich solle froh sein, sie vor der Hochzeit erwischt zu haben und nicht erst danach. Nach seiner Überzeugung wäre ich mit ihr sowieso nicht glücklich geworden. Allein deshalb nicht, weil ich meine wahren Neigungen vor ihr verbarg. Er packte mich an dem bisschen Stolz, der noch in mir war, indem er mir ins Gewissen redete. Wenn ich so weitermachen würde und mich dem Suff ergäbe, würde Emma mit ihrer Einschätzung, ich sei ein Loser, der es nie zu etwas bringen wird, recht behalten, meinte er. So brachte er mich dazu, zumindest wieder zu meinen Vorlesungen zu gehen. Allerdings trank ich immer noch mehr, als gut für mich war, und suhlte mich in meinem Elend. Vor den Vorlesungen warf ich Wachmacher und chemische Drogen ein, damit ich trotz durchzechter Nächte in der Uni fit war. Als Alec das spitzkriegte, hat er mich verdroschen, und zwar richtig. Er meinte, es wäre nötig, mir Verstand einzuprügeln. Wäre ich nicht so zugedröhnt gewesen, hätte ich mich sicherlich wehren können, aber dazu war ich nicht in der Lage. Dann hat er mich gezwungen auszunüchtern, mich endlich mal wieder ordentlich zu waschen und zu rasieren. Anschließend nahm er mich zum ersten Mal in meinem Leben mit in einen SM-Club.

Das war eine ganz neue Welt für mich. Eine Welt, von der ich sofort gespürt habe, dass ich da hineingehöre. Ich habe zuerst zugeschaut, dann mitgemacht. Ausprobiert, gelernt und festgestellt, dass es auch andere Beziehungen zwischen Mann und Frau geben kann. Beziehungen, die auf Ehrlichkeit und Vertrauen gebaut sind, ohne den Zwang sich zu binden. Also bin ich dabei geblieben und ich fahre sehr gut damit. Ich kenne viele interessante Leute, habe ein erfülltes Sexualleben und es stellt immer eine Herausforderung dar, sich auf eine neue Sklavin einzustellen. Sich in einen anderen Menschen hineinzufühlen, zu beobachten, wie sie reagiert, was sie mag, was nicht. Was es sie kostet, sich auf mich einzulassen, wie weit sie vertrauen kann, was ich tun muss, um mir ihr Vertrauen zu verdienen. Diese Dinge faszinieren mich sehr.«

Lukas schaute ihr ins Gesicht, streichelte ihre Wange, die unter seiner Hand heiß wurde. Ein leichtes Lächeln zog an seinem Mundwinkel, doch er wurde schnell wieder ernst.

»Aber ich schweife ab. Du wolltest etwas über meine Beziehung zu Emma wissen, ich denke, ich habe dir deine Frage beantwortet.«

Er wollte sich aufrichten, aber Lea schlang die Arme um seinen Hals und klammerte sich an ihn wie ein Äffchen. Also blieb er liegen, hielt sie und stellte erstaunt fest, wie gut das tat.

»Es tut mir so leid, Lukas. Niemand sollte so etwas durchmachen müssen«, flüsterte sie leise.

»Das muss es nicht, Kleines. Das ist jetzt zwölf Jahre her, und wenn ich daran zurückdenke, verletzt es nur noch meinen Stolz. Inzwischen bin ich froh darüber, dass es so gekommen ist. Ich wäre nicht glücklich mit ihr geworden. Zum einen deshalb nicht, weil ich sicher eines Tages gemerkt hätte, was für ein berechnendes Miststück Emma in Wirklichkeit ist. Nur wäre ich dann wahrscheinlich schon einige Zeit mit ihr verheiratet gewesen. Zum anderen hätte mir der Vanillasex über kurz oder lang nicht mehr gereicht und das wäre zum Problem geworden. Diese Ehe war so oder so zum Scheitern verurteilt. Deshalb ist es gut, dass es so gekommen ist.«

»Hast du heute noch Kontakt zu Alec?«

»Klar jeden Tag. Alec ist Architekt geworden. Nach dem Studium haben wir gemeinsam unsere Firma aufgebaut und uns auf Brückenbau spezialisiert. Der Job ist oft hart, aber die Firma läuft gut. Heute könnte ich mir den Ferrari und die Luxusvilla wohl auch leisten. Aber mir liegt nichts an solchem Zeug. Ich liebe mein Haus. Als ich es gekauft habe, war es ziemlich heruntergekommen und ich habe es nach und nach saniert und nach meinen Vorstellungen umgebaut und eingerichtet. Ich erfreue mich an dem, was ich selbst entworfen und umgesetzt habe und bin stolz darauf. In einer Schickimicki-Villa würde ich mir deplatziert vorkommen. Ich kann mir nicht vorstellen, dass ich da glücklich werden könnte.«

»Das kann ich mir auch nicht vorstellen. Auch wenn wir uns noch nicht gut kennen, habe ich das Gefühl, du gehörst genau hierher. Und du hast dir alles, was du erreicht hast, selbst aufgebaut, ohne dich ins gemachte Nest zu setzen. Auch darauf kannst du zu recht stolz sein.«

Obwohl sie ewig so in seinen Armen hätte liegen können, löste sie sich schließlich von ihm und richtete sich auf. Als er sich ebenfalls aufsetzen wollte, legte sie ihre Hand auf seine Brust und hielt ihn mit sanftem Druck fest. Fragend runzelte er die Stirn.

»Wir haben gefühlt stundenlang gespielt und es war der Wahnsinn, was du mit mir gemacht hast. Aber ich hatte in der ganzen Zeit keine Gelegenheit, dich wirklich anzusehen. Du kennst meinen Körper schon jetzt auswendig, während ich lediglich weiß, wie gut es sich anfühlt, wenn du in mir bist. Ich möchte auch etwas von dir sehen.«

Ein sinnliches Grinsen erschien auf seinem Gesicht, das ihr Herz höherschlagen ließ. Träge legte er sich auf den Rücken, verschränkte die Hände hinter dem Kopf und blickte sie an, wie ein Kater, der gerade ein Töpfchen Milch geschlabbert hat. Sie rutschte auf die Knie und schaute ihn an. Er hatte unverschämt lange Wimpern für einen Mann, die seine Wahnsinnsaugen noch stärker zur Geltung brachten. Sie strich sanft über seine Wange bis zum Kinn. Das Kratzen seiner Bartstoppeln auf ihrer Handfläche empfand sie geradezu als sinnlich. Sie strich mit einem Finger über seine Unterlippe. Im Stillen freute sie sich darüber, dass er sie gewähren ließ, anstatt, wie die meisten Männer es getan hätten, nach ihrem Finger zu schnappen. Sie strich über seine Oberlippe, fuhr sanft mit der Hand seitlich über seinen Hals, über die kräftigen Schultern. Während sie von einem Schlüsselbein zum anderen streichelte, wurde ihr bewusst, wie intensiv sein Blick auf ihr ruhte. Er blinzelte kein einziges Mal. Ihr lief ein wohliger Schauer über den Rücken, während sie für einen Moment in der Unendlichkeit seiner Gewitteraugen versank. Doch schließlich richtete sie den Blick wieder auf seine fast unbehaarte, muskulöse Brust. Streichelte, kratzte mit dem Fingernagel ganz leicht über seine Brustwarze und bemerkte vergnügt, dass er eine Gänsehaut bekam. Ihre Hände wanderten weiter hinunter über seine Bauchmuskeln. Er hatte kein Sixpack, aber seine Muskeln waren ausgeprägt und sein Bauch flach und fest.

›Wenn ich jetzt mit voller Wucht auf seinen Bauch haue und er anspannt, werde ich mir die Hand verstauchen und er merkt kaum einen Stupser‹, dachte sie ironisch.

»Was hast du jetzt gerade gedacht?«, wollte er prompt wissen.

Verwirrt schaute sie in sein Gesicht. War sie so durchschaubar?

»Ich dachte gerade, dass deine Bauchmuskeln härter sein dürften, als meine Hand«, erwiderte sie wahrheitsgemäß. »Aber keine Sorge, ich will dir ganz sicher nichts tun, es war nur ein rein hypothetischer Gedanke«, redete sie hastig weiter.

Seine Augen funkelten amüsiert, als er im spielerischen Ton antwortete: »Da bin ich aber sehr froh, Kleines.«

Sie errötete. »Blödmann«, knurrte sie halb belustigt, halb verärgert. Andächtig musterte sie seinen Körper. Von seinem Bauchnabel verlief eine Spur dunkler Härchen zu einem recht überschaubaren Büschel dunkler Haare. Sein Penis war nur halb erigiert und sah daher im Moment eher harmlos aus. Flankiert von seinen Hoden, die sie jetzt gerne mit der Zunge gestreichelt hätte, lag sein bester Freund zwischen seinen Beinen. Sie strich über einen Beckenknochen herunter zum Oberschenkel, der genau richtig, nicht zu dick und nicht zu dünn, und außerdem stahlhart war.

»Du bist wunderschön«, hauchte sie andächtig.

Seine Braue schoss in die Höhe. Im ersten Moment wirkte er amüsiert, aber dann wurde seine Miene ernst. »Es freut mich, dass ich dir gefalle.«

Wieder wurden ihre Wangen heiß. »Dreh dich um.«

Schweigend schaute er zu ihr auf.

»Bitte, ich möchte das Gesamtkunstwerk betrachten.«

Schmunzelnd tat Lukas ihr den Gefallen. Auch der Anblick seiner Rückseite war appetitlich. Sie strich zärtlich über seinen Rücken, was ihm ein wohliges Seufzen entlockte, bis hinunter zu seinem festen, knackigen Hintern.

»Wenn du drauf haust, lege ich dich übers Knie«, grunzte er, worauf sie kicherte.

»Ich gebe zu, der Gedanke kam mir ganz kurz, aber ich hätte mich wahrscheinlich nicht getraut«, gluckste sie. »Du hast übrigens einen tollen Arsch für einen Mann.« Spielerisch kniff sie in eine Backe.

Mit einem Satz drehte er sich um, schnappte sie sich, legte sich auf sie und hielt ihr die Hände über den Kopf. Als sie erschrocken quiekte, schob er seine Zunge in ihren Mund und küsste sie. Je länger der Kuss dauerte, desto weicher und nachgiebiger wurde ihr Körper unter ihm. Er überlegte, ob er sie noch einmal nehmen sollte, entschied aber, dass es für ihr erstes Zusammensein genug war. Er wollte lieber nicht den Eindruck eines sexbesessenen Wilden erwecken, der den Hals nicht voll bekam.

Nach einer Weile standen sie auf, duschten, zogen sich an und setzten ihre Unterschriften unter seine Regeln, ohne noch etwas zu ergänzen.

Während sie unterschrieb, dachte sie kurz an seinen Wunsch, sie an andere Männer zu verleihen und ihr Magen zog sich schmerzhaft zusammen. Aber dazu würde sie es nicht kommen lassen, schwor sie sich und verdrängte rasch den Gedanken.

Er fuhr sie nach Hause und brachte sie galant bis zu ihrer Wohnungstür im dritten Stock. ›Es fühlt sich irgendwie falsch an‹, dachte Lea, als sie sich von ihm verabschiedete. Sie wäre gern die ganze Nacht bei ihm geblieben. Aber das wäre fürs erste Date vielleicht doch etwas viel gewesen. Außerdem war sie befriedigt und entspannt wie schon lange nicht mehr. Sie hatte sogar erreicht, dass er etwas sehr Persönliches von sich preisgab, was so wichtig war, dass es ihn geprägt hatte. Also küsste sie ihn, dankte ihm für den wundervollen Abend und unterdrückte das negative Gefühl, bevor es ihr die Stimmung vermieste.

»Ich danke dir für den schönen Abend, Baby, wir sehen uns«, flüsterte er ihr ins Ohr und drückte sie noch einmal an sich, bevor er ging.

4

Die ganze Woche über schwelgte Lea in Erinnerungen an die gemeinsamen Stunden mit Lukas. Sie hatte nichts von ihm gehört und sich nicht getraut, Kontakt zu ihm aufzunehmen.

Sie hielt es für passender, ihm die Initiative zu überlassen, schließlich wollte sie nicht den Eindruck erwecken, hinter ihm herzulaufen.

Im Job wirkte sie souverän und konzentriert wie immer. Niemand ahnte, dass ihre Gedanken ständig bei ihm waren. In seinem Keller, bei den Dingen, die sie mit ihm erlebt hatte und die er noch mit ihr tun würde. Doch ihre lustvollen Erinnerungen und Gedanken waren auch von Bedenken getrübt, die nicht verstummen wollten. Im Gegenteil, die Angst vor seinem Wunsch, sie von anderen Männern benutzen zu lassen, ließ sie nicht los. Trotzdem hatte sie die Vereinbarung unterschrieben und sich in seine Hände gegeben, weil sie es unbedingt gewollt hatte und es auch immer noch wollte. Das war doch vollkommen verrückt, oder? Sie war hin und her gerissen zwischen Beklommenheit und Begierde. Doch mit einiger Anstrengung verdrängte sie sämtliche negativen Gefühle, schloss Angst und Unsicherheit tief in sich ein und genoss stattdessen das Prickeln und die Vorfreude auf die nächste Session.

Lukas ließ sie bis Freitagmittag schmoren. Dann endlich erreichte sie eine SMS von ihm während ihrer Mittagspause.

HEUTE ABEND?

Sie wollte jubeln und ihm schreiben, wie sehr sie sich auf ihn freute. Aber sie verkniff es sich und antwortete nur: *JA.*

JA WAS?, kam es prompt zurück.

JA HERR, schrieb sie, verunsichert, ob er wohl weitere Äußerungen von ihr erwartete.

HIGH HEELS, NYLONS, STRAPSE, 19:00 UHR BEI MIR!

Nach der Arbeit fuhr sie nach Hause, duschte, flocht ihr Haar zu einem dicken Zopf, der ihr über den Rücken fiel, und schminkte sich sorgfältig. Sie wählte ein brombeerfarbenes kurzes Kleid mit tiefem Ausschnitt, das ihrer Figur schmeichelte. Drunter trug sie einen brombeerfarbenen Spitzen-BH mit passendem Höschen, Strapsen und schwarzen Nylons. Dazu schwarze Overknees mit zwölf Zentimeter hohen Absätzen. Sie war dezent geschminkt, entschied sich aber aus einer Laune heraus für einen farblich abgestimmten Lippenstift.

Voller Vorfreude fuhr sie zu ihm und parkte den Wagen unmittelbar vor seinem Haus. Die Haustür stand offen, also trat sie ein. Die Wohnzimmertür war geschlossen, daher nahm sie den direkten Weg über die Treppe im Flur, hinunter in den Keller. Sie brauchte einen Augenblick, um sich an die spärliche Beleuchtung zu gewöhnen, doch dann sah sie Lukas in seinem Sessel sitzen.

»Hi«, sagte sie leise und strahlte ihn an.

Er erhob sich, verschränkte die Arme vor der Brust und betrachtete sie mit einem finsteren Blick.

»Ich hoffe, ich bin nicht zu spät? Es war ziemlich voll auf den Straßen«, plapperte sie nervös drauf los.

Er sagte kein Wort. Grimmig musterte er sie von oben bis unten. Minuten vergingen und sie wurde immer nervöser.

›Das Kleid - wurde ihr plötzlich klar. Er will nicht, dass ich komplett angezogen hier herunterkomme.‹

Hastig zog sie es über den Kopf und warf es auf den nächsten Sessel.

»Ist es so besser?«, ihre Stimme klang mittlerweile klein und piepsig.

Er ging ein paar Schritte zurück und bedeutete ihr mit einer barschen Handbewegung, zu ihm zu kommen. Noch immer schaute er böse und schwieg. Ihre Knie zitterten, als sie zu ihm ging. Blitzschnell fasste er nach ihrem Zopf und zog ihn so heftig nach unten, dass sie gezwungen war, auf die Knie zu gehen, um den

Schmerz zu ertragen. Grob zog er sie wieder auf die Füße und drehte sie zu einem der Spiegel um.

»Worum habe ich dich gebeten?«, murrte er.

Jetzt bebte ihr Körper vor Angst und Tränen liefen über ihre Wangen. Sie zuckte zusammen, als er »Antworte!« in ihr Ohr brüllte.

»Heels, Nylons, Strapse«, flüsterte sie. »Aber das habe ich doch alles an. Genau, wie du es wolltest.«

»Ach ja?« Er hielt ihr ein Taschentuch hin. »Wisch dir das Zeug vom Mund ab!«

Schnell entfernte sie den Lippenstift und starrte ihn ängstlich im Spiegel an.

»Besser, wenn auch nur unwesentlich besser«. Er griff grob um sie herum, hakte den Frontverschluss ihres BHs auf und zog ihr das Wäschestück ungeduldig vom Körper. Dann tastete er nach ihren Hüften und riss mit einem Ruck ihren Slip entzwei. Sie schrie erschrocken auf, als die Reste zu Boden fielen. Er schlang von hinten die Arme um sie. »Heels, Nylons, Strapse, von nichts anderem war die Rede!«, knurrte er ungehalten. Doch als ihm plötzlich klar wurde, dass sie nicht vor Erregung, sondern vor Angst zitterte, drehte er sie sanft zu sich herum.

»Du musst lernen, auf das zu hören, was ich dir sage, Baby. Hätte ich gewollt, dass du noch weitere Kleidungsstücke trägst, hätte ich dich das wissen lassen.«

Zärtlich streichelte er ihren Rücken.

»Und noch etwas musst du lernen: Es wird öfter vorkommen, dass ich grob zu dir bin. Ich werde es genießen, dir wehzutun. Aber ich spiele nur eine Rolle, ich bin nicht wirklich sauer. Es tut mir leid, wenn ich das hier zu glaubhaft rüber gebracht habe. Wenn ich jemals wirklich wütend auf dich sein sollte, werde ich dich nicht anfassen, sondern dich nach Hause schicken. Ich werde dich nie aus Wut schlagen und du musst niemals, wirklich niemals Angst vor mir haben. Lerne mir zu vertrauen, Lea.«

Aufschluchzend schmiegte sie sich an ihn.

»Es tut mir leid. Bitte hab etwas Geduld mit mir, ich ...«

»Scht. Das habe ich, Kleines. Es ist in Ordnung, beruhige dich. Ich muss mich bei dir entschuldigen. Du kennst mich noch nicht gut genug. Ich hätte den wütenden Dom vielleicht etwas weniger überzeugend spielen sollen. Es tut mir leid, ich wollte dir keine Angst einjagen.«

Er hob sie hoch, setzte sich in einen der Sessel und hielt sie auf seinem Schoß.

»Ich wollte dich nicht enttäuschen«, weinte sie.

»Das hast du nicht. Um ehrlich zu sein: Ich hatte gehofft, dass du mich missverstehst. Schließlich hast du mir einen guten Grund geliefert, dich zu bestrafen, indem du dich mir widersetzt hast.«

»Aber, wie hätte ich das denn machen sollen? Erwartest du wirklich von mir, dass ich in diesem Aufzug meine Wohnung verlasse und nackt zum Auto laufe, um hierher zu fahren?«

»Nein, selbstverständlich nicht! Im Gegenteil, ich wäre ernsthaft böse, wenn du das tätest. Das wäre dumm und gefährlich. Aber hier draußen sieht dich kein Mensch. Ich verlange von dir, dass du so, wie ich es anordne, meinen Keller betrittst. Ob du die überflüssigen Kleidungsstücke im Auto lässt, oder dich oben im Haus umziehst, ist mir egal. Und noch etwas: Ich mag natürliche Frauen. Wenn du zu einer Session hierherkommst, wirst du auf starkes Make-up und vor allem auf Lippenstift verzichten. Du bist auch ohne Schminke eine schöne Frau und ich will das Zeug nicht an mir haben, wenn ich dich küsse. Du solltest auch bedenken, dass alles, was zerlaufen kann, nicht besonders attraktiv aussieht, wenn du weinst.«

»Oh je«, murmelte sie entsetzt.

»Die Tür direkt neben der Treppe rechts führt ins Bad. Wasch dir das Gesicht und dann komm wieder her.«

Lea rutschte von seinem Schoß und beeilte sich, seiner Anweisung zu folgen. Sie gelangte in ein recht geräumiges Bad mit Toilette, Waschbecken und einer riesigen Dusche.

»Oh je«, murmelte sie wieder, bestürzt über den Pandabärenlook ihres Spiegelbildes. Sie wusch sich das Gesicht mit kaltem Wasser während ihre Fantasie heiße Bilder von ihr, Lukas und der Nasszelle hinter ihr produzierte. Schnell verließ sie das Bad wieder.

»Halt!«, donnerte er.

Lea blieb wie angewurzelt stehen. Lukas saß noch immer in dem Sessel, genauso, wie sie ihn verlassen hatte.

»Hier unten bist du gleichzeitig Sklavin und Königin. Und wenn du dich bewegst, kannst du sicher sein, dass ich entweder auf deine üppigen Brüste, deine Pussy oder auf deinen knackigen Arsch starre. Sei dir meiner Blicke in jeder Sekunde bewusst. Ich will dich stolz sehen. Und jetzt komm her!«

Leas Haltung straffte sich. Sie nahm die Schultern etwas nach hinten, wodurch ihre Brüste sich vorwitzig nach vorn reckten. Langsam, mit wiegenden Hüften ging sie auf ihn zu.

»Ja genau das ist es. So will ich dich sehen, Baby. Eine Königin. Und vergiss niemals mich anzusehen. Es sei denn, ich befehle dir, den Blick zu senken.«

Sie lächelte, die Tränen waren vergessen. Sie blieb vor ihm stehen, ging auf die Knie, spreizte die Beine leicht und nahm die Hände hinter den Rücken, ohne den Blick abzuwenden.

Lukas' Mundwinkel zuckten amüsiert. »Habe ich dir das befohlen?«, fragte er und bemühte sich, seiner Stimme einen strengen Klang zu verleihen.

Ihr Lächeln wurde breiter. »Nein Herr, aber es fühlt sich richtig an.«

Er beugte sich vor und küsste sie.

Lea schloss hingerissen die Augen, als seine Zunge ihren Mund eroberte.

»Nein«, murmelte er in ihren Mund, ohne den Kuss zu unterbrechen. »Schau mich an.«

Lea öffnete die Augen und begegnete seinem sturmgrauen Blick. Der Kuss wurde intensiver. Seine Zunge umschmeichelte ihre mit harten, erregenden Schlägen. Er griff nach ihren Brüsten, knetete sie, kniff fest in die kirschroten Knospen. Sie stöhnte. Nach einer Ewigkeit beendete er den Kuss und stand auf, während sie blieb, wo sie war. Er durchquerte den Raum und kam mit den

Handmanschetten zurück, legte sie ihr an und fixierte ihre Arme auf dem Rücken. Dann zog er sie hoch und küsste sie wieder, bevor er sie durch den Raum zum Altar dirigierte.

»Du bist so süß, so heiß und so herrlich nass«, flüsterte er heiser. »Und am liebsten würde ich dich jetzt vögeln, bis du um Gnade flehst. Aber das geht leider nicht, denn das hast du dir nicht verdient.«

»Bitte Lukas«, stöhnte sie. »Bitte nimm mich!«

»Nein! Du hast heute nicht getan, was ich dir befohlen habe und dafür werde ich dich bestrafen müssen. Das verstehst du doch, oder?«

»Bitte Lukas, ich will dich in mir spüren.«

»Oh das wirst du, Baby ... aber später ... und bis dahin wirst du dich in Geduld üben.«

Er stellte sie vor das Fußende des Altars. Dann löste er ihren Zopf, fuhr mit beiden Händen durch ihre Locken und fächerte ihr Haar über ihren Rücken.

»Bück dich!«

Lea beugte sich über die schwere Steinplatte. Die kalte Oberfläche verursachte eine Gänsehaut, die über ihren ganzen Körper kroch. Er löste den Karabiner, der ihre Hände auf dem Rücken hielt.

»Arme gerade nach vorne.«

Lea gehorchte. Mit wenigen Handgriffen fesselte er ihre Handgelenke an zwei schweren Metallringen, die im Altar einbetoniert waren.

»Beine auseinander! Weiter! Ja Baby, genauso!«

Lukas legte ihr Fußmanschetten an, fixierte ihre Beine an den Ringen, die aus den wuchtigen Füßen des Altars herausragten.

Lea konnte sich kaum noch bewegen. Sie genoss das Gefühl, sich dem Mann hinter ihr auszuliefern. Ihr Herz klopfte viel zu schnell in ängstlicher Erwartung seiner Strafe. Sie wusste, was kommen würde, sehnte den süßen Schmerz auf ihrem Hintern herbei und wünschte sich zugleich, es wäre schon vorbei. Sie hörte Lukas durch den Raum gehen und wieder zurückkommen, spürte ihn hinter sich.

Zärtlich streichelte er ihre rechte Backe. An der Hinterseite ihres Oberschenkels entlang bis zur Kniekehle, dann seitlich an der

Innenseite wieder hinauf. Jedoch ohne sie dort zu berühren, wo sie es so sehr ersehnte. Genauso streichelte er ihr linkes Bein und auch die andere Backe, bevor er ihren Po mit beiden Händen knetete.

»Du hast einen herrlichen Arsch. Ich werde es genießen, ihn zu bearbeiten!«

Lea wimmerte. Sie wünschte, er würde endlich anfangen. Dieses Warten auf den Schmerz war eine ganz eigene Form der Folter.

Lukas drang mit zwei Fingern tief in sie ein. Sie stöhnte.

»So heiß, so nass und so hungrig«, schnurrte er. Wie lautet dein Safewort?«

»Es lautet ROT, Herr«.

»Genau, sehr gut! So rot, wie dein Arsch bald sein wird.«

Damit landete der erste Schlag mit einem lauten Klatschen auf ihrem Po. Lea wimmerte. Er musste wohl einen Flogger mit mehreren Lederzotteln gewählt haben. Der Schlag war fest, der Schmerz feurig und großflächig auf ihrer linken Backe.

»Du hast sehr empfindliche Haut. Sie leuchtet schon nach dem ersten Schlag«, stellte er begeistert fest. »Ich denke, zwanzig Schläge sind für deine Verfehlung heute angemessen. Ich möchte, dass du mitzählst und dich für jeden Schlag bei mir bedankst.«

»Ja. Zwei, danke Herr«, japste sie, als der nächste Schlag auf ihrer rechten Backe landete.

»Aber aber ..., man fängt immer bei Eins an zu zählen, Baby. Noch mal von vorn!«

»Aber du ...«

Wieder landete der Flogger hart auf ihrem Po.

»Möchtest du mit mir diskutieren? Oder möchtest du dich vielleicht sogar beschweren?«

Seine Stimme klang ruhig und freundlich ... zu freundlich.

»Nein Herr«, keuchte sie.

»Eine weise Entscheidung! Zähl!«

Klatsch.

»Eins. Danke Lukas.«

»So ist es brav«. Wieder landete das Leder mit einem lauten Knall auf ihrer zarten Haut.

»Zwei. Danke Lukas.«

Er gönnte ihr keine Pause.

»Drei. Danke Lukas«, ihre Stimme klang gepresst.

»Vier. Danke Lukas.«

Sie konnte sich nicht mehr zurückhalten, schrie laut bei jedem Feuerkuss, der ihr zartes Fleisch traf, doch sie zählte tapfer weiter, wie er es ihr befohlen hatte.

»Sieben. Danke Lukas. Acht. Danke Lukas. Neun. Danke Lukas.«

Als sie bei elf angekommen war, begann sie zu weinen.

»Du kennst dein Safewort. Du brauchst es nur zu sagen und es ist vorbei.«

Das Angebot war verlockend. Sie wusste, er würde von ihr ablassen, wenn sie es wünschte. Es dauerte eine ganze Weile, bis sie antwortete.

»Nein Herr, ich schaffe das, für dich.«

Einen Moment blieb es ruhig.

»Ich bin stolz auf dich, Baby«, flüsterte er rau.

Die Hiebe folgten so schnell, dass sie kaum Zeit hatte, sich für jeden einzelnen zu bedanken. Lea wusste nicht mehr, wo genau die Schläge landeten. Rechts? Links? Ihr Arsch stand in Flammen. Die Peitsche traf und traf. Doch sie wusste, wie viele Hiebe sie eingesteckt hatte und wie weit der Weg bis zum erlösenden Ende war, denn sie zählte und bedankte sich artig für jeden einzelnen Schlag.

»Achtzehn. Danke Lukas. Neunzehn danke Lukas.«

»Einen noch, dann hast du es geschafft, meine Süße. Du bist wundervoll.«

Ein letzter heftiger Schlag landete laut auf ihrem Po.

»Zwanzig, danke Lukas«, brachte sie mühsam zwischen zwei Schluchzern hervor.

Lukas legte den Flogger zur Seite. Sanft streichelte er ihre Schenkel. Seine Hand glitt über ihre Hüften, über ihren Rücken, ohne ihren glühenden Po zu berühren. Dann griff er zwischen ihre Beine, massierte mit dem sanften Druck seines Daumens ihre Klit, was ihr ein kehliges Stöhnen entlockte und drang mit zwei Fingern in sie ein.

»Du bist so nass, dass dein Saft nur so aus dir heraustropft, Baby und das trotz der Schläge. Oder vielleicht gerade deswegen?«

Lea wimmerte. Ihr Po brannte wie Feuer und in ihrem Schoß wütete ein Sturm der Ekstase.

»Lukas!«, schrie sie. »Bitte, ich halte das nicht aus. Ich brauche dich.«

Er entfernte sich von ihr und sie schluchzte frustriert auf. Aber schon kurze Zeit später war er wieder bei ihr. Er hatte sich nur seiner Klamotten entledigt, denn nun strich er mit seinem wundervollen Schwanz durch ihre nasse Spalte.

»Bitte!«, jammerte sie.

Er umfasste ihre malträtierten Backen, zog sie weit auseinander, was ihr ein Wimmern entlockte und ließ seinen Penis genüsslich dazwischen gleiten. Ganz leicht drückte er gegen ihren Hintereingang.

»Wo willst du ihn spüren? Welches Loch soll ich ficken?«, fragte er heiser.

»Mein Körper gehört dir, Herr, wie auch immer du ihn benutzen willst, ich werde es genießen. Ich will dich nur endlich in mir spüren.«

»Das war die richtige Antwort, Kleines.«

Er packte ihre Hüften und drang mit einem festen Stoß tief in ihre Pussy ein.

»Gott Baby, du bist so eng, ich liebe es«, flüsterte er und drückte sich mit langsamen, tiefen Stößen in sie. Wieder und wieder. Jedes Mal wenn er in sie stieß, presste er sein Becken fest gegen ihren wunden Arsch. Lea war wie von Sinnen. Sie wusste nicht, wo der Schmerz aufhörte und die Lust anfing, aber das war ihr auch egal. Sie konnte sich in ihren Fesseln kaum bewegen, musste wehrlos ertragen, was er ihr gab. In dieser Stellung spürte sie seinen Schaft so tief in sich, dass sie vollkommen berauscht war. Ihre Schreie ergaben mit seinem Keuchen und dem Klatschen seines Beckens gegen ihren geschundenen Hintern eine Melodie der Begierde. Bis sich ihre inneren Muskeln krampfhaft um ihn zusammenzogen, als wollten sie ihn nie wieder freigeben.

Da war es auch mit Lukas' Beherrschung vorbei und er spritzte seine Lust mit einem heiseren Stöhnen tief in ihre enge Scheide. Nachdem er etwas zu Atem gekommen war, zog er sich aus ihr zurück und löste die Fesseln. Dann half er ihr hoch und bedeutete ihr, sich auf den Altar zu setzen.

Sie wimmerte, ihr Po tat weh. Aber sie schlang die Beine um seine Hüften, die Arme um seinen Hals und klammerte sich eng an ihn. Sie zitterte vor Erschöpfung.

Er griff in ihre Haare und zog sanft daran.

»Schau mich an.«

»Du siehst zum Anbeißen aus, so verschwitzt«, flüsterte sie lächelnd.

»Und du erst«, entgegnete er schmunzelnd. »Du bist unglaublich. Deine Augen glänzen, die Wangen gerötet, deine Lippen sind vom Küssen ganz geschwollen. Das Sinnbild einer befriedigten Frau. Du siehst wunderschön aus.«

Sie strahlte ihn an. Auf ein Kompliment, so kurz nach einem berauschenden Orgasmus, konnte man sich sicherlich nicht zu viel einbilden. Dennoch freute sie sich darüber.

Er ließ ihr keine Zeit zum Nachdenken, sondern eroberte ihre Lippen zu einem wundervollen, langsamen Kuss. Ohne diesen zu unterbrechen, legte er die Arme unter ihren brennenden Po, hob sie hoch und lief mit ihr durch den Raum bis ins Bad. Dort setzte er sie kurz ab und ging vor ihr in die Hocke, um ihr Overknees, Strapse und Nylons auszuziehen. Dann hob er sie wieder hoch, marschierte mit ihr in die Dusche und drehte das Wasser auf.

Sie seufzte, als der warme Schauer auf sie herabrieselte, schloss die Augen, genoss die Wärme des Wassers und das Gefühl seiner Haut an ihrer, kostete seine Streicheleinheiten aus.

Nach einer Weile nahm sie die Beine von seinen Hüften und rutschte an ihm herab, bis sie vor ihm mit leicht gespreizten Beinen auf den Fliesen kniete. Sie nahm seinen schlaffen besten Freund in den Mund, schloss die Augen und legte den Kopf in den Nacken. Das Wasser der Dusche prasselte ihr ins Gesicht und sie spürte, wie der Schaft in ihrem Mund langsam aber stetig wuchs. Sie ließ ihn aus ihrem Mund herausgleiten und massierte stattdessen mit Lippen und Zunge sanft seine Hoden. Leckte und küsste sich von der Wurzel bis zur Spitze, um dann hingebungsvoll abwechselnd an seiner Eichel zu saugen und sie mit der Zunge zu umkreisen. Kurz nahm sie ihren Kopf aus dem Wasserstrahl, um ihn anschauen zu können. Sein glühender Blick ruhte so intensiv auf ihr, dass ihr ein wohliger Schauer über die Wirbelsäule rieselte. Mit einem tiefen Blick in seine Augen legte sie ihre Lippen fest um seinen Schwanz. Dann schloss sie die Lider, bewegte den Kopf genüsslich vor und zurück. Nahm sein bestes Stück tief in sich auf, so wie er es ihr beim letzten Mal beigebracht hatte.

»Du Luder kriegst wohl nie genug«, keuchte er, griff in ihre Haare, überstreckte ihren Kopf noch weiter und stieß zu, zog sich zurück, stieß erneut in sie. Genüsslich vögelte er ihren Mund.

Es war herrlich, von ihm auf diese Weise genommen zu werden. Schließlich drehte er mit einer Hand das Wasser ab, ohne seinen Rhythmus zu unterbrechen. Dann zog er seinen Penis aus ihrem Mund und spritze ihr seine Lust ins Gesicht. Der weiße Saft rann träge über ihre Wangen und Lippen, lief an ihrem Kinn herab, tropfte auf ihre Brüste. Mit der Zunge leckte sie den salzig-herben Saft von ihren Lippen.

»Schlampe,« flüsterte er zärtlich, während er genießerisch ihr besudeltes Gesicht betrachtete.

Reglos blieb sie vor ihm auf den Knien, schaute lächelnd zu ihm hoch, glücklich, weil er sich an ihrem Anblick ergötzte. Doch schließlich reichte er ihr wortlos die Hand, zog sie auf die Füße und drehte den Wasserhahn wieder auf.

Nachdem sie sich gereinigt hatte, wickelte er sie in ein großes weiches Handtuch, bevor er sich selbst abtrocknete.

Die Stille zwischen ihnen war erfüllt von ihrer Hingabe, seiner beschützenden Präsenz und träge von gestilltem Verlangen. Er reichte ihr einen Bademantel und hüllte sich in einen Zweiten. Dann nahm er ihre Hand und sie liefen die Treppe hoch ins Wohnzimmer, wo sie es sich auf dem Sofa bequem machten.

»Lukas«, brach sie mit leiser Stimme das einträchtige Schweigen.

»Ja Baby?«

»Lass mich heute bitte nicht allein nach Hause fahren.«

Er schaute sie überrascht an.

»Nach dieser Session brauche ich einfach deine Nähe. Ich will jetzt nicht alleine sein.«

Er runzelte die Stirn, dachte einen Augenblick darüber nach und nickte dann.

»Möchtest du heute Nacht hierbleiben?«

Sie lächelte glücklich. »Ja, wenn es dir nichts ausmacht, würde ich das wirklich gerne.«

Er hob eine Braue »Warum sollte mir das etwas ausmachen?«

»Nun ich dachte, das wäre dir vielleicht ... zu viel ... Ich meine, ach ich weiß auch nicht, was ich meine.«

Lea zuckte hilflos mit den Schultern und schlug die Augen nieder.

Lukas hob ihr Kinn mit einem Finger und schüttelte den Kopf.

»Sieh mich an, da unten gibt es nichts Interessantes. Du hast recht, es ist nicht unbedingt üblich in einer Beziehung wie unserer, aber ich habe dich gern bei mir. Es spricht nichts dagegen, wenn du die Nacht hier verbringst. Wir sollten etwas essen. Du darfst wählen. Entweder ich koche uns etwas oder wir ordern was vom Lieferdienst.«

»Du kannst kochen?«

Lea war ehrlich überrascht.

»Selbstverständlich. Ich lebe allein und mag mich nicht nur von Fast Food ernähren.«

»Ich glaube, dann fände ich es schön, wenn wir zusammen etwas zubereiten. Ich schnippele, was auch immer zu schnippeln ist und du kochst.«

»Klingt gut«, erwiderte Lukas.

Lea überkam ein sonderbar wohliges Gefühl. Mit ihm gemeinsam in der Küche zu werkeln, fühlte sich so richtig an. Sie arbeiteten harmonisch Hand in Hand, als hätten sie nie etwas anderes getan. Lukas zauberte eine bunte Gemüsepfanne mit Filetstückchen und geheimnisvollen Gewürzen. Lea zerkleinerte Paprika, Karotten und Zwiebeln.

»Oh mein Gott, das riecht himmlisch«, schwärmte sie, als das Essen in der Pfanne brutzelte. »Ich glaube, du könntest mich auch mit deinen Kochkünsten zum Orgasmus bringen.«

Lukas grinste, aber seine Augen wurden eine Spur dunkler. Er packte sie und setzte sie vor sich auf die Arbeitsplatte.

Sie keuchte, weil ihr Hintern wieder zu glühen begann, sobald er mit dem festen Untergrund in Kontakt kam. Er langte in ihren Bademantel und legte eine Brust frei.

»Vorspeise«, murmelte er, umschloss ihre Knospe mit den Lippen und saugte genießerisch.

Lea bog den Oberkörper ein Stück nach hinten und reckte ihm ihre Brust entgegen. Mit der Hand griff er nach der anderen Brust und kniff fest in den prallen Nippel, während sein Mund sich festsaugte und seine Zunge gegen ihre Brustwarze schnellte. Leas Atem ging schneller. Sie hob die Hände und zerwühlte seine Haare. Nach einer Weile hob er den Kopf, grinste schief und rührte mit einem Holzlöffel in der Pfanne. Dann nahm er sich die zweite Brustwarze vor, saugte, leckte, zwickte und knetete dabei die andere Brust. Wieder rührte er in der Pfanne und schaute sie mit seinen sturmgrauen Augen gierig an.

»In fünfzehn Minuten ist das Essen fertig. Aber die Zeit bis dahin kann man ja sinnvoll nutzen«, damit beugte er sich herunter, spreizte weit ihre Beine und strich mit der Zunge fest über ihre Perle. Lea schrie. Er drang mit seiner Zunge in sie ein, schleckte ihren Saft, streichelte fordernd über ihre geschwollenen Lippen. Lea bog sich ihm verzweifelt entgegen. Lukas biss sachte in eine Schamlippe. Dann umschloss er ihre Perle mit dem Mund, saugte sich fest und ließ sie nicht mehr los, bis sie laut seinen Namen schrie und ihr Körper wild zuckte.

»Oh Lukas«, hauchte sie, während er sie sanft in seine Arme nahm.

»Du schmeckst wie süßer Honig, Baby«, raunte er in ihr Ohr, hob sie von der Arbeitsplatte und deutete auf einen der Stühle.

»Wir haben die Vorspeise genossen, jetzt können wir uns dem Hauptgericht widmen«, erklärte er augenzwinkernd, nachdem sie sich gesetzt hatte. Dann verteilte er Reis, Gemüse und Fleisch auf die Teller.

»Wunderbar, es scheint so, als hätten wir noch etwas entdeckt, bei dem du gut bist«, seufzte Lea genießerisch und erntete dafür ein breites, sexy Badboy-Lächeln. Einträchtig aßen sie, räumten die Küche auf und setzten sich anschließend mit einem Glas Weißwein aufs Sofa.

»Lass uns reden, Kleines«, murmelte er sanft, als sie es sich auf seinem Schoß bequem gemacht hatte. »Wie war das heute für dich? War ich zu hart zu dir? Oder ...«, er grinste spitzbübisch, »nicht hart genug?«

»Der Anfang war nicht so toll, weil ich dachte, du wärst ernsthaft wütend auf mich.«

»Das war ich nicht. Es kann auch zum Spiel gehören, wenn ich mal böse gucke. Insgeheim habe ich mir schon die Hände gerieben, weil du mir einen Grund geliefert hast, dir den Hintern zu versohlen, genauso wie ich es geplant hatte.«

»Ja, jetzt weiß ich das auch. Wir lernen uns halt erst kennen und ich konnte das nicht richtig einschätzen. Aber jetzt kann ich es, glaube ich. Diese Session heute, mit allem was du mit mir gemacht hast, die hat etwas in mir bewirkt.«

»Und was hat sie bewirkt?« Aufmerksame graue Augen musterten sie.

»Ich wünsche mir, dass du mir beim nächsten Spiel die Augen verbindest.« Lea küsste zärtlich seine Lippen. »Ich möchte mich in deine Hände geben, ohne Wenn und Aber. Ich will, dass du mich in der Dunkelheit durch die Session führst und ich werde dir folgen und alles annehmen, was du mit mir machst. Ich weiß, du wirst auf mich aufpassen und mir nicht mehr zumuten, als ich ertragen kann.«

Verwunderung breitete sich auf seinem Gesicht aus.

»Das ging schnell. Bist du dir ganz sicher, dass du mir schon nach zwei Sessions so sehr vertrauen kannst?«

Sie nickte heftig. »Ja, ich vertraue dir. Ich weiß, das ging schnell, aber ich glaube, das ist nicht immer eine Frage der Zeit. Das ist ein Gefühl, das ich nicht mit dem Verstand steuern kann. Es ist einfach da.«

Er küsste sie lange und ausgiebig. »Dann habe ich dich wohl nicht zu hart ran genommen heute.«

»Nun die Schläge taten ganz schön weh und mein Hintern wird wohl die ganze Woche brennen.«

Er grinste.

»Aber ich mag es hart. Ich heiße den Schmerz willkommen, weil du ihn mir zufügst. Ich weiß, dass es dich anmacht, meine Kehrseite zum Glühen zu bringen und mich macht es an, das für dich auszuhalten. Und die Lust danach ist umso stärker, so intensiv, dass ich sie kaum ertragen kann. Sie ist noch viel mächtiger, als der Schmerz vorher. Und wenn ich dann komme, ist es, als würde ich in tausend Einzelteile zerspringen und deine Nähe zu spüren, setzt mich wieder zusammen. Und hinterher bin ich wie neu geboren. Ich fühle mich dann so frisch und rein, wie die Luft nach einem Gewitter.«

»Wow«, er schluckte. »Das hast du schön formuliert. Du hast recht, es macht mich an, dich zu züchtigen. Weil ich mir vollkommen bewusst bin, dass du jede Strieme, die ich dir zufüge, für mich erträgst. Deine Tränen ehren mich und machen mich unglaublich stolz auf dich. Es gibt mir einen Kick, dich zu dominieren. Außerdem liebe ich es, dich hart zu nehmen. Du raubst mir mit deiner herrlichen Enge den Verstand.«

»Nun, ich glaube, wir werden eine interessante Zeit haben.«

»Oh ja, das glaube ich auch, Baby und ich freue mich auf jede einzelne Minute mit dir.«

Sie saßen noch eine Weile gemütlich beisammen, hörten leise Musik und tranken Wein, bis Lea in seinen Armen einschlief. Lukas trug sie in sein Schlafzimmer, legte sie aufs Bett und zog ihr den Bademantel aus. Er betrachtete ihren Körper genießerisch und in aller Ruhe. Ihre wohlgeformten Beine, den flachen Bauch, die prallen Brüste mit den festen kleinen Nippeln. Ihr schönes Gesicht mit den verführerischen Lippen. Hinreißend sah sie aus, so friedlich und entspannt. Ihre langen Locken umflossen sie wie ein dunkler Heiligenschein. Er entkleidete sich ebenfalls, legte sich neben sie und zog sie an sich, deckte beide zu und schlief ein.

5

Lea schlug als Erste die Augen auf. Sie hatte sich im Schlaf eng an seine Brust geschmiegt und erwachte mit dem Geruch seiner Haut in der Nase und dem Gefühl seiner Wärme an ihrem Körper. Sie hob den Kopf und schaute ihn an. Kein Mann sollte so aussehen, dachte sie. Im Schlaf erschien er ihr wie ein Engel, aber sie wusste, dass er den Teufel in sich hatte. Als sich ein träges Lächeln auf sein Gesicht stahl, wurde ihr klar, dass er ebenfalls wach war. Sie legte die Arme um seinen Hals und küsste ihn sanft auf den Mund.

»Guten Morgen.«

»Guten Morgen, Baby«, brummte er träge und drückte sie zärtlich an sich. Dann drehte er sie auf den Rücken und strich mit seinem Oberkörper über ihre empfindlichen Knospen.

Seine warme Haut erzeugte ein sanftes Glühen in ihren Nervenenden. Am liebsten hätte sie geschnurrt wie ein Kätzchen. Sie seufzte und streichelte seine Arme bis hoch zu den Schultern. Sie küssten sich gemächlich, erforschten langsam und träge den Mund des Anderen. Als Lea leise stöhnte und die Beine um seine Hüften schlang, drang er ohne Hast in sie ein. Tiefer und immer tiefer, Stück für Stück, bis sie so vollkommen miteinander verschmolzen waren, dass sie sich ineinander verloren. In einem langsamen Rhythmus liebten sie sich, genossen die Nähe und Intimität. Ganz ohne die unerbittliche Härte, die bisher ihre Lust bestimmt hatte. Lea streichelte seine Schultern, seinen Rücken. Sie genoss das wunderbare Gefühl, seine Haut an ihrer zu spüren und ihn berühren zu können, während er sich bedächtig in ihr bewegte. Der Druck baute sich sehr, sehr langsam auf. Die Bewegungen wurden nur ganz allmählich schneller, ihr Schweiß vermischte sich. Während sie kam, schauten sie sich tief in die Augen und Lea hatte das Gefühl, sein Blut fließe heiß durch ihre Adern. Er kostete das Zucken ihres Körpers und die

Verkrampfung ihrer inneren Muskeln solange wie möglich aus. Doch irgendwann konnte auch er sich nicht mehr zurückhalten. Er schob beide Hände unter ihre Backen und presste ihr Becken ganz fest an seins. Sie jammerte ein bisschen, denn ihr Hintern schmerzte immer noch. Mit einem Laut, tief aus seiner Kehle, folgte er ihr, ergoss sich mit einem wohligen Stöhnen tief in ihrem Schoß. Danach drehte er sich auf die Seite und zog sie mit sich.

»Ich wusste gar nicht, dass du das auch kannst«, hauchte sie zufrieden, als ihre Atmung sich wieder beruhigt hatte.

Er lachte so laut, dass sie ihn irritiert anschaute. Er gab ihr einen Kuss auf die Nase.

»Weißt du Baby, die Technik ist ungefähr die Gleiche«, prustete er amüsiert.

Sie knuffte ihn kräftig in die Seite. »Blödmann«, grummelte sie. »Du weißt genau, wie ich das meine.«

»Auch das kann mal schön sein«, erwiderte er ernst, »aber ich würde mich nie darauf beschränken wollen.«

»Ich auch nicht«, erklärte sie bestimmt. »Aber dich so berühren zu können, war trotzdem wundervoll!«

Irgendwann trieb der Hunger sie aus dem Bett. Sie duschten, bereiteten danach gemeinsam das Frühstück zu.

Lea wäre gerne noch geblieben, doch sie hatte Rebecka, ihrer besten Freundin, versprochen mit ihr shoppen zu gehen. Also verabschiedete sie sich mit einem langen, zärtlichen Kuss von Lukas und fuhr nach Hause.

Dort angekommen zog sie sich rasch um und schaffte es gerade noch rechtzeitig zu ihrem Treffpunkt im Shoppingcenter. Ihre Freundin war bester Laune, stellte sie fest, als die beiden sich zur Begrüßung umarmten. Der Schalk blitzte aus ihren grünen Augen und ihre rotgoldenen Dreadlocks fielen wie schwere züngelnde Flammen über ihren Rücken. Flammen, die Lea an ihren glühenden Arsch erinnerten und sie musste ein albernes Kichern unterdrücken. Rebecka wäre sicher empört, wenn sie wüsste, dass Lea ihr Hinterteil mit der Haarpracht ihrer Freundin assoziierte, auf die diese so stolz war. Zumal Becky überhaupt nichts mit SM anfangen konnte. Es wäre wohl eine ganz schlechte Idee, den Vergleich anzubringen, so witzig Lea ihn auch fand. Doch sie verbrachten auch so einen lustigen Nachmittag, lästerten albern über Passanten, die ihnen entgegenkamen und erstanden ein paar tolle Klamotten.

»Du siehst glücklich aus«, sagte Rebecka, als sie schließlich erschöpft aber zufrieden in einem Café saßen und den Tag mit einem Cappuccino ausklingen ließen. »Gibt es etwa einen neuen Kerl in deinem Leben, von dem du mir noch nichts erzählt hast?«

Lea ging blitzschnell ihre Optionen durch. Was sollte sie ihrer Freundin erzählen? Dass sie ein zeitlich begrenztes Arrangement mit einem dominanten Mann getroffen hatte, das rein sexueller Natur war und dass sie es genoss, sich von ihm den Hintern versohlen zu lassen? Nein, Becky würde das niemals begreifen. Sie konnte mit dieser Art von Sex nichts anfangen und hatte nicht das geringste Verständnis für Leas Neigungen. Vermutlich würde ihre Freundin sie für verrückt erklären, erst recht nach dem Drama mit Roland, ihrem Ex. Auf eine Grundsatzdiskussion über ihren Geisteszustand oder ihren Männergeschmack hatte sie jetzt wirklich keine Lust.

»Ach, ich freue mich einfach total, mal wieder einen Nachmittag mit dir zu verbringen. Das machen wir in letzter Zeit viel zu selten«, wich sie daher aus, obwohl das schlechte Gewissen sie fast erdrückte.

»Da hast du verdammt recht«, seufzte Rebecka. »Das muss sich ändern.«

Es war schon spät, als die beiden sich schließlich herzlich voneinander verabschiedeten und Lea mit einem miesen Gefühl in der Magengegend nach Hause fuhr. Um sich selbst zu bestrafen, verbrachte sie den Rest des Wochenendes mit einem dringend notwendigen Hausputz. Ihr Hintern brannte noch immer, aber der Schmerz erinnerte sie an Lukas. Deshalb lächelte sie und schwelgte sogar beim Putzen in erotischen Fantasien, die ihr die Feuchtigkeit zwischen die Schenkel trieb.

6

Donnerstagabend, Lea hatte es sich gerade vor dem Fernseher gemütlich gemacht, um von einem stressigen Arbeitstag zu entspannen. Plötzlich erklangen die ersten paar Töne von *Totale Finsternis* aus dem Musical *Tanz der Vampire* aus ihrem Handy. Leas Herz schlug schneller, denn die kurze Melodie kündigte einen Anruf von Lukas an. Diesen Klingelton nach der Melodie des *Bonnie Tyler* Songs *Total Eclipse of the heart* hatte sie allein ihm zugewiesen. Kein Lied vermochte ihrer Meinung nach das Spiel von Dominanz und Unterwerfung besser zu beschreiben als dieses. Der Song war etwas ganz Besonderes für sie und sie fand, dass er ganz wunderbar zu ihr und Lukas passte. Sie war überrascht, dass er sie anrief, das tat er sonst eigentlich nie. Ihr Herz klopfte wie wild, so sehr freute sie sich darüber.

»Hi Lukas«, meldete sie sich.

»Hey Baby, was machst du Schönes?«

»Ich male mir aus, was du am Wochenende wohl mit mir anstellen wirst«, säuselte sie.

Lukas räusperte sich. »Deshalb rufe ich an. Ich habe schlechte Nachrichten.«

»Was ist denn passiert?«

»Passiert ist nichts, aber ich muss morgen früh leider geschäftlich nach Lissabon und werde mindestens eine Woche weg sein. Also wird das wohl nichts mit uns nächstes Wochenende. Tut mir leid.«

»Oh.« Die Enttäuschung boxte wie eine Faust in ihren Magen. Aber sie riss sich zusammen. Nein, sie würde ihn nicht merken lassen, dass sie ihn jetzt schon vermisste.

»Mein Hintern tut kaum noch weh. Ich hatte gehofft, du würdest das ändern«, teilte sie ihm deshalb im kecken Plauderton mit.

»Das würde ich nur zu gern, Kleines.«

Oh Mann, dieses sexy Knurren sorgte dafür, dass es in ihrem Unterleib summte, wie in einem Bienenstock!

»Dafür werde ich dich beim nächsten Mal umso intensiver bespielen.«

Leas Atem wurde schneller. »Was wirst du dann mit mir machen?«, flüsterte sie ins Telefon.

»Das verrate ich dir nicht, Baby. Aber du darfst gern die Woche damit verbringen, dir die hübschesten Szenen auszumalen.«

»Und wann werde ich es zu spüren bekommen?«

»Nun«, Lukas zögerte. »Ich fürchte, das muss noch etwas warten«, sagte er dann in neutralem Ton, »Samstag in einer Woche habe ich Geburtstag und das Haus voller Gäste. Meine Schwester und ihr Mann haben sich angekündigt, genau wie fast alle meine Freunde und ein paar Geschäftsfreunde. Da ist der Keller leider tabu. Aber ich würde mich freuen, wenn du zu meiner Party kommst, dann sehen wir uns wenigstens.«

Lea schwankte zwischen den Emotionen. Freude, weil er sie bei seinem Fest dabei haben wollte. Enttäuschung, weil sie gleich zwei Wochen nicht mit ihm allein sein würde und der Panik, seiner Familie und seinen Freunden gegenübertreten zu müssen.

»Und als was willst du mich deinen Leuten präsentieren?«, fragte sie zaghaft. »Als deine Sklavin auf Zeit? Oder sollen wir lieber so tun, als hätten wir nichts miteinander?«

»Hm nein ... beides gefällt mir nicht besonders gut. Du wirst wohl meine Freundin spielen müssen, dann kann ich dich wenigstens küssen, ohne unsere Beziehung genauer erklären zu müssen.«

›Wenn es doch nur wahr wäre‹, dachte Lea sehnsüchtig und erschrak sofort. Wo kam denn das plötzlich her? ›Du willst keine feste Beziehung und du willst keinen Kerl in deinem Leben, der dich einengt. Hast du das etwa so schnell schon vergessen, nur weil ein Mann schöne Augen hat und gut im Bett ist? Sieh bloß zu, dass du dich nicht in diesen Kerl verliebst, sonst wirst du hinterher für diese Dummheit die Zeche zahlen müssen! Das solltest du besser nie vergessen!‹

»Lea? Wenn dir das nicht recht ist, ist es auch kein Problem.«

»Nein nein, ich war nur gerade abgelenkt, weil es im Hausflur so laut war«, log sie. »Klar spiele ich deine Freundin. Das ist gar kein Problem.«

Himmel, er musste sie entweder für komplett durchgeknallt halten, oder er erriet genau, was ihr gerade durch den Kopf ging. Wie konnte sie sich nur so dämlich anstellen? Aber Lukas schien nichts bemerkt zu haben.

»Okay Baby, und vergiss ja nicht, dass es dir streng verboten ist, an dir herumzuspielen. Du wirst zwei Wochen lang brav sein.«

»Ja Herr, ich werde keusch sein wie eine Nonne«, antwortete sie artig, wünschte ihm viel Erfolg für seine Geschäftsreise und verabschiedete sich.

7

Die zwei Wochen krochen nur sehr langsam dahin. Lea konzentrierte sich auf ihren Job, traf sich am Wochenende mit Becky und einigen Freundinnen in einem Club zum Tanzen und dachte viel zu oft an Lukas. Zweimal hatte er sie ohne besonderen Grund angerufen und sie fragte sich, ob er wohl auch nur ihre Stimme hören wollte, verbot sich solche Gedanken aber sogleich wieder. Lange hatte sie sich den Kopf über ein passendes Geburtstagsgeschenk zerbrochen. Schließlich kaufte sie zwei Karten für die Vorstellung eines bekannten Comedian, der an dem Wochenende nach Lukas' Geburtstag in ihrer Stadt auftreten würde. Eine Karte würde sie ihm schenken und mit ihm zusammen hingehen. Sie hoffte, dass er den Komiker mochte und sich über das Geschenk freuen würde. Es war gar nicht so einfach gewesen, etwas zu finden, das ihr weder zu persönlich, noch zu unpersönlich erschien. Doch mit dem Ergebnis war sie sehr zufrieden.

Sie zog ihre Lieblingsjeans an, dazu ein enges, beigefarbenes Oberteil, das ihre Schultern und einen schmalen Streifen Haut über ihrer tief auf den Hüften sitzenden Jeans freiließen. Sein Geburtstagsgeschenk, verstaute sie in ihrer kleinen, braunen Handtasche, ohne die sie nur selten ihre Wohnung verließ und machte sich am Samstagabend auf den Weg zu seinem Haus. Sie trug schicke aber bequeme Sandalen, da Lukas bei dem schönen Wetter zu einer Gartenparty eingeladen hatte. Schließlich wollte sie nicht riskieren, mit den Absätzen ihrer High Heels in seinem Rasen zu versinken. Ihr Haar trug sie offen, weil sie wusste, dass er es so am liebsten mochte. Sie war aufgeregt wie ein kleines Kind an Weihnachten. Endlich würde sie ihn wiedersehen und außerdem seine Freunde und Familie kennenlernen.

Mit klopfendem Herzen klingelte sie an seiner Tür, die sogleich von einer schwarzhaarigen Frau geöffnet wurde, deren sturmgraue Augen stark an die von Lukas erinnerten.

»Hi, ich bin Jenna, Luke's Schwester«, stellte sie sich vor.

Die Ähnlichkeit zwischen den beiden war unübersehbar. Wo Lukas' Gesichtszüge markant waren und sein Körperbau hart und maskulin, war Jenna zart und weiblich. In ihren Augen blitzte der Schalk und Lea mochte sie sofort.

»Hallo ich bin Lea, schön dich kennenzulernen«, sagte sie und reichte ihr lächelnd die Hand.

Jenna übersah ihre Hand und zog sie gleich in eine Umarmung.

»Du bist also die neue Flamme meines Bruders? Pass auf, dass er dir nicht das Herz bricht, er ist ein alter Schwerenöter«, lachte sie gutmütig.

»Mal sehen, ob ich ihm nicht das Herz breche«, erwiderte Lea flapsig. Der Stich, den ihr Jennas Worte versetzt hatten, ließ sie sich nicht anmerken.

»Komm mit, ich stelle dir die Meute vor«, plapperte Jenna fröhlich und zog sie durch das Wohnzimmer hinaus in den Garten, wo sich ungefähr dreißig Leute tummelten. Jenna ging mit ihr von einem zum anderen. Sie drückte Hände oder wurde umarmt. Namen flogen ihr um die Ohren, die sie sich kaum merken konnte. Da waren Robert, Jennas Mann, Alec, Lukas' bester Freund und Geschäftspartner, Mike, ein weiterer sehr guter Freund mit seiner Frau Carolin und jede Menge weiterer Gesichter. Männer und Frauen, Freunde, Bekannte und Kollegen von Lukas.

»Wo ist Lukas überhaupt«, fragte sie schließlich, als sie endlich jeden begrüßt hatte.

»Ich glaube, er ist in der Küche. Er wollte das Fleisch für den Grill holen«, antwortete Alec, ein großer, gut aussehender Kerl mit braunen Haaren und dunkelblauen Augen.

Aus einem Impuls heraus, den sie nicht unterdrücken konnte, ging Lea auf ihn zu und umarmte ihn herzlich.

»Danke«, flüsterte sie ihm ins Ohr.

Alec hielt sie in einer freundschaftlichen Umarmung, während er etwas perplex aus der Wäsche schaute.

»Bitte ... aber wofür?«, fragte er verwirrt.

»Dafür, dass du ihn aufgefangen hast damals ... Dafür, dass du für ihn da warst, als er so dringend einen Freund gebraucht hat«, erwiderte sie so leise, dass nur er es hören konnte.

Fassungslos starrte er sie an. »Ich weiß nicht, wie du ihn dazu gebracht hast, darüber zu reden, das tut er normalerweise nie. Aber ... dir liegt wirklich viel an ihm, nicht wahr?«

Lea lächelte unsicher. Sie wusste nicht, was sie darauf antworten sollte, also löste sie sich hastig von Alec und sagte laut: »Ich gehe mal nach ihm schauen, ich habe ihm ja noch nicht einmal gratuliert.«

Damit begab sie sich zurück ins Haus, froh Alecs forschendem Blick und all den gut gelaunten Fremden für einen Moment zu entkommen. Sie fand ihn tatsächlich in der Küche, wo er Rostbratwürste auf einen großen Teller häufte. Leise schlich sie sich an ihn heran, umarmte ihn von hinten und drückte sich an ihn.

»Herzlichen Glückwunsch zum Geburtstag!«

Er drehte sich um und hob sie hoch auf die Arbeitsplatte. Automatisch schlangen sich ihre Beine um seine Hüften. Ganz nah zog er sie zu sich heran.

»Danke. Da bist du ja endlich.«

Er küsste sie heiß und Lea vergaß die Welt um sich herum.

»Hey Geburtstagskind! Deine Gäste verhungern und du bist hier mit Fummeln beschäftigt, anstatt ein guter Gastgeber zu sein. Was ist nur mit dir los?«, dröhnte eine Stimme durch den Raum. Mike war ihr ins Haus gefolgt und machte sich nun einen Spaß daraus, die beiden zu stören.

Lea wurde knallrot und versuchte, sich hastig von ihm lösen. Doch Lukas hielt sie fest in seinen Armen, unterbrach den Kuss nur kurz und knurrte:

»Nimm die beiden Teller mit dem Fleisch und verzieh dich. Leg das Zeug schon mal auf den Grill und gib mir ein paar Minuten, ja?«

Mike grinste. »Alles klar mein Freund, lass dir nur Zeit. Ich unterhalte deine Gäste derweil.« Damit schnappte er sich die Teller und verschwand.

Lukas schob seine Zunge erneut fordernd in ihren Mund. Mit der linken Hand griff er nach ihrem Hintern und presste sie eng gegen sein Becken, wo sie die mächtige Erektion spürte, die gegen ihre Jeans drückte. Währenddessen stahl sich seine rechte Hand unter ihr Oberteil, liebkoste die weiche Haut an ihrem Bauch, zupfte schließlich an ihrem BH und hob ihre Brust aus dem Körbchen. Hungrig knabberte er an ihrem Hals, biss ihr ins Ohrläppchen, während er ihre Brust knetete und in ihren Nippel kniff.

Lea wimmerte.

»Was habe ich dir befohlen? Ich will, dass jedes einzelne deiner Löcher jederzeit für mich zugänglich ist. Hast du das vergessen? Was fällt dir ein, in Jeans hier aufzukreuzen?«

Lea fiel in einen Strudel der Lust. Sein Atem kitzelte an ihrem Ohr. Seine strenge raue Stimme, seine Hände, die sie so herrlich grob betatschten. Sein bestes Stück, das sich hart und fordernd gegen ihr Becken drückte. All das hinderte sie daran, einen vernünftigen Gedanken zu fassen.

»Lukas«, stöhnte sie und bemühte sich krampfhaft, die Kontrolle über ihre umnebelten Sinne wiederzugewinnen.

»Das geht so nicht! Weißt du nicht mehr? Du dominierst mich nur während unserer Sessions. Das hier ist deine Geburtstagsfeier. Da draußen warten eine Menge Leute auf dich und jeden Moment kann jemand hereinkommen und mitkriegen was wir hier treiben und das wäre echt peinlich. Du kannst heute nicht über mich verfügen und deshalb hast du auch keinen freien Zugang zu meinem Körper!«

»Das ist gequirlter Blödsinn, Baby! Ich kann und werde über dich verfügen, und zwar wann, wo und so oft es mir gefällt! Ich muss dich haben, und zwar jetzt sofort!«, knurrte er ihr wild ins Ohr, schob eine Hand unter ihren Hintern, hob sie von der Anrichte und lief zielstrebig mit ihr die Treppe herunter in den Keller.

»Lukas!«, keuchte sie. »Das kannst du nicht machen, du hast das Haus voller Gäste!«

Hinter der Treppe bog er scharf nach rechts ab, öffnete die Tür zum Badezimmer und schloss die Tür hinter ihnen ab.

»Mir egal«, knurrte er schwer atmend. Augen wie Gewitterwolken starrten sie gierig an. Er setzte sie ab, zog ihr das Oberteil aus und warf es auf den Boden. Hastig öffnete er ihre Jeans und riss sie ungeduldig mitsamt ihrem Slip herunter. Sie stieg aus der Hose, während er eilig seine eigene Jeans öffnete und sie an seinen Hüften herabgleiten ließ. Dann hob er sie wieder hoch und ihre Beine schlossen sich erneut um seine Hüften. Er befreite auch die zweite Brust aus ihrem BH. Nun lagen die verführerischen Kugeln beide auf den Körbchen wie auf einem Präsentierteller. Kurz hob er ihren Hintern an und drückte sie gegen die gefliese Wand. Mit einem einzigen tiefen Stoß rammte er seinen großen dicken Schwanz in sie hinein und stürzte sie in einen Strudel aus Lust. Sie schrie auf. Er biss in ihre Brustwarze, zog sich zurück und stieß erneut in sie. Heiß, fast schon rücksichtslos rammte er sie gegen die Wand, spießte sie auf, dehnte sie, brachte sie an die Grenze des Erträglichen. Mit wilder Gier versenkte er sich in ihr, bis es schon nach wenigen hemmungslosen Stößen vorbei war. Lea schrie, als sie explodierte. Lukas folgte ihr nur Sekunden später und lehnte sich einen Moment schwer atmend gegen sie. Dann zog er sich aus ihr zurück und stellte sie vorsichtig auf die Füße. Sie musste sich an ihm festklammern, weil ihre Beine drohten, wie Streichhölzer wegzuknicken. Er hielt sie fest und murmelte stockend:

»Gott, es tut mir leid, Kleines.«

»Was?«, fragte sie verwirrt.

»Ich habe die Kontrolle verloren, so etwas darf nicht passieren. Niemals!«

Sie schaute ihm ins Gesicht und war erschrocken über den gequälten Ausdruck darin. Lea legte die Hände an seine Wangen, zog ihn zu sich herunter und berührte seine Lippen sanft mit ihren. Sie lächelte ihn beruhigend an.

»Hey, es ist alles in Ordnung«, flüsterte sie leise.

»Habe ich dir wehgetan?«, fragte er bang.

Lea schüttelte leicht den Kopf.

»Nicht wirklich. Ich werde zwar morgen ein paar blaue Flecken haben, aber ich liebe es, deine Male auf meinem Körper zu tragen.«

Er schloss entsetzt die Augen und schaute zu Boden.

»Es tut mir so leid, Baby, so etwas wird nie wieder passieren, das verspreche ich dir.«

»Schau mich an, Lukas. Wenn du deinen Blick zu Boden richten sollst, werde ich dir das sagen, ansonsten will ich, dass du mir in die Augen schaust, immer!«

Er hob den Kopf und lächelte gequält, als sie wiederholte, was er ihr bei ihrem ersten Treffen gesagt hatte.

»Du hast mich mit ... wie viel? Fünf? Sechs? Stößen zum Orgasmus gebracht, also kannst du nicht allzu viel falsch gemacht haben, oder?«

»Ich habe die Kontrolle verloren, das ist unentschuldbar. Und du hast vollkommen recht, das hier ist eine Party, keine Session, und du kannst anziehen, was immer du möchtest. Nebenbei bemerkt siehst ... ähm sahst du sehr hübsch aus. Und jetzt werden wir dich wieder salonfähig machen.«

Er nahm einen Waschlappen aus einem der Schränke und hielt ihn unter warmes Wasser. Dann ging er vor ihr in die Hocke und säuberte sie.

»In einem Punkt liegst du allerdings falsch: Du gehörst mir, sechs Monate lang und ich nehme dich wann, wo und wie es mir gefällt und so oft ich Lust dazu verspüre. Außerhalb der Sessions muss ich nur ein bisschen mehr Aufwand betreiben, um dich zu vögeln. Nur die Beherrschung darf ich niemals verlieren, das geht gar nicht. Zwei lange Wochen musste ich auf dich verzichten. Nacht für Nacht habe ich mir ausgemalt, was ich mit dir anstelle, wenn du wieder bei mir bist. Ich war so geil auf dich, dass mein Hirn ausgesetzt, und mein Schwanz die Führung übernommen hat. So etwas darf nicht wieder vorkommen. Nein, es wird nie wieder vorkommen!«

»Versuch bloß nicht, mich zu bevormunden! Nicht im normalen Alltag, dazu hast du kein Recht! Aber das eben fand ich gar nicht so schlecht. Ja, es war hart, aber ich mag es zufällig hart, wie du dich sicherlich erinnerst. Die Tatsache, dass du so scharf auf mich bist, dass du dich auf mich stürzt wie ein wilder Stier, finde ich irgendwie ziemlich schmeichelhaft und ziemlich geil. Außerdem ...« Lea warf ihm einen glühenden Blick zu, während sie vor ihm auf die Knie sank. »Außerdem gehört mein Körper dir, Herr. Still deine Gier an mir. Lass dich gehen. Benutz mich. Je härter desto besser! Ich will dich. Ich unterwerfe mich deiner Lust und gehorche deinen Befehlen.«

Lukas packte sie an den Haaren, zog sie hoch und küsste sie wild. Er musste sich zusammenreißen, um sie nicht gleich noch einmal gegen die Wand zu drücken.

»Du sendest widersprüchliche Signale, Baby! Überlege dir noch mal ganz in Ruhe, worauf du dich eingelassen hast«, knurrte er, während er ihre vollen Brüste knetete, bis sie sich stöhnend an seinem Körper rieb.

»Du bist so heiß, dass ich für dich eigentlich einen Waffenschein bräuchte. Und ich habe meine Gier noch lange nicht an dir gestillt. Du bist so was von fällig, sobald wir endlich wieder allein sind.«

Seine Stimme klang rau, dunkel und so sexy, dass sich ihr Unterleib zusammenzog. Da er Gefahr lief, erneut die Kontrolle zu verlieren, schob er sie entschlossen von sich und richtete ihren BH.

»Aber nicht jetzt. Ich will dich schreien hören. Und das geht leider nicht, wenn das Haus voller Besucher ist.«

Lea seufzte enttäuscht, schlüpfte aber in Jeans und Shirt und fuhr sich mit der Hand kurz durch die Haare.

»Fertig«, meinte sie bedauernd. »Leisten wir deinen Gästen ein wenig Gesellschaft.«

»Moment. Warte.« Lukas hatte seine Kleidung ebenfalls gerichtet und schob sie vor den Spiegel. Er stellte sich hinter sie, schob ihr Haar zur Seite und küsste sanft ihren Hals. Lea schloss die Augen und gab sich dem heißen Atem auf ihrer empfindlichen Haut und der zarten Berührung seiner Lippen hin. Sie öffnete sie nur widerwillig, als die zärtliche Liebkosung plötzlich ausblieb. Stattdessen hielt er eine Bürste in der Hand und kämmte mit behutsamen Strichen ihre langen Locken, bis sie seidig über ihren Rücken flossen. Sie sahen sich im Spiegel in die Augen und diese Situation war intimer, als die harte Vereinigung wenige Minuten zuvor. Ein warmes Gefühl machte sich in Lea's Bauch breit.

»Ich habe dir dein Geschenk noch nicht gegeben«, sagte sie munter, um sich nicht anmerken zu lassen, was er in ihr auslöste, wenn er sich so rührend um sie kümmerte. Sie griff in ihre Handtasche und reichte ihm das dünne eingewickelte Päckchen.

»Danke.« Vorsichtig entfernte er das Papier und sie lächelte, als sie sah, dass er das Präsent wie ein kleiner Junge mit leuchtenden Augen öffnete und die Karte gespannt herausnahm.

»Das ist toll, ich liebe diesen Comedian«, strahlte er. »Aber ich hoffe, ich muss da nicht alleine hingehen?«

Lea grinste. »Nein, ich war so frei, mir auch eine Karte für die Vorstellung zu gönnen.«

»Das ist toll«, wiederholte er. »Danke.«

Er drückte sie an sich und küsste sie zärtlich.

Lea seufzte. »Ich freue mich, dass ich deinen Geschmack getroffen habe. Und ich würde jetzt nichts lieber tun, als nebenan in deinem Keller vor dir zu knien und jeden deiner Wünsche zu erfüllen. Schön wäre auch, mich oben in deinem Bett einfach nur eng an dich zu kuscheln. Aber wir müssen zurück zu deinen Gästen.«

Er grinste. »Wo wärst du denn lieber? Im Keller oder im Bett?«

Lea warf ihm einen koketten Blick zu. »Erst im Keller und dann, irgendwann viel später, im Bett.«

Damit lief sie mit einem provokativen Hüftschwung vor ihm die Treppe hinauf.

»Du bist so ein Luder«, knurrte er hinter ihr.

»Wo kommt ihr denn her? Das Fleisch ist schon lange fertig«, dröhnte Mike mit einem breiten Grinsen und einem Blick, der keinen

Zweifel daran ließ, dass er genau wusste, was die beiden aufgehalten hatte. Lea wurde knallrot und senkte den Blick, als einige der Gäste lachten.

»Kopf hoch, Baby«, raunte Lukas ihr leise ins Ohr.

Lea schaute ihn an und erwiderte sein Lächeln. Sie straffte die Schultern und stellte sich mit hoch erhobenem Kopf dem gutmütigen Spott. Es wurde ein schöner Abend. Lea fühlte sich wohl. Sie mochte Lukas' Freunde, seine Schwester und deren Mann. Aber der Liebste von allen Gästen war ihr Alec, den sie sofort ins Herz schloss. Er war ein guter Kerl und sie konnte absolut nachvollziehen, dass Lukas ihm vertraute. Man konnte die tiefe Freundschaft geradezu spüren, die die beiden Männer verband. Auch mit einer der Frauen, einer attraktiven rothaarigen Schönheit, die sich als Mia vorstellte, fühlte sie sich auf Anhieb auf gleicher Wellenlänge. Die beiden kicherten viel und amüsierten sich köstlich. Durch Mia fand sie schnell den Anschluss zu einigen der anderen Mädels. Es war, als wäre sie schon immer ein Teil von Lukas' Leben. Sie fühlte sich überhaupt nicht mehr wie die Neue. Ein wirklich schönes, aber auch etwas verwirrendes Gefühl.

Lukas kümmerte sich um seine Gäste, scherzte mal mit dem einen und plauderte mal mit dem anderen. Dennoch schaffte er es zwischendurch, ihr schnell mal einen Kuss zu stehlen oder sie in den Arm zu nehmen. Einmal schlang er von hinten die Arme um ihre Taille und flüsterte ihr ins Ohr:

»Du hast in dieser Jeans einen Arsch zum Niederknien.«

Sie drückte ihren Po provokativ gegen sein Becken und flüsterte so leise, dass nur er es hören konnte:

»Ich habe immer einen Arsch zum Niederknien, nicht nur in dieser Hose.«

Er rieb seine Hüften an ihr. »Das stimmt, aber am hübschesten ist er, wenn er sich mir nackt und knallrot entgegenstreckt. Ich kann es kaum erwarten, ihn wieder so zu sehen.«

Ein Schauer lief über ihren Rücken.

»Bleib heute Nacht hier.«

Lea war glücklich darüber, dass er sie bei sich haben wollte. Um sich ihre Freude nicht allzu sehr anmerken zu lassen, fragte sie ihn neckend:

»Bringst du tatsächlich noch so viel Energie auf heute Nacht? Wer weiß, wann die letzten Gäste gehen werden.«

»Nein, heute Nacht will ich einfach nur ins Bett fallen und schlafen. Aber morgen früh, wenn ich dich wecke, bin ich topfit, versprochen.«

»Wie könnte ich so ein Angebot ablehnen?«, grinste sie und küsste ihn leidenschaftlich.

8

Als Lea erwachte, schien die Sonne schon und sie lag allein im Bett, was sie ein bisschen enttäuschte. Sie wäre gern in Lukas' Armen aufgewacht. Schnell sprang sie aus den Federn und wollte nach ihren Kleidern greifen, aber sie waren nicht da. Lea zuckte die Schultern und verließ das Schlafzimmer splitternackt. Aus der Küche drang der wundervolle Duft von frisch aufgebrühtem Kaffee, der sie magisch anzog. Lukas werkelte in der Küche. Aber als sie auf nackten Füßen zu ihm tapste, blieb seine Miene vollkommen ausdruckslos.

»Du hast zehn Minuten im Bad. Für jede Minute, die du länger brauchst, werde ich dich bestrafen!«

»Ja Herr«, erwiderte sie gehorsam, drehte sich um und schlenderte ohne große Hast, aber mit einem herrlichen Kribbeln zwischen den Beinen und einem Grinsen im Gesicht, in Richtung Badezimmer. Lea genoss eine ausgiebige Dusche und putze sich die Zähne. Anschließend föhnte und bürstete sie sorgfältig ihre Locken. Dann schlenderte sie zurück in die Küche.

Lukas stand mit verschränkten Armen am Tresen und schaute ihr mit vollkommen emotionslosen Gesichtsausdruck entgegen.

Erst als sie vor ihm stehen blieb, stoppte er die Zeit und zog eine Augenbraue in die Höhe.

»Sechsundzwanzig Minuten.«

Lea bekam eine Gänsehaut, vielleicht hätte sie sich doch ein wenig beeilen sollen. Aber sie schwieg.

Lukas legte ihr Halsband und Handmanschetten an und klinkte die Manschetten in die Öse am Halsband ein.

»Setz dich an den Esstisch«, befahl er.

»Ja Herr.«

Der Tisch war bereits für Zwei gedeckt. Doch nach kurzem Zögern ignorierte sie den Stuhl, der für sie schon zurückgezogen war, und kniete sich auf den Boden. Lukas kam mit der Kaffeekanne und setzte sich ans Kopfende ohne ein Wort darüber zu verlieren, dass sie seine Anweisung ignoriert hatte.

»Näher«, befahl er knapp und sie rutschte so nah an ihn heran, dass sie ihn fast berührte. Aus den Augenwinkeln beobachtete sie, wie er sich eine Tasse Kaffee einschenkte und in aller Ruhe ein Brötchen belegte. Nachdem er einen Schluck getrunken hatte, reichte er ihr die Tasse herunter. Ihre Fesselung ließ ihr gerade genug Bewegungsfreiheit, um die Tasse halten zu können. Sie trank einen Schluck, ohne ihren Blick abzuwenden, und reichte sie ihm zurück. Er erkundigte sich, was sie essen wollte, belegte ein Brötchen für sie und reichte es ihr. Gemeinsam aßen sie im einträchtigen Schweigen, bis er schließlich fürsorglich fragte:

»Bist du satt?«

»Ja Herr, ich habe genug gegessen.«

Lukas betrachtete sie eine Weile schweigend mit unergründlichem Gesichtsausdruck. Ein Blick, der Unruhe in ihrem Magen auslöste. Nach einer gefühlten Ewigkeit trat er hinter sie. Ihr Herzschlag beschleunigte sich. Mit einem Seidenschal verband er ihr die Augen. Ein Kribbeln erfasste ihren ganzen Körper, als sie sich plötzlich daran erinnerte, dass sie ihm nach ihrer letzten Session gesagt hatte, dass sie ihm blind vertraute.

Er legte den Arm um ihre Schultern und führte sie. Die Unruhe in ihrem Magen nahm zu, doch sie ging mit festen Schritten neben ihm her. Dabei lächelte sie in sich hinein, weil sie an ihr Zaudern beim ersten Date denken musste. Er trug sie die Kellerstufen hinunter. Ihre Nervosität nahm zu, denn sie wusste, die Session würde hart werden. Doch da war auch dieses wunderbare Ziehen in ihrem Unterleib. Endlich! Wie sehr hatte sie sich danach gesehnt, seine Macht über sie zu spüren und sich ihm zu ergeben.

Er setzte sie in den Käfig und zog ihn nach oben. Sie konnte ihn nicht sehen, doch alle anderen Sinne funktionierten umso intensiver und jeder einzelne war auf ihn ausgerichtet. Sie spürte seine Präsenz, hörte, wie er im Keller umherlief, den Schrank öffnete und wieder schloss und schließlich die Treppe nach oben lief. Es wurde totenstill im Keller. Nur ihr Herz wummerte wie ein Presslufthammer. So deutlich sie ihn zuvor wahrgenommen hatte, so laut erschien ihr jetzt die Stille. Sekunden tropften dahin, wurden zu Minuten. Spannung, Ungeduld ... Angst? Nein. Eher Unruhe und Anspannung. Das Wissen, um den Schmerz, der sie erwartete. Wollte sie ihn? Sehnte sie ihn herbei? Oder wünschte sie sich, es wäre schon vorbei? Sie wusste es einfach nicht. Ihr Kopf war leer, ihr Körper auf Hochspannung. Sechzehn Schläge für die Zeitüberschreitung im Bad waren ihr sicher. Aber was würde er ihr sonst noch abverlangen? Sie war erregt und nervös, aber sie vertraute ihm. Er würde ihr nicht mehr zumuten, als sie ertragen konnte und sie würde annehmen, was auch immer er mit ihr tat. Nach einer gefühlten Ewigkeit kam er zurück und ließ den Käfig wieder herunter.

»Komm raus!«

Knapp und barsch kam der Befehl und sie krabbelte mit wummerndem Herzen aus dem Käfig. Sie fühlte sich so hilflos und verletzlich und doch so sicher und geborgen. Ihr Körper gehörte nicht mehr ihr, ihr eigener freier Wille war nicht länger von Bedeutung. Er zog sie grob hoch, schob ihr den Gummiball in den Mund und band ihre Brüste mit einem Lederband ab, wie er es schon einmal getan hatte. Nur die Ketten mit den Nippelklemmen ließ er weg, wie sie erleichtert feststellte. Dann führte er sie durch den Keller. Blind wie sie war, versuchte sie sich vorzustellen, wohin er sie führte, doch es gelang ihr nicht. Ein wenig Unsicherheit verspürte sie schon, aber das ließ sie sich nicht anmerken. Er führte, sie gehorchte.

Sie hielt an, weil auch er stehen geblieben war, und schon wurde sie hochgehoben und auf einen gepolsterten, recht bequemen Stuhl gesetzt.

»Bleib ganz locker«, befahl er und legte ihre Beine jeweils auf eine gepolsterte Schiene. Offenbar hatte er sie in den Gyn-Stuhl gesetzt.

»Ich spreize deine Beine jetzt. Du sollst bequem liegen können, also schüttel bitte den Kopf, wenn es unbequem wird oder wehtut.«

Er zog die Schienen, auf denen ihre Beine lagen auseinander, bis sie eine leichte Spannung spürte und den Kopf schüttelte. Dann löste er die Handfesselung und fixierte ihre Arme an die Armlehnen des Stuhls. Ein leises Summen drang an ihr Ohr, die Rückenlehne bewegte sich nach hinten, bis sie das Gefühl hatte, in einem bequemen Liegestuhl zu liegen. Doch dann schob er ihr eine Nackenrolle in den Rücken. Dadurch wurde ihr Brustkorb überstreckt und ihre hart abgebundenen, prallen Brüste boten sich ihm jetzt sicherlich wie reife Pfirsiche dar. Mit zwei Gurten schnallte er nun auch noch ihren Oberkörper fest und nahm ihr so jede Möglichkeit, sich zu rühren. Überrascht spürte sie plötzlich, dass er eine ihrer Schamlippen packte und etwas dort fest klippte, was heftig zwickte. Sie hatte sich noch nicht von dem Schreck erholt, als er die Prozedur auf der anderen Seite wiederholte. Himmel, was stellte er da nur mit ihr an?

Sie wusste nicht, wie er das bewerkstelligte, aber die Klammern zogen ihre Lippen nicht nur auseinander, sondern hielten sie dauerhaft auf. Sie spürte den ungewohnten Luftzug an ihrer Körpermitte. Jetzt war sie vollkommen offen, schutzlos seinen Blicken und seiner dunklen Fantasie ausgeliefert. Sie fühlte sich so hilflos, wie noch nie in ihrem Leben zuvor. Spürte seine Nähe, wusste, dass er sie eingehend betrachtete und dass nichts aber auch gar nichts seinen Blicken verborgen blieb. Sämtliche Härchen stellten sich auf. Sie bekam eine Gänsehaut, hatte das Gefühl, bis in den letzten Winkel ihres Körpers zu erröten.

Stille, Herzklopfen. Wäre jetzt eine Stecknadel gefallen, Lea hätte sie hören können.

Sie zitterte vor Anspannung und Scham. Lange Minuten vergingen, Sekunden schlichen endlos dahin, bis sich die Spannung ihres Körpers plötzlich löste.

Sie atmete aus. Er hatte die Macht, sie war sein Spielzeug. Was auch immer er entschied mit ihr zu tun, es würde geschehen. Sie schloss die Augen hinter dem Schal und ergab sich.

Lukas kostete diesen Augenblick ihrer Akzeptanz aus. Meinte, ihre vollkommene Hingabe auf der Zunge zu schmecken wie süßen Honig. Jetzt breitete sich auf seinem Körper eine Gänsehaut aus und eine wilde Freude erfüllte ihn. Er war ein Junkie und das war seine Droge. Dieser Moment, in dem eine Sklavin losließ, nichts mehr zurückhielt, sich ihm vollkommen schenkte. Er schwelgte im Rausch der Macht. Adrenalin floss durch seine Adern, schärfte seine Sinne. Gierig glitt sein Blick über ihre Kurven. Sein Schwanz war so hart, dass es schmerzte. Gott, er wollte sich auf sie stürzen, wie eine Naturgewalt über sie hereinbrechen und sie ficken bis ihre Kehle wund war von ihren ekstatischen Schreien. Tief holte er Luft, berauscht von reiner Geilheit. Ihre rückhaltlose Unterwerfung entfesselte das Tier in ihm. Aber er ließ es nicht auf sie los, das war nicht sein Stil. Er liebte den Sturm, der in ihm tobte. Er fühlte sich an, wie eine Überdosis reiner Lebenslust. Doch genauso sehr liebte er die Kontrolle. Nicht nur über sie, sondern auch über sich selbst. Besonnen streckte er die Hand aus und ließ sie hauchzart über ihre Haut wandern. Fühlte die feinen Härchen auf ihrer Haut, die sich seiner Handfläche entgegenstreckten wie Samt. So viel Vertrauen, so viel Offenheit. Er beugte sich über sie, küsste ihre Mundwinkel, zeichnete mit der Zunge ihre Lippen nach, die sich um den Gummiball in ihrem Mund spannten.

»Danke«, flüsterte er leise in ihr Ohr und sie schmolz dahin.

Während er sacht über ihre Schenkel strich, erfüllte sie wilder Stolz und Dankbarkeit, weil er sie dazu gebracht hatte, sich ihm so vollkommen rückhaltlos zu schenken. Heißer Atem traf sacht auf ihre feuchte Mitte. Seine Zunge kitzelte ihr hochsensibeles Fleisch, schickte Stromstöße durch ihren Körper. Warme Lippen legten sich fest auf ihre Pussy. Sie hörte, wie er tief einatmete. Wusste, dass er ihren Duft inhalierte. Doch sie hatte keine Zeit darüber nachzudenken, denn jetzt saugte er ihre freiliegende Perle in seinen Mund.

Sie quiekte in den Gummiball, wollte sich auf dem Stuhl winden, aber sie konnte sich keinen Zentimeter bewegen.

Er zog und leckte, bis sie glaubte, den Verstand zu verlieren. Doch als sie kurz davor war zu kommen, entließ er sie aus seinem Mund und zwickte mit den Zähnen sacht in die Innenseite ihres Schenkels. Sie wimmerte, doch durch den Ball waren nur ein paar gepresste Laute zu vernehmen.

»Du wirst heute lange, sehr lange warten, bis ich dir einen Orgasmus erlaube, Baby«, knurrte er und in ihre Ekstase mischte sich Verzweiflung. Kein Mensch konnte das lange aushalten. Wie zum Teufel stellte er sich das vor?

Lukas streichelte sanft ihren Bauch, knabberte an ihren prallen Brüsten, umspielte mit der Zunge erst den einen und dann den anderen Nippel. Er zupfte mit den Zähnen an ihren Knospen, die so überempfindlich reagierten, dass sie sogar seinen Speichel auf ihren Nippeln wahrnahm. Plötzlich klippte er gleichzeitig etwas auf jede Brustwarze. Lea schrie in den Gummiball und atmete heftig gegen den Schmerz an. Lukas hatte Klammern auf ihre Nippel geklemmt, die so schwer waren, das ihre Knospen sich anfühlten wie glühende Kohlen. Wieder hockte er sich zwischen ihre Schenkel und leckte ihre offene nasse Spalte aus. Heißes Begehren zuckte in grellen Blitzen durch ihren Unterleib, tobte durch ihren Körper und verwandelte den Schmerz in ihren Brüsten in eine süße Qual. Ein Feuer loderte in ihren Adern, verbrannte sie von innen, ohne dass sie in der Lage war, es einzudämmen oder gar zu löschen. Ganz sicher würde nur ein Häufchen Asche von ihr übrig bleiben. Tränen liefen über ihr Gesicht. Alles war zu viel, zu intensiv, zu gewaltig.

Lukas ließ von ihr ab, stand auf und knabberte sanft an ihrem Hals. Strich ihr beruhigend über die gefesselten Arme. Sanft liebkoste er mit beiden Händen ihren Bauch. Warme Hände, so vertraut, so zärtlich, aber beruhigen konnten seine Berührungen sie nicht. Dazu wütete die fiebrige Hitze viel zu heftig in ihrem Schoß.

»Du bist eine Naturgewalt«, flüsterte er ihr ins Ohr, »und deine Tränen machen mich stolz und glücklich.«

Er küsste zart ihre Wange, entfernte sich für einen kurzen Augenblick und ehe sie wusste, wie ihr geschah, sirrte die Peitsche durch die Luft. Mit lautem Knall landete der erste Feuerkuss auf ihrem empfindlichen Bauch, dann auf ihrer rechten Brust. Die Schläge brannten auf ihrer Haut, obwohl er eigentlich gar nicht besonders fest geschlagen hatte. Lea wimmerte.

»Entschuldige, aber das konnte ich mir einfach nicht verkneifen«, hörte sie seine Stimme, in die sich ein zufriedenes Grinsen eingeschlichen hatte. Lukas griff sanft an ihren Hinterkopf, löste das Lederband, nahm ihr den Ball aus dem Mund und verschloss ihre Lippen mit den seinen. Seine Zunge tanzte mit ihrer und brachte den Geschmack ihrer eigenen wilden Lust mit sich. Er küsste sie lang und ausgiebig. Dann befreite er sie von dem Seidenschal und sie konnte im diffusen Licht des Kellers endlich wieder sein Gesicht sehen.

»Oh Baby, du bringst mich um den Verstand«, murmelte er. »Du bist einfach unglaublich. Mein Schwanz sprengt fast meine Hose, so wahnsinnig geil machst du mich. Es ist so unbeschreiblich zu sehen, wie du mir alles gibst, nichts zurückhältst. Du bist die pure Hingabe.«

»Dann nimm mich endlich«, ihre Stimme war nur ein heiseres Krächzen. »Benutz mich. Ich brauche deinen Schwanz so sehr. Bitte!«

»Ganz ruhig, Baby. Wärst du vorhin brav gewesen, würde ich dich jetzt vögeln, bis du zuckend und sabbernd um Gnade flehst. Aber du musstest dich mir ja widersetzen. Also wirst du deine Strafe ertragen, bevor du dir meinen Schwanz verdient hast.«

Lea schluchzte auf.

»Was ist los, Kleines? Ist das zu viel für dich? Möchtest du, dass ich dir die Schläge, die du verdient hast, erlasse? Oder, dass ich deine Bestrafung auf einen späteren Zeitpunkt verschiebe? Willst du mich darum bitten? Du kennst die Farbe deiner Erlösung. Möchtest du mir etwas sagen?«

Unendliche Erleichterung machte sich in ihr breit. Doch was genau wollte sie eigentlich? Sich vor ihm auf die Knie werfen und ihm dafür danken, dass er sie verschonte? Stolz in seinen Augen sehen, weil sie ertrug, was er ihr abverlangte? Sein Gesichtsausdruck war vollkommen neutral, doch wie hatte seine Stimme gerade geklungen? War er amüsiert darüber, wie schnell sie aufgab? Oder eher enttäuscht, wie wenig belastbar sie war? Eine Session ist kein Kindergeburtstag, hatte er bei ihrem ersten Date gesagt und da hatte er verdammt Recht!

»Wenn du Gnade möchtest, dann bitte mich darum, Baby.«

»Nein«, flüsterte sie kaum hörbar.

»Bitte?«

Jetzt hatte er auf jeden Fall überrascht geklungen.

»Nein«, diesmal war ihre Stimme fester. »Nein Herr, ich will keine Gnade, weil ich sie nicht verdient habe. Ich habe mir im Bad absichtlich Zeit gelassen, weil ich die süße Folter ersehnt habe.«

»Das weiß ich doch, aber ich glaube, für heute habe ich dich genug gequält. Ich will dir nicht zu viel zumuten.«

»Nein Lukas. Ich war stark genug, mir die Strafe einzuhandeln, also bin ich auch stark genug, sie zu ertragen.«

Sie sah ihm fest in die Augen.

»Bitte schlag mich, Herr. Keine Gnade. Gib mir, was ich verdient habe.«

Lukas schluckte und streichelte sanft ihre Wange.

»Du bist wunderbar, Baby. Ich bin so stolz auf dich. Du bist eine Löwin und ich bin dir dankbar dafür, dass du dich mir unterwirfst. Ich binde dich los und dann darfst du dir meine Schlagwerkzeuge anschauen und dir eins davon aussuchen.«

»Das brauche ich nicht. Deine Hand, Lukas. Versohl mir den Hintern auf die gute alte Art und halte dich nicht zurück.«

»Überlege dir das gut. Wenn du darauf bestehst, dass ich keine Gnade walten lasse, ist meine Hand nicht die beste Wahl für deinen Arsch. Es gibt Peitschen, die weniger wehtun.«

»Deine Hand, Herr, das ist mein Wunsch. Aber ich habe eine Bitte: Ich möchte die Wärme deines Körpers spüren. Leg mich nicht auf den Altar oder eines der anderen Möbel. Leg mich übers Knie.«

»Okay, wenn das deine Wahl ist, werde ich deinem Wunsch entsprechen.«

Lea lächelte tapfer. Lukas küsste sie zärtlich. Dann schob er eine Hand zwischen ihre Beine und drang mit zwei Fingern in sie ein.

»Oh Gott ja«, stöhnte sie.

Schnell nahm er mit der anderen Hand die Nippelklemmen ab, während seine Finger sanft in sie stießen. Ihr nächster Schrei war schmerzvoll und wieder traten Tränen in ihre Augen. Sie atmete schnaufend gegen den scharfen Schmerz an und Lukas bewegte die Finger in ihr im Takt ihrer Atmung.

»Was sind das für Teufelsdinger? Die taten wirklich weh und waren irgendwie ... schwer?«

Er grinste süffisant, befreite ihre Arme von den Stuhllehnen und gab ihr eine der Klemmen in die Hand. Eine Metallklammer, an der ein kleines tropfenförmiges Gewicht baumelte. Das Teil war überraschend schwer für so ein kleines Ding.

»Du bist so gemein«, grummelte sie, während sie abwechselnd das kleine Folterinstrument in ihrer Hand und ihren Peiniger böse anstarrte.

Da war es wieder, sein zutiefst erregendes dunkles Badboy-Lachen.

»Yeah Baby und am liebsten bin ich gemein zu dir. Ich liebe es, dich zu quälen.«

Er befreite ihre Beine und reichte ihr die Hand, um ihr aus dem Sessel herauszuhelfen. Ihre Knie zitterten ein wenig und sie lehnte sich einen Moment gegen seinen warmen Körper. Flehend sah sie zu ihm hoch.

»Tust du mir noch einen Gefallen?«

»Welchen, Kleines?«

»Zieh dich bitte aus. Ich möchte so viel wie möglich von deinem Körper spüren, deine Haut an meiner fühlen, während du mich züchtigst.«

Er nickte und breitete in einer stummen Geste die Arme aus. Sie strahlte, stellte sich auf die Zehenspitzen und er beugte sich ein wenig herunter, damit sie ihm das T-Shirt über den Kopf ziehen konnte. Genießerisch streichelte sie über seinen festen Bauch, ließ ihre Hände höher über seine Muskeln wandern. Dann ging sie vor ihm auf die

Knie. Öffnete den Knopf seiner Hose und zog vorsichtig den Reißverschluss über seine mächtige Erektion nach unten.

Am liebsten hätte er sie gepackt, zu einem der Ledersessel geschleppt und ihr unverzüglich den Arsch versohlt. Aber er ließ ihr Zeit, sich ein bisschen zu erholen, bevor sie das nächste Martyrium würde ertragen müssen. Sie zog ihm Hose und Boxershorts über die Hüften. Seine Erregung steigerte sich noch einmal, obwohl mehr eigentlich kaum noch möglich war, als er bemerkte, wie fasziniert sie seinen Schaft anstarrte, der ihr groß und dick entgegensprang. Sie leckte sich mit der Zunge die Lippen und öffnete den Mund. Natürlich turnte ihre Gier ihn an. Andererseits empfand er diese Missachtung seiner ausdrücklichen Anordnung als Unverschämtheit, die er auf gar keinen Fall hinzunehmen gedachte. Hart griff er in ihre Haare und riss ihren Kopf zurück. Erschrocken starrte sie zu ihm herauf. Er maß sie mit einem kalten Blick.

»Habe ich dir nicht gesagt, du hast meinen Schwanz noch nicht verdient? Wie kannst du es wagen, dich ihm zu nähern, du verdorbene Schlampe«, knurrte er.

»Es tut mir leid, Herr, ich ... ich ... Gott, ich steh drauf, wenn du mich beschimpfst. Ich weiß, das klingt komisch, aber es macht mich total an!«

Lukas verkniff sich ein Grinsen und hielt seine Miene mit einiger Anstrengung kalt und neutral. Schimpfwörter konnte sie haben, aber gerne doch! Er zog noch fester an ihren Haaren, beugte sich zu ihr herunter und brachte sein Gesicht nah vor ihres.

»Lenk nicht ab, Dreckstück. Dadurch wird deine Strafe nicht geringer ausfallen.«

Dann stieg er aus seiner Hose und zog Lea hoch. Er setzte sich in einen der schwarzen Ledersessel und forderte sie mit einer stummen Geste auf, sich auf seine Schenkel zu setzen. Dann drehte er sie auf seinem Schoß, sodass sie mit dem Kopf nach unten über der Lehne hing. Ihr süßer Arsch streckte sich ihm entgegen, der nur darauf wartete, von ihm gezeichnet zu werden. Einen Arm hatte sie um seine Taille geschlungen, mit der anderen Hand umklammerte sie seine

Wade. Ihre Schenkel ragten hinten ein Stück über die Lehne, die Füße hoch in die Luft.

»Zwei Schläge hast du vorhin schon bekommen. Ich erlaube dir deshalb, ausnahmsweise bei drei mit dem Zählen zu beginnen. Du wirst dich für jeden Schlag bedanken und mich dabei abwechselnd mit meinem Namen und mit ›Herr‹ ansprechen. Ist das klar, du verkommenes Miststück?«

»Ja Herr, ich habe verstanden.«

»Gut, wenn du bereit bist, wirst du mich um deine Strafe bitten.«

Lea atmete mehrmals tief durch. Sie schloss die Augen und konzentrierte sich auf die harte Beule, die sich gierig gegen ihre Hüfte presste.

»Ich bin so weit, Lukas. Bitte züchtige mich. Ich sehne mich nach deiner strengen Hand.«

Schon sauste der erste feste Schlag auf ihre zarte Backe. Lea zuckte zusammen, obwohl sie mit dem Schmerz gerechnet hatte.

»Drei. Danke Lukas.«

Der Nächste landete laut und beißend auf der anderen Gesäßhälfte.

»Vier. Danke Herr.«

Lukas schonte sie nicht. Natürlich schlug er nicht mit ganzer Kraft, aber seine Hiebe waren so fest, dass es richtig wehtat.

»Fünf. Danke Lukas. Sechs. Danke Herr.«

Bei Nummer acht begann sie zu weinen und bei Nummer vierzehn konnte er sie kaum noch verstehen, so sehr schluchzte sie. Ihr Arsch leuchtete knallrot. Die Haut, die seine Hand getroffen hatte, hob sich wunderbar von ihrem sonst so hellen Teint ab. Ein Anblick, der ihn ergötzte.

»Fünfzehn. Danke Lukas. Sechzehn. Danke Herr.«

Als es endlich vorbei war, setzte er sie rittlings auf seinen Schoß, drückte sie an seine Brust und drang behutsam in sie ein. Trotz der Schmerzen, die er ihr zugefügt hatte, war sie nass und bereit für ihn. Es war ein eigenartiges, sehr intimes Gefühl, so eng miteinander verbunden zu sein, während sie ganz nah an ihn geschmiegt ein paar letzte Schluchzer von sich gab. Ihre Tränen benässten seine Brust, doch sie fasste sich schnell. Sie schlang ihre Arme um seinen Hals, lehnte sich nach hinten und begann mit sinnlichen Bewegungen auf seinem Schwanz zu reiten. Seine Arme schlossen sich wie Stahlklammern um ihre Hüften und hielten sie so fest auf seinem Schoß, dass sie das Becken nicht mehr bewegen konnte. Er gestattete sich für einen Augenblick das Vergnügen, ihre Bewegungsfreiheit einzuschränken, um ihren Anblick in sich aufzusaugen. Die Wangen immer noch nass von Tränen und trotzdem sah er in ihrem Gesicht reine wilde Lust. Diese Mischung aus Freude und Leid raubte ihm für einen Moment den Atem.

»Gott, bist du schön«, murmelte er ergriffen.

Lea wimmerte. »Bitte Lukas!«

Er lockerte seinen Griff und sie ritt ihn erneut. Sie biss sich auf die Lippen, lehnte sich noch weiter nach hinten, ihrem wilden Verlangen folgend, ihn noch tiefer in sich aufzunehmen. Er stützte ihren Rücken, während er fasziniert beobachtete, wie sie fieberhaft nach Erlösung lechzte. Der Anblick ihres verheulten, vor Lust verzerrten Gesichts und ihr fiebriger Ritt sorgten dafür, dass sich der herrlich geile Druck in ihm beharrlich aufbaute. Aber er hielt sich mit eiserner Selbstbeherrschung zurück. Er zog sie näher zu sich und hielt sie erneut so fest in seinen Armen, dass sie sich nicht mehr bewegen konnte. Lea protestierte wimmernd.

»Bitte Lukas, bitte!«

»Oh nein Baby, das hast du nicht verdient und weißt du auch warum?«

Stumm schüttelte sie den Kopf.

»Weil du eine verdorbene Schlampe bist und deshalb werde ich dich benutzen, wie eine Schlampe!«, sagte er kalt und hob sie von seinem Schwanz. Sie jammerte frustriert, als er aus ihr herausglitt. Doch er stand auf, zog sie mit sich zum Altar und zwang sie, den Oberkörper auf den kalten Stein zu legen. Schnell fesselte er Arme und Beine so breit wie möglich und holte einen Analplug aus dem Schrank.

»Dein Arsch glüht so rot wie eine untergehende Sonne.«

Er streichelte sanft über die geschundenen Backen, um sie dann weit auseinanderzuziehen. Lea stöhnte gequält. Er strich mit dem Plug durch ihre nasse Pussy, zog das Toy langsam nach oben und ließ es vorsichtig in ihrem Hintereingang verschwinden. Lea versteifte sich ein wenig, doch dadurch ließ er sich nicht beirren. Er bewegte den Plug in ihr, weitete sie und sie belohnte ihn mit kleinen kehligen Lauten. Er konnte es kaum erwarten, aber er zwang sich, geduldig zu sein. Schließlich wollte er ihr nicht wehtun. Als er meinte, sie genug gedehnt zu haben, ließ er seine harte Lanze durch ihre vor Lust triefende Spalte gleiten, was seiner Gespielin einen heiseren Schrei entlockte. Er lächelte, zog den Plug aus ihr heraus und drückte stattdessen seinen Schaft gegen ihren Hintereingang.

Leas Atem ging schneller. Sie verkrampfte. Er beruhigte sie mit leisen Worten. Was er sagte, wusste er selbst nicht, dazu war er zu erregt. Ganz langsam schob er sich in sie. Immer weiter, behutsam, vorsichtig, bis sein Becken gegen ihren rot leuchtenden Arsch stieß. Ihr malträtiertes Fleisch glühte so stark, dass er die Hitze an seiner Haut spüren konnte. Er schloss die Augen, rührte sich nicht mehr. Auch dieser Eingang war herrlich eng. Er packte mit einer Hand in ihren Nacken. Sie war das Objekt seiner Lust, dass er beherrschte und benutzte, wie es ihm gefiel. Reglos blieb er stehen, streichelte ihre Hüften, ließ ihr Zeit, sich an den Eindringling zu gewöhnen, der ihren Körper in Besitz genommen hatte. Irgendwann begann er, sich zu bewegen, bedächtig, vorsichtig, obwohl es ihn fast den letzten Rest seiner Beherrschung kostete. Er zog ihre glühenden Backen weit auseinander, was ihm ein wildes Keuchen einbrachte. Lüstern beobachtete er, wie sein Schwanz genüsslich und in gleichmäßigem Rhythmus in ihrem göttlichen Arsch verschwand, sich fast vollständig wieder zurückzog, um sich dann erneut in ihr zu versenken. Leas Stöhnen wurde lauter, ihre kleinen geilen Schreie stachelten ihn an und wie von selbst wurde er schneller. Er ließ eine Backe los, griff in ihre Mähne und zog daran, bis ihr Oberkörper sich so weit aufgerichtet hatte, dass ihre Brüste nicht mehr auf dem Tisch lagen. Dann wickelte er ihr Haar um seine Hand und gab seine

Zurückhaltung auf. Mit festen Stößen hämmerte er in ihren Hintereingang. Ihre Schreie hallten durch den Raum, stachelten ihn weiter und weiter an. Mehr, immer mehr. Sein Becken klatschte gegen ihr geschundenes Fleisch. Bis ihr Körper zu beben begann und gar nicht mehr aufhören wollte, während sie ihren Orgasmus laut herausschrie.

Lukas schloss die Augen und lauschte ihrer wilden Ekstase, genoss das Beben ihres Körpers und spritzte seinen Saft mit einem tiefen Stöhnen in ihren herrlichen Arsch.

Als er sie von den Fesseln befreite, knickten ihr die Beine weg und sie wäre gefallen, hätte er sie nicht im letzten Moment aufgefangen. Er hob sie hoch und legte sich mit ihr auf das Bett. Sie bettete ihren Kopf in seine Halsbeuge, schmiegte sich ganz eng an ihn, atmete seinen herben männlichen Duft ein, der sich mit dem Geruch nach Sex und Schweiß vermischte.

Irgendwann erhoben sie sich und schleppten sich gemeinsam unter die Dusche, um sich von den Resten der schmutzigen geilen Session zu befreien. Danach wickelten sie sich in Bademäntel, machten es sich oben im Wohnzimmer auf der Couch gemütlich und bestellten sich eine Pizza. Später lagen sie träge aneinander gekuschelt vor dem Fernseher und ließen sich berieseln, ohne wirklich auf das Programm zu achten. Als er das Gefühl hatte, dass auch Lea sich genug erholt hatte, setzte er sich ihr gegenüber, sah sie an, und sagte leise:

»Zeit zum Reden, Kleines.«

»Okay«, murmelte sie.

»Wie war die Session für dich?«, fragte er.

Sie lachte. »Was möchtest du hören, dass du wunderbar warst? Das warst du.«

»Nein, ich war nicht auf Komplimente aus, obwohl es natürlich immer schön ist, das zu hören«, meinte er mit einem spitzbübischen Grinsen. Schnell wurde er wieder ernst.

»Diese Session war sehr intensiv. War es zu viel für dich?«

»Du hast mir ein Safewort gegeben, wenn es zu viel gewesen wäre, hätte ich es benutzt. Außerdem vertraue ich dir. Du bist absolut in der

Lage zu beurteilen, wie viel du mir zumuten kannst. Glaubst du, dass deine Einschätzung heute falsch war?«

Er sah sie aufmerksam an. »Nein. Es war nicht zu viel, aber es war schon sehr viel. Heute habe ich dich über eine Grenze geführt, über die du freiwillig nicht gegangen wärst.«

»Das stimmt. Was du mit meinem Körper anstellst, ist unbeschreiblich. Nie hätte ich erwartet, dass ich so intensiv fühlen kann. Ich war ein oder zwei Mal kurz davor, mein Safewort zu benutzen, weil ich mir nicht vorstellen konnte, dass ich noch mehr verkrafte. Aber dann wollte ich da durch und es ertragen. Für dich und für mich und ich bin sehr froh, dass ich es nicht abgebrochen habe. Andernfalls hätte ich Gefühle verpasst, von denen ich nie geglaubt hätte, dass sie möglich sind. Ich glaube, ich war noch nie in meinem Leben so geil, habe mich noch nie so vollkommen hingegeben. Es war mehr, als ich jemals erwartet hätte. Mehr von allem und mehr als genug, aber zu meinem eigenen Erstaunen, nicht mehr als ich aushalten konnte. Und dann dieser Dirty Talk! Du hast mich Schlampe genannt, mehrmals und Dreckstück! Jetzt, wo ich wieder bei klarem Verstand bin, finde ich das ungeheuerlich. Aber ich war so geil, dass mir das einen wahnsinnigen Kick gegeben hat. Du hättest alles zu mir sagen können. Je dreckiger desto schöner. Was ist da bloß in mich gefahren? Ich schäme mich total dafür, dass mir das gefallen hat und ich könnte dir dafür eine kleben, dass du so etwas zu mir gesagt hast!«

»Hey«, er nahm ihre Hand in seine. »Ganz ruhig. Ich halte dich ganz sicher nicht für eine Schlampe oder Schlimmeres, im Gegenteil. Dirty Talk ist als Teil unserer Sessions in Ordnung, ebenso wie meine Dominanz und deine Unterwerfung. Im normalen Leben hat nichts davon etwas zu suchen.«

»Aber wie kannst du nur Respekt vor einer Frau haben, die es toll findet, sich als Dreckstück betiteln zu lassen? Das ist so ... so ... unanständig und ordinär!«

»Hättest du Respekt vor einem Mann, der dich schlägt?«
»Was? Nein!«

»Und hast du Respekt vor mir, Lea?«

»Ja natürlich! Das ... Das ist etwas völlig anderes. Das kann man doch nicht vergleichen!«

»Und warum nicht?«

»Hm, weil die Absicht dahinter eine vollkommen andere ist ... weil da keine Gewalt im Spiel ist ... ich weiß es nicht. Ich muss darüber noch nachdenken.«

Sie wurde rot. »Wenn ich zu einem Ergebnis gekommen bin, werde ich es dich wissen lassen. Bis dahin beschimpf mich bitte weiter.«

Lukas lachte laut und küsste sie. »Du bist wirklich unbezahlbar.«

»Hm ... man könnte immer weiter über das Thema philosophieren«, überlegte sie. »Dürfen wir uns eigentlich küssen, außerhalb einer Session? Oder miteinander schlafen?«

»Nur wir beide bestimmen, was wir wann tun dürfen und was nicht. Mein Motto ist: Alles ist erlaubt, was beiden gefällt. Das gilt innerhalb und außerhalb der Sessions.«

»Das ist ein gutes Motto. Ich glaube, das werde ich auch zu meinem Leitsatz machen.«

»Wir schweifen ab. Wir haben noch nicht endgültig geklärt, ob ich dir zu viel zugemutet oder zu fest zugeschlagen habe.«

»Nein. Ich meine, mein Hintern schmerzt noch immer ziemlich heftig. Aber ich will es ja so. Ich kann das schlecht erklären. Es tut weh, bringt mich zum Heulen und macht mich gleichzeitig auch wieder scharf. Außerdem macht es mich stolz, den Schmerz anzunehmen und auszuhalten, für dich. Für jemanden, der nur auf Blümchensex steht, wäre das wahrscheinlich überhaupt nicht nachvollziehbar, aber für jemanden mit unseren Neigungen ist das ganz normal, oder?«

»Da hast du wohl recht, Kleines. Dann gibt es also keine Beschwerden? Nichts, was wir ändern müssen?«

Lea strahlte ihn an. »Nein keine Beschwerden! Es war der Wahnsinn und ich freue mich schon auf unsere nächste Session.«

Lukas schenkte ihr ein zärtliches Lächeln.

»Das Zentrum des Unwetters«, murmelte sie.

Er runzelte verwirrt die Stirn. »Wovon redest du?«

»Deine Augen, sie sind wie der Himmel während eines Sturms. Wenn dein Lächeln so wie jetzt in ihnen steht, habe ich das Gefühl, ich befinde mich im Zentrum des Unwetters. Während es draußen tobt und schüttet, gibt es hier drin nichts als Ruhe, Frieden und Sicherheit und ich fühle mich beschützt und geborgen bei dir.«

Er nahm sie fest in die Arme. Sie krabbelte auf seinen Schoß, ihre Seele suhlte sich in seiner Wärme. Sie schmiegte sich an seine Brust, genoss den Augenblick und wünschte sich, es könnte immer so sein, so wie jetzt. ›Aber es ist nur für sechs Monate und die Zeit vergeht wie im Flug‹, flüsterte eine Stimme in ihr. Eine kalte Faust krallte sich um ihr Herz, raubte ihr den Atem. Doch sie drängte die ungebetenen Gedanken zurück. Darüber musste sie nachdenken, wenn sie allein war. Lukas sollte davon nichts mitbekommen.

9

Unter der Woche allein in ihrer Wohnung dachte Lea über ihre Gefühle nach. Sie hatte sich in Lukas verliebt. Es brachte nichts, die Tatsache zu leugnen. Zumindest zu sich selbst musste sie ehrlich sein. Sie verstand nicht, wie das so schnell hatte passieren können. Sie wollte sich doch gar nicht binden. Sie war nicht scharf auf einen Mann in ihrem Leben. Aber dieses Gefühl von Sicherheit und Geborgenheit, das sie bei ihm empfand, war so intensiv, wie sie es noch nie bei einem anderen Menschen gespürt hatte. Sie liebte seine sturmgrauen Augen, sein dunkles Lächeln. Sie liebte das Vertrauen, das sich zwischen ihnen aufgebaut hatte, die Ehrlichkeit, seine Aufmerksamkeit. Bei ihm konnte sie sich fallenlassen. Er führte sie so sicher an ihre Grenzen. Er zögerte nicht, verlangte ihr oft viel ab, aber wundersamerweise ging er nie zu weit. Er dominierte sie, balancierte sie ein Stückchen hinter ihrer Grenze aus und hielt sie fest, damit sie nicht fiel. Sie konnte zu ihm aufsehen, seine Stärke bewundern und die Macht, die er über sie besaß, genießen, ohne Angst, dass er sie ausnutzte. Und außerdem vögelte er einfach göttlich. Sie liebte seinen Schwanz, war geradezu süchtig danach.

Aber war das alles wirklich echt? Sie zählte das Vertrauen und die Ehrlichkeit zwischen ihnen zu den positiven Aspekten. Trotzdem entwickelte sie Gefühle für ihn, von denen er nichts wusste, die er nicht wollte und die sie ihm auch nicht zu gestehen wagte. Das war keine sehr gute Basis für Vertrauen, oder? Das Gefühl, ihn zu hintergehen, schnitt ihr ins Herz. Hatte nicht schon mal eine Frau sein Vertrauen missbraucht und ihn damit ein für alle Mal für eine normale Beziehung versaut? War es nicht besser mit offenen Karten zu spielen und die Konsequenzen zu tragen? Aber was wären die Folgen? Er würde das Arrangement sofort beenden, um sie nicht mehr als nötig zu verletzen, und sie würde ihn wohl nie wieder sehen.

Und dabei war noch nicht einmal die Hälfte ihrer Zeit um. Nein! Das konnte sie einfach nicht. Sie wusste, es würde mit der Zeit nicht besser, sondern eher schlimmer werden. Aber egal, was es sie am Schluss auch kosten mochte, sie würde nicht eine Sekunde ihrer gemeinsamen Zeit aufgeben. Sie war bereit, am Ende die Zeche zu zahlen, egal wie hart es werden würde. Doch bis es so weit war, würde sie keinen Augenblick vergeuden und nichts zurückhalten. So tief hatte sie bisher noch nie gefühlt und sie würde ihm alles von sich geben.

»All in« ohne Rücksicht auf die Folgen! Schließlich lebt man nur einmal!

10

Am Samstag holte er sie zu Hause ab. Lea trug einen leicht schimmernden Hosenanzug aus Seide, der je nach Lichteinfall bläulich, grünlich oder lila schimmerte. Der Stoff ließ ihre Schultern frei und umspielte anmutig den Ansatz ihrer Brüste. In der Taille war er eng geschnitten, um dann luftig ihre Hüften zu umschmeicheln und in einer weiten Hose auszulaufen. Der Stoff streichelte ihre Haut bei jeder Bewegung und lenkte den Blick auf ihre Kurven. Ihr Haar hatte sie zu einer lockeren Hochsteckfrisur gerafft, nur vereinzelte Strähnen umrahmten ihr Gesicht.

Auch Lukas hatte sich schick gemacht. Er trug einen grauen Armani-Anzug, darunter ein schwarzes Hemd und eine schwarze Krawatte.

»Wow«, hauchte er ehrfürchtig, als sie ihm die Tür öffnete. »Du siehst atemberaubend aus. Wunderschön, wie die zarte Seide deinen Körper umschmeichelt.«

Er berührte sacht ihre nackten Schultern und gab ihr einen zärtlichen Kuss.

»Danke, das Kompliment kann ich nur zurückgeben«, erwiderte sie lächelnd.

Sie strich sanft über sein Hemd und ließ ihre Hand dann langsam nach unten, über seine Hose, in seinen Schritt gleiten.

»Ich liebe das Gefühl, über eine dünne Anzughose zu streicheln, man fühlt so viel mehr als bei einer Jeans.«

Verführerisch lächelnd schaute sie ihm in die Augen.

»Vorsicht, Baby«, raunte er. »Wenn du mich so berührst und mich dabei auch noch so ansiehst, läufst du Gefahr, schneller aus diesem hübschen Stofffähnchen geschält zu werden, als du gucken kannst. Und dann schaffen wir es heute nicht einmal aus der Wohnungstür und der Comedian wird sein Programm ohne uns zum Besten geben müssen.«

»Nun der Gedanke ist verführerisch, aber immerhin ist das dein Geburtstagsgeschenk, also gehen wir da auch hin. Aber wer weiß«, frech zwinkerte sie ihm zu. »Wenn du artig bist, darfst du ja vielleicht heute Abend noch ein Geschenk auspacken.«

Damit wollte sie sich mit einem anmutigen Hüftschwung von ihm abwenden, doch er zog sie so heftig zu sich, dass sie gegen seine Brust prallte. Er griff in ihren Nacken und hielt sie fest.

»Ich bin selten artig, Kleines und genau deshalb wird mein Geschenk später hübsch verzurrt vor mir liegen und mich darum anflehen, dass ich es auspacke.«

Lea stockte der Atem. Sprachlos schaute sie zu ihm auf.

»Atmen, Baby!«, flüsterte er ihr prompt ins Ohr und schenkte ihr dieses sexy Badboy-Lächeln, das sie so sehr liebte. Sie holte tief Luft.

»Okay, ich würde sagen, die Mund-zu-Mund-Beatmung und die Herz-Rhythmus-Massage müssen warten, bis wir zurückkommen. Lass uns gehen, jetzt sofort, sonst kommen wir hier nicht weg.«

Es wurde ein wunderschöner Abend. Das Programm war großartig, Lea hatte lange nicht mehr so viel gelacht. Auch hatte sie Lukas noch nie so viel und so befreit lachen hören. Vor allem aber genoss sie es, mit ihm auszugehen. Eine ganz normale Freizeitbeschäftigung für ein ganz normales Paar. Ein Paar, dem viele Blicke folgten. Sie sahen toll zusammen aus. Einem Impuls folgend zückte sie ihr Handy und machte ein Selfie von ihnen beiden. Sie verschwendete nur einen ganz kurzen Gedanken daran, dass dieses Bild ihr als Erinnerung bleiben würde, wenn die sechs Monate vorbei waren. Die Überlegung verursachte einen schmerzhaften Stich in ihrer Brust und sie verdrängte sie schnell wieder. Sie wollte den wunderschönen Abend nicht mit sinnlosen Grübeleien verderben. Noch ist Zeit, tröstete sie sich.

Nach der Veranstaltung kehrten sie in ein kleines Weinlokal in der Nähe ein, weil sie noch keine Lust hatten, den Abend zu beenden.

»Es ist wahnsinnig schön, mit dir auszugehen«, sagte sie glücklich.

Er nahm ihre Hand in seine beiden Hände und lächelte sie liebevoll an. »Ich habe es auch sehr genossen, Baby. Der Comedian war toll, ich habe schon lange nicht mehr so gelacht. Und du hast recht, so gerne ich mich mit dir in den Keller zum Spielen einschließe, es ist auch schön, mal miteinander auszugehen. Fällt dir noch etwas ein, was du gern mit mir unternehmen würdest?«

»Tanzen gehen«, erwiderte sie spontan.

Er wirkte überrascht. »Tanzen? Wie kommst du ausgerechnet da drauf?«

»Was gibt es Schöneres, als sich in deinen Armen im Takt der Musik zu bewegen und deinen Körper an meinem zu spüren? Also jetzt mal abgesehen von Sex meine ich.« Ihre Wangen röteten sich.

Er lachte. »Also entweder Sex oder Tanzen?«, zog er sie auf, aber sie nickte nur mit funkelnden Augen.

»Okay Kleines, ist notiert. Das nächste Mal gehen wir tanzen«, schmunzelte er. Ihre Freude erzeugte ein warmes Gefühl in seiner Brust. Er konnte sich nicht daran erinnern, mit einer Frau ausgegangen zu sein, die er bespielte. Gewöhnlich blieb er mit seinen Sklavinnen in seinem Keller oder traf sie in einem der Fetisch-Clubs. Natürlich ging er auch mal mit Freunden aus, wenn der Job ihm Zeit dafür ließ, aber eben mit Freunden, nicht mit Sklavinnen. Zu seinem eigenen Erstaunen stellte er fest, dass der Abend ihm sehr gefallen hatte. Es war ein Abend, den sie auf Augenhöhe miteinander verbrachten. Heute gab es kein Machtgefälle, nur zwei Menschen, zwischen denen die Chemie stimmte und die sich wohl miteinander fühlten. War es nötig, näher darüber nachzudenken, warum das so war? Nein, entschied er. Wenn sie nach einer Session gemeinsam auf der Couch herumlümmelten, hatten sie auch Augenhöhe. Das hier war also nichts Besonderes, so schön es auch war. Und welchen Mann würde es denn kalt lassen, wenn seine Begleitung so offensichtlich glücklich war und er einen Teil zu diesem Glück hatte beigetragen können? Er brauchte sich lediglich zu überlegen, wann er sein Versprechen einlösen und mit ihr tanzen gehen würde.

Nach zwei Gläsern exzellenten Weißweins fuhren sie zu Lukas nach Hause. Eigentlich hatte er in dieser Nacht noch eine Session im Keller geplant. Aber Lea wirkte so beschwingt und fröhlich und was ihm vorschwebte, würde sie wieder hart an ihre Grenzen bringen. Das wollte er ihr nicht antun, nicht heute. Also zündete er einige Kerzen im Wohnzimmer an, legte eine CD mit Kuschelmusik ein, tanzte Schmuseblues im Wohnzimmer mit ihr und liebte sie zärtlich auf dem Esstisch. Danach lümmelten sie gemütlich auf der Couch und hörten Musik von *Mike Oldfield*.

»Erzähl mir deine geheimsten, dunkelsten SM-Fantasien, Baby.«

Ihre Wangen begannen zu glühen. »Was meinst du damit?«

»Du hast mich schon verstanden. Erzähl mir deine schmutzigsten Träume.«

»Auf gar keinen Fall!«

»Ich will es aber wissen, sag es mir.«

»Nein! Du kannst mir überhaupt nichts befehlen. Du wirst mich im normalen Leben nicht dominieren und das hier hat überhaupt nichts mit unseren Sessions zu tun! Keine Chance!«

Empört funkelte sie ihn an.

Lukas blieb ganz ruhig und erklärte im lockeren Plauderton: »So wie ich das sehe, geht es hier um Sex, um SM-Fantasien und das hat sehr wohl etwas mit unseren Sessions zu tun. Überleg dir, ob du jetzt mit mir darüber reden möchtest, oder ob ich dir befehlen soll, mir zu antworten, wenn du das nächste Mal gefesselt vor mir auf dem Boden kniest. Aber beantworten wirst du meine Frage auf jeden Fall.«

»Das ist nicht fair!«

»Und warum nicht? Du hast mir gesagt, du vertraust mir. War das etwa nur leeres Gerede? Du hast dich mir schon mehr als einmal vollkommen hingegeben, ohne Wenn und Aber. Und jetzt zierst du dich wegen ein paar Fantasien? Hör endlich auf, dich vor mir zu schämen!«

»Ich ... ich habe diese Dinge noch nie laut ausgesprochen. Ich traue mich kaum, sie zu denken, und dann soll ich mit dir darüber sprechen?«

»Du kannst das, Lea, ich weiß es! Sonst würde ich dich nicht darum bitten. Du bist stark und du bist stolz. Sag mir, wovon du träumst, meine Löwin.«

»Ich ... ich ... also gut. Ich stelle mir manchmal vor, wie es wohl wäre, mit drei Männern gleichzeitig zusammen zu sein und in jedem Loch einen Schwanz zu haben ... gleichzeitig.«

Sie hatte den Blick gesenkt und war immer leiser geworden, sodass er sie am Ende nur noch mit einiger Anstrengung verstand. Mit einen Finger hob er ihr Kinn und zwang sie, ihn anzusehen.

»Nicht nach unten sehen, schau mich an! Immer!«, flüsterte er und küsste sie sanft. »Eine hübsche Vorstellung und auch eine, die durchaus realisierbar wäre, wenn du das wirklich möchtest.«

»Aber ...«

»Kein *Aber*. Wir werden das im Hinterkopf behalten und zu gegebener Zeit noch mal darüber sprechen. Und deine nächste Fantasie?«

»Was? Es gibt keine andere!«

»Lea, du lügst mich an, das verletzt mich. Hör auf damit! Ich merke so etwas!«

»Du bist selbst schuld! Es ist nicht richtig, dass du mich zu dem hier zwingst.«

»Das ist kein Zwang. Nur die Bitte, mir zu vertrauen und der Wunsch, dich besser kennenzulernen. Willst du mir das wirklich abschlagen?«

»Ich ... ich ... ach verdammt, warum eigentlich ich? Was ist mit deinen dunkelsten Fantasien?«

»Meine dunkelsten Wunschträume habe ich beim Bau meines Kellers verwirklicht. Oder ist die Szene, eine Frau in einen kleinen Käfig zu sperren, wo sie gefesselt knien muss, während sie meinen Schwanz mit dem Mund vögelt, nicht dunkel genug für dich? Ganz zu schweigen vom weiteren Mobiliar, deren Zweck ich dir noch nicht verraten kann, weil dann der Überraschungseffekt verloren ginge und das wäre sehr schade. Aber ich verspreche dir, du wirst jede einzelne meiner obskuren Fantasien erleben und ertragen müssen. Da ist es doch nur fair, wenn wir uns auch deinen dunkelsten Sehnsüchten zuwenden, oder?«

Lukas beugte sich so nah zu ihr, dass sein Atem ihre Ohrmuschel kitzelte, als er leise sagte: »Außerdem möchte ich ganz genau wissen, wie du tickst, Baby. Ich will bis in die finstersten Winkel deiner devoten Seele blicken. Ich will dich splitterfasernackt vor mir sehen und damit spreche ich nicht nur vom Fehlen sämtlicher Kleidungsstücke an deinem appetitlichen Körper.«

Lea hatte Gänsehaut am ganzen Leib. Seine Stimme verursachte schon wieder ein Ziehen tief in ihrem Schoß. Sie atmete schneller.

»Sag es mir, Baby!«

Sein Ton war leise aber schneidend und duldete keinen Widerspruch.

Lea schluckte hart. »Weißt du noch, an deinem Geburtstag, als du mich gepackt, ins untere Bad geschleppt und dort einfach gegen die Wand gedrückt und genommen hast?«, begann sie zögernd.

»Wie könnte ich das vergessen?«

»Das kam meiner Fantasie schon recht nahe.«

»Du möchtest, dass ich dich im Stehen gegen eine Wand gedrückt ficke?«

»Nein ... ich meine ja schon, aber das war nicht die Fantasie, die ich meine.« Leas Wangen glühten vor Scham, aber sie sprach tapfer weiter. »Ich meine, du hast mich gepackt, weggeschleppt und genommen. Ich ... ich, stelle mir vor, du würdest mir irgendwo auf der Straße auflauern, mich packen, in ein Gebüsch zerren und mich einfach nehmen, einfach so ...«

Auf seiner Stirn erschien eine steile Falte. »Das klingt ja schon fast nach einer Vergewaltigung.«

»Nein, nein, nein«, unterbrach sie ihn hitzig. »Eine Vergewaltigung ist widerlich, brutal, abartig, absolut entsetzlich! So etwas will ich ganz sicher niemals erleben! Nein, das ist es nicht, was ich meine. Ich meine eine vorher abgesprochene Spielszene, mit der wir beide einverstanden sind. Ich wüsste ja vorher, dass es passieren wird, nur eben nicht genau wann. Und ich glaube im Übrigen nicht, dass du jemals in der Lage wärst, mich zu vergewaltigen. Allein schon deshalb nicht, weil ich wirklich ziemlich heiß auf dich bin. Es gab noch keinen Moment, seit wir uns kennen, an dem ich dich nicht gewollt hätte. Und wenn ich dich will und du mich ist es keine Vergewaltigung, oder?«

Lukas schaute sie etwas ratlos an. »Nein wohl nicht, aber ich habe es immer noch nicht genau verstanden. Reizt dich der Gedanke, es unter freiem Himmel zu machen? Oder die Möglichkeit, dass Fremde uns erwischen könnten?«

»Nun, das ist ein zusätzlicher Nervenkitzel. Aber darum geht es nicht. Es geht um die Szene an sich. Wie gesagt, ich wüsste ja, dass es irgendwann passiert, aber eben nicht wann, was mich schon mal in eine ständige Anspannung versetzen würde. Dann kommt der Tag. Ich bin vielleicht beim Joggen durch den Park oder so. Und da kommst du. Du willst mich und du nimmst mich, ohne zu fragen, ohne dass es dich interessiert, ob ich gerade etwas anderes vorhabe. Es ist die Dominanz, die mich an dieser Szene reizt. Und ich will gegen dich kämpfen und von dir überwältigt und besiegt werden. Ich will deine Macht, deine Überlegenheit spüren und von dir unterworfen und benutzt werden. Das ist ziemlich schräg, nicht wahr? Ich würde mir am liebsten ein Loch graben und im Boden versinken, weil du mich genötigt hast, dir diese Fantasie zu gestehen. Gleichzeitig macht es mich aber auch total scharf, das laut auszusprechen. Ich habe bisher noch nie jemandem davon erzählt. Ich weiß auch gar nicht, ob es mich tatsächlich so sehr kicken würde, das zu erleben. Die Vorstellung macht mich jedenfalls total scharf. Deshalb müsstest du dich auf jeden Fall davon überzeugen, ob ich wirklich für dich bereit bin. Ich meine, wenn wir das jemals ausleben sollten, musst du auf mich achten, und wenn ich doch Angst kriege, musst du es abbrechen.«

Lukas blieb einen Moment still und dachte nach.

»Nun«, begann er schließlich zögernd, »grundsätzlich kratzt dieses Szenario an eine Grenze, die ich von mir aus niemals übertreten würde. Ich bin ein dominanter Mann und zu einem gewissen Maße sadistisch veranlagt. Es macht mich geil, dich zu fesseln und dir den Hintern zu versohlen. Aber es macht mich nur deshalb an, weil du dich mir schenkst. Ich will deine freiwillige und vollkommene Hingabe. Es erfüllt mich mit Stolz, wenn du den Schmerz, den ich dir zufüge, für mich erträgst. Ich bin dankbar für jede einzelne Träne, die du mir schenkst. Deine Unterwerfung schmeckt nur deshalb so süß, weil sie bedingungslos und freiwillig ist. Ich würde dich niemals dazu zwingen, das würde mich total abturnen. Andererseits ist jede unserer Sessions ein Spiel. Ich schreibe das Drehbuch und führe Regie, und gemeinsam spielen wir dann nach meiner Vorstellung. Bei diesem speziellen Spiel gibst du die Rahmenhandlung vor. Aber«, ein dunkles Grinsen huschte über sein Gesicht, das Lea schaudern ließ, »du wirst dir vorstellen können, dass ich plane, noch ein bisschen am Drehbuch zu arbeiten. Und wenn es fertig ist«, er biss ihr ins Ohrläppchen und Lea schrie erschrocken auf. »Wenn es fertig ist, wird dir nichts anderes übrig bleiben, als deine Rolle nach meinem Willen zu spielen.«

»Du willst es wirklich tun?«, fragte sie ungläubig.

»Nun wir haben gerade geklärt, dass das eine Session ist, auf die wir uns beide freiwillig einlassen.« Prüfend schaute er sie an. »Traust du mir zu, dass ich dich inzwischen gut genug kenne, um deine Reaktionen richtig einschätzen zu können? Meinst du, ich sehe, ob du dich wehrst, weil du im Spiel mit mir kämpfen willst oder weil du tatsächlich Angst bekommen hast?«

Sie nickte stumm. Er wartete.

»Ja Lukas, ich bin mir sicher, dass du den Unterschied erkennst.«

»Okay, dann bin ich bereit, deine Fantasie wahr werden zu lassen. Zumindest werde ich es versuchen. Aber wenn irgendetwas nicht stimmt, brechen wir sofort ab.«

Lea schluckte. »Ich kann noch gar nicht so richtig realisieren, dass wir das wirklich durchziehen werden ... Dass du wirklich dazu bereit bist.«

Ein Zittern durchzog ihren Körper. »Aber ich bin froh, dass du mein Spielpartner bist. Ich könnte das mit keinem anderen als mit dir.

Bei dir weiß ich, dass ich in Sicherheit bin, auch wenn die Situation gefährlich erscheint.«

Lea beschrieb ihm ihre Joggingroute durch den Park und die Zeiten, wann sie dort gewöhnlich lief.

»Ich habe zwar noch keinen konkreten Plan im Kopf, aber eines weiß ich immerhin schon. Du sollst nicht vorausahnen können, wann ich dich überfalle. Deshalb werde ich dir vorschreiben müssen, was du anziehen sollst. Nicht, dass es wirklich eine Rolle spielen würde, was du trägst. Aber dadurch, dass ich dir solche Anweisungen gebe, wird dir immer bewusst sein, dass es jeden Moment passieren könnte und du wirst ständig unter Strom stehen. Hast du Montagabend nach der Arbeit schon was vor?«

»Nein, ich habe noch nichts geplant.«

»Dann lass uns das Angenehme mit dem Nützlichen verbinden und zur Abwechslung mal eine kleine Session in deiner Wohnung abhalten. Deine Brüste und deine Pussy will ich unbekleidet vorfinden, wenn ich zu dir komme. Ob du ganz nackt sein wirst oder ein paar scharfe Accessoires trägst, bleibt dir überlassen. Ich möchte, dass du mich in einer Stellung erwartest, von der du glaubst, dass ich sie heiß finde. Steck deinen Wohnungsschlüssel am besten von außen in die Tür.«

Lea lächelte ihn strahlend an. »Das klingt vielversprechend. Ich kann es kaum erwarten!«

»Dann lass uns schlafen gehen, Baby, es ist spät.«

11

Montagabend parkte Lukas seinen Wagen voller Vorfreude vor Leas Haustür. Er nahm seine Sporttasche vom Beifahrersitz, in der sich einige Hilfsmittel befanden, die er in der nächsten halben Stunde zum Einsatz bringen wollte. Er war sicher, sie würde überrascht sein von dem, was sie gleich erwartete. Dass es ihr gefallen würde, glaubte er eher nicht, aber er war gespannt auf ihre Reaktion. Würde sie sich ihm unterwerfen und tun, was er verlangte? Oder würde sie einen Ausweg aus der Situation suchen und ihr entkommen? Adrenalin schoss durch seine Adern und ließ ihn die drei Stockwerke zu ihrer Wohnung zurücklegen, ohne dass er die geringste Anstrengung verspürte. Er grinste in sich hinein, als er den Wohnungsschlüssel, wie vereinbart, im Schloss stecken sah, zückte sein Handy und schrieb ihr eine SMS.

LEA, WAS SOLL DAS? DEINE TÜR IST ZU, ICH KOMME NICHT REIN.

Er musste nicht lange warten, kaum eine Minute später kam die Antwort.

SCHLÜSSEL STECKT.

Mit einem vergnügten Blick auf den Schlüssel schrieb er zurück:

WILLST DU MICH VOR DER TÜR STEHENLASSEN? MACH AUF, SONST GEHE ICH WIEDER!

In Gedanken begann er zu zählen und als er bei zehn angekommen war, wurde die Tür einen Spalt weit geöffnet. Eine fast nackte Frau, die nichts weiter am Körper trug, als Nylons, High Heels, Hand-und Fußmanschetten und sein Halsband, lugte vorsichtig hinaus. Er stellte sich vor sie und lenkte sie ab, bevor sie nach ihrem Schlüssel gucken konnte.

»Da bist du ja endlich, Baby und du siehst so heiß aus«, raunte er und wusste, dass seine Stimme ihr eine Gänsehaut die Wirbelsäule hinunterjagte. Er zog sie fest in seine Arme und überfiel sie mit einem hungrigen Kuss. Mit seiner Zunge eroberte er ihren Mund, raubte ihr den Atem. Dann zog er sie ins Treppenhaus, schloss die Wohnungstür mit einer Hand hinter ihrem Rücken und nahm den Schlüssel an sich. Er drängte sie mit seinem Körper gegen die Wand.

Erst als der raue Putz unangenehm an ihrer Haut kratzte, kam sie zur Besinnung. »Lukas, was machst du?«, fragte sie bang. Vermutlich wurde ihr klar, wo sie sich befanden.

Er genoss ihre Beklommenheit, lächelte sie unschuldig an. »Nimm die Arme runter«, flüsterte er in ihr Ohr.

»Lukas, nein! Meine Nachbarn, sie werden uns sehen!« Ihre Stimme war nur noch ein panisches Zischen.

»Nicht, wenn du dich ruhig verhältst und keinen Mucks von dir gibst. Du musst lernen, dich unter Kontrolle zu halten, meine Süße. Arme. Eng. An. Den. Körper!«

Seine Stimme war nicht mehr als ein Hauch an ihrem Ohr, dennoch lag sämtliche Autorität in seinem Befehl, zu der er fähig war. Ein zufriedenes Lächeln schlich sich in seine Mundwinkel, als sie seiner Anordnung tatsächlich nachkam. Das Gefühl der Macht, die er über die Frau vor ihm besaß, pulsierte in ihm. Er fühlte sich wunderbar lebendig. Diese Mischung aus Panik und Ergebenheit in ihren Augen machte ihn geil. Genau das war der Kick, den er brauchte. Er öffnete seine Sporttasche und nahm ein Hanfseil heraus, das er seiner Gespielin um die Taille legte. Mehrmals schlang er es fest um ihren Leib und ihre Unterarme und verknotete es schließlich. Nicht unbedingt eine sehr einfallsreiche Fesselung, aber effektiv. Dann nahm er den Gummiball aus der Tasche.

»Mund auf«, flüsterte er sanft.

Mit weit aufgerissenen Augen schüttelte Lea stumm den Kopf.

Er blieb vollkommen unbeweglich und sein Blick wurde eiskalt. Er spürte das Zittern, das ihren Körper durchzog. Sie wich seinem Blick aus und öffnete den Mund. Zärtlich drückte er den Ball hinein, küsste ihre Mundwinkel und befestigte das Band an ihrem Hinterkopf. Dann küsste er die empfindliche Stelle hinter ihrem Ohr. Leckte mit der Zunge über ihren Hals. Sie erschauderte.

»Beine spreizen!«

Nur noch ein sanft gehauchter Befehl, trotzdem gehorchte sie ihm umgehend.

»So ist es gut, Baby. Wenn du die Beine auch nur einen Zentimeter bewegst, ohne dass ich dich dazu auffordere, werde ich dich hart bestrafen. Ich rate dir, lass es nicht dazu kommen!«

Lukas hauchte kleine Knabberküsse auf ihr Schlüsselbein. Bahnte sich dann einen Weg zwischen ihren Brüsten entlang. Der Rundung ihrer rechten Brust folgend, züngelte er über die Unterseite, zwickte mit den Zähnen sachte in die zarte Haut. Seine Lippen fanden ihren Nippel, an dem er abwechselnd fest saugte und sanft leckte. Zufrieden registrierte er, dass ihre Atmung sich beschleunigte. Er verlor sich in ihrem Geruch und ihrem Geschmack, doch ein Teil von ihm blieb wachsam. Nie vergaß er, wo sie sich befanden. Er lauschte auf das kleinste Geräusch, um sie vor fremden Blicken zu schützen und sie, falls nötig, in die Sicherheit ihrer Wohnung zu bringen. Der Genuss ihres Körpers und seine Wachsamkeit vereinten sich zu einem Rausch. Er kontrollierte die Frau und die Umgebung, war Herr über ihren Körper und zu hundert Prozent Herr der Lage.

Im Treppenhaus war es so dunkel, dass er gerade eben die sanften Kurven und die schönen Gesichtszüge seiner Sklavin erkennen konnte. Sie hatte die Augen geschlossen, sich in die Situation ergeben, auch wenn die Gänsehaut auf ihrem Körper ihm sagte, dass sie nicht vergessen hatte, wo sie sich befand. Der Nervenkitzel, die Angst vor der Entdeckung, heizte sie zusätzlich an. Er hatte es geahnt, seit sie ihm gestern ihre Fantasien gestanden hatte und kaum erwarten können, seine Vermutung bestätigt zu bekommen. In aller Ruhe schleckte er über ihr Schlüsselbein, ihre Brust, biss einmal kurz aber kräftig in ihre Knospe und ergötzte sich an ihrem heftigen Zucken. Dann leckte er weiter über ihre Rippen, ihren flachen Bauch. Er ging vor ihr in die Knie und nahm eine der geschwollenen Lippen sanft zwischen seine Zähne, ließ sie wieder los. Lea keuchte.

»Pst«, flüsterte er und ließ seinen heißen Atem dabei über ihre empfindliche Haut streichen. »Selbstkontrolle Baby, sei leise!«

Als seine Zunge in die nasse Spalte eindrang und einige gezielte Schläge auf ihre Perle abfeuerte, zuckte sie heftig zusammen und machte einen klitzekleinen Ausfallschritt. Er kniff so fest in die Innenseite ihres Oberschenkels, dass sie ein Wimmern nicht unterdrücken konnte und vor Schreck gleich noch einen Schritt zurückwich. Wieder kniff er in die gleiche Stelle. Schaute sie von unten her streng an und hielt zwei Finger in die Luft. Sie erbebte. Er sah ihr an, wie viel Mühe es sie kostete, ruhig stehen zu bleiben. Er küsste die Stelle an ihrem Schenkel, die er eben noch so rüde behandelt hatte. Sanft pustete er darauf, bevor seine Zunge wieder genüsslich in die Tiefen ihrer Weiblichkeit vordrang. Er saugte, leckte, küsste bis ihre Beine zu zittern begannen, achtete aber darauf, sie nur so weit zu reizen, dass sie nicht kam.

Aus den Augenwinkeln sah er, dass bei ihren Nachbarn in der Diele das Licht anging. Ein sanfter Schimmer schien unter der Tür hindurch auf den Flur. Leas ganzer Körper wurde stocksteif, sogar den Atem hielt sie an. Er horchte auf die Geräusche aus der Nebenwohnung, ohne seine süße Folter zu unterbrechen. Schritte ertönten, die sich jedoch nicht der Wohnungstür zu nähern schienen. Schließlich wurde das Licht in der Diele wieder gelöscht.

Er spürte, wie Lea sich aus der Starre löste und sie endlich wieder Luft holte. Ihre Beine zitterten stärker. Er wusste genau, was er ihr antat. Die Angst vor der Entdeckung baute eine unglaubliche Spannung in ihr auf. Da er sie zur Bewegungsunfähigkeit verdammt hatte, gab es kein Ventil, um den Druck zu verringern. Schon in sicherer Umgebung konnte er ihr mit seiner Zunge die süßesten Qualen bescheren. Wie sehr erst musste sie jetzt unter Hochspannung stehen, wo ihre Sinne auf das Äußerste geschärft waren und Adrenalin die Intensität seines Zungenspiels noch verstärkte? Dennoch glaubte er nicht, dass sie in der Lage war zu kommen, dafür hatte sie zu viel Angst. Sie stand gewiss so sehr unter Strom, dass ihre Synapsen durchzubrennen drohten.

Lukas suhlte sich in ihrer Hilflosigkeit und ihrer Gier. Sein Schwanz war so hart, dass es wehtat und doch hielt er sich zurück. Kostete jede

Sekunde aus, wartete. Er wusste selbst nicht, worauf. Aber sein Instinkt sagte ihm, dass der Moment noch nicht gekommen war, sie beide zu erlösen.

Plötzlich hörte er, dass unten die Haustür aufgeschlossen wurde. Lea wurde erneut steif wie ein Brett. Das Licht im Flur ging an. Er richtete sich schnell auf, drängte sie mit seinem Körper fester gegen die Wand und schlang die Arme um ihre Taille. Nicht dass sie auf die Idee kam, auf den Dachboden zu flüchten.

Die Stimmen von zwei jungen Frauen drangen zu ihnen herauf, die sich lachend unterhielten, während sie die Treppen hochstiegen. Er überdachte kurz die Situation. Lea wohnte ganz oben. In der Nachbarwohnung war jemand zu Hause. Die Chancen standen also gut, dass das Ziel der Mädels eine der Wohnungen in den unteren Etagen war.

»Ich muss noch die Wäsche auf dem Dachboden abnehmen«, sagte eine der Frauen.

Lukas packte fester zu, grub seine Hände entschlossen in Leas Hinterbacken, presste seinen stahlharten Körper an ihre weiche Haut und hielt sie ruhig.

»Ach, kannst du das nicht morgen früh erledigen?«, plapperte die andere. »Ich muss dir unbedingt von meinem Date gestern erzählen. Ich platze, wenn ich noch länger warten muss, der Typ war so toll.«

Einen Moment lang waren nur Schritte zu hören.

»Du hast recht«, vernahm er dann die erste Stimme wieder. »Ich kann die Wäsche auch morgen früh noch abnehmen. Bin ja auch schon ganz gespannt auf deinen Bericht.«

Ein Schlüssel wurde in ein Schloss gesteckt, eine Tür ging auf und zu. Dann wurde es wieder still im Flur.

Jetzt hielt ihn nichts mehr. Mit fahrigen Bewegungen öffnete er seine Jeans und zog sie samt Shorts über seine Hüften. Sofort umfasste er ihre Taille und hob sie hoch. Ihre Beine schlangen sich wie von selbst um ihn und im gleichen Moment rammte er seinen Schwanz in ihr nasses, bebendes Fleisch. Schon nach drei kraftvollen Stößen erzitterte sie. Ihre inneren Muskeln verkrampften sich, ließen ihre heiße Scheide noch enger werden. Er stieß erneut zu, einmal, zweimal, glitt tief in ihren zuckenden Körper. Das Beben ließ nicht nach. Es war so köstlich, dass er nicht genug davon bekam. Er schloss die Augen, bog den Kopf in den Nacken und drängte sein Becken fest gegen ihres. Er bewegte sich kaum noch, genoss nur die ekstatischen Krämpfe, die sein Schwert massierten. Es schien ihm, als würde sie sich um ihn herum auflösen. Als das Zucken schließlich schwächer wurde, drückte er sie mit den Schultern gegen die Wand. Er zog sich fast vollständig aus ihr heraus, um sich dann mit einem tiefen Stoß in ihr zu verlieren.

Lea wusste nicht, wie sie letztlich in die Wohnung zurückgelangt waren, aber irgendwie hatten sie es ins Wohnzimmer geschafft. Er hatte sie von Fesseln und Knebel befreit, sich in einen Sessel fallen lassen und sie auf seinen Schoß gezogen. Den Kopf an seine Brust gebettet, lauschte sie seinem rasenden Herzschlag, der sich genau wie der ihre nur langsam wieder normalisierte. Doch je ruhiger ihr Puls wurde, desto mehr wurde ihr die Ungeheuerlichkeit dessen bewusst, was da soeben geschehen war. Sie setzte sich auf und trommelte mit den Fäusten gegen seinen Oberkörper.

»Du bist verrückt, weißt du das eigentlich? Du bist vollkommen irre!«

Träge hob er eine Braue und ein selbstgefälliges Grinsen huschte über sein Gesicht, das sie schon wieder dahinschmelzen ließ. »Es scheint dir aber durchaus gefallen zu haben, Baby«, schnurrte er, ohne sich gegen ihre Attacke zu wehren.

»Du bist so ein Idiot!«, grollte sie, krampfhaft darum bemüht, ihre berechtigte Entrüstung aufrechtzuerhalten. »Wie kannst du mich nur zu so etwas treiben?«

»So wie du ihn gemolken hast, überlege ich ernsthaft, der SM-Szene abzuschwören und dich stattdessen nur noch an öffentlichen Orten zu vögeln. Je belebter, desto besser!«

»Blödmann!«, grummelte sie. »Ich hatte noch nie so eine Panik!«

»Und du bist noch nie so gekommen, gib es zu!«, fiel er ihr ins Wort.

Leas Wangen wurden heiß. »Nein, ich bin noch nie so gekommen, nicht so schnell und nicht so heftig. Es war der Wahnsinn, einfach unglaublich!«, gestand sie widerstrebend. »Ich bin wirklich total verkorkst, eine richtige Schlampe!«

Lukas setzte sich etwas aufrechter hin, umfasste sanft, aber energisch ihr Kinn und zwang sie ihn anzusehen. »Du bist keine Schlampe, Lea! So etwas im Spiel zu sagen ist okay, weil Dirty Talk uns anturnt. Aber das Spiel ist vorbei und ich erlaube nicht, dass du dich dafür schämst, dass du eine leidenschaftliche und absolut sinnliche Frau bist. Du wirst dich nicht kleinmachen. Niemals! Ich will, dass du stolz auf das bist, was du bist.«

Tief verunsichert versuchte sie, seinem Blick standzuhalten. »Und was bin ich?«

Mit der anderen Hand streichelte er ihre Wange, während er ihr Kinn festhielt. »Das sagte ich schon, du bist eine wahnsinnig leidenschaftliche und sinnliche Frau, die zu vollkommenen Vertrauen und absoluter Hingabe fähig ist. Du stehst mit beiden Beinen fest im Leben, bist selbstbewusst, eigenständig und unabhängig. Dennoch bist du in der Lage, dich von mir führen, ja sogar beherrschen zu lassen, dich vollkommen in meine Hände zu geben. Selbst bei so einer Nummer wie gerade. Ich bin dir dankbar für deine Stärke und deinen Mut, dich mir zu unterwerfen. Nebenbei bist du auch noch schön und hast einen Körper zum Niederknien.«

Lea hatte das Gefühl, keine Luft mehr zu bekommen. War das sein Ernst? Oder wollte er ihr nur Honig um den Mund schmieren? Nein, seine Augen sagten ihr, dass er jedes Wort genauso meinte, wie er es sagte. Sie schluckte, holte ein paar Mal Luft, bis sie einigermaßen sicher war, dass ihre Stimme ihr gehorchen würde.

»Mich so vollkommen auf dich einzulassen, ist eine Erfahrung, die mir den totalen Kick gibt. Du hast schon damals im Chat meine devote Seite tief berührt, sonst hätte ich nie zugestimmt, mich mit dir zu treffen. Und als wir uns dann im Restaurant gegenübersaßen, habe ich dir vertraut, obwohl du noch nichts getan hattest, um das zu verdienen, sonst wäre ich nicht mit dir mitgefahren ... Na ja ein Grund ist wohl auch, dass ich total auf dich abgefahren bin. Und dann unsere Sessions. Du bist kalt und kompromisslos, wenn du im Dom-Modus bist. Und gleichzeitig verschlingt mich deine Hitze mit Haut und Haaren. Wenn wir spielen, bist du meine ganze Welt. Du bist Feuer und Eis zugleich und immer mein Fels in der Brandung. Oft glaube ich, was du von mir verlangst, ist zu viel für mich. Aber mein Vertrauen in dich lässt mich deinen Befehlen widerspruchslos folgen, auch wenn mein Instinkt mir sagt, ich soll weglaufen. Dein Wille fesselt mich mehr, als es Ketten und Seile je könnten. Es versetzt mich in einen Rausch, mich dir zu unterwerfen.«

›Himmel, was genau gestehe ich ihm eigentlich gerade ein? War das zu offensichtlich? Verdammt, wenn er herausgehört hat, was ich wirklich für ihn empfinde, ist alles aus. Ich rede mich um Kopf und Kragen! Ich muss ihn irgendwie ablenken.‹ Sie grinste spitzbübisch.

»Aber um ehrlich zu sein, ist mir dein Folterkeller lieber als unser Treppenhaus. Ich liebe es, meine Lust herauszuschreien, so laut ich nur kann. Das macht mich noch zusätzlich scharf.«

Er schenkte ihr sein schönstes Badboy-Grinsen und küsste kurz aber intensiv ihre vollen Lippen.

»Ich auch, Baby. Es macht mich total geil, wenn deine Schreie von den Wänden widerhallen. Wobei mich deine Schmerzensschreie genauso sehr anturnen, wie deine Lustschreie.«

»Gegen ein bisschen Schmerz hätte ich jetzt gar nichts einzuwenden«, hauchte sie atemlos.

Lukas Augen wurden dunkel. »Du bist ein gieriges kleines Luder.«

»Oh ja, das bin ich, deshalb brauche ich deine strenge Hand, Herr. Du wirst mich wohl bestrafen müssen.«

Lukas Stimme war rau, als er erwiderte: »Das werde ich, da kannst du sicher sein. Ich vergesse nichts, keine einzige Frechheit von dir. Auch die Strafe, die du dir im Hausflur eingehandelt hast, habe ich keineswegs vergessen. Gleich zweimal hast du die Beine bewegt, was ich dir ausdrücklich verboten hatte. Die Anzahl der Schläge dafür und für deine Aufsässigkeit muss ich erst noch festlegen. Aber«, sein Ton wurde wieder neutral, »nicht heute. Für heute hatten wir etwas anderes geplant.«

Damit hob er sie von seinem Schoß und stand auf. »Heute schauen wir uns deinen Kleiderschrank an und legen deine Outfits fest.«

Leas Herz begann wild zu klopfen, als sie sich daran erinnerte, warum er heute eigentlich hier war. Die Episode im Hausflur hatte sie vollkommen abgelenkt. Der Nachklang des Erlebten, ihre Sehnsucht nach seiner Strafe und der Gedanke an die Session, die ihr in den nächsten Tagen bevorstand, brachten ihren Schoß schon wieder zum Glühen.

Gemeinsam durchforsteten sie ihren Kleiderschrank, stellten Outfits fürs Büro, zum Joggen und die Abendgarderobe zusammen und legten jede einzelne Kombination auf ihr Bett, die Lukas dann mit seinem Handy fotografierte.

Nebenbei erklärte sie ihm noch einmal ihre Joggingroute durch den Park und wann sie gewöhnlich nach Feierabend vom Firmengebäude zum Parkplatz ging. Wenn sie abends ausging, würde sie ihm per SMS Bescheid geben.

Ein mulmiges Gefühl breitete sich in ihrer Magengegend aus. Diese Maßnahmen stellten schon einen massiven Eingriff in ihr Privatleben dar, den sie einem Mann eigentlich niemals wieder zugestehen wollte. Das war nicht richtig, so etwas hatte sie schon mal gehabt und es hatte übel geendet. Aber er war Lukas und nicht Roland. Lukas, dem sie mehr vertraute und den sie mehr liebte, als irgendjemanden sonst auf diesem Planeten. Trotzdem fühlte es sich irgendwie falsch an.

»Hey Baby«, Lukas schaute sie forschend an. »Du fühlst dich unwohl, das sehe ich dir an. Ist es wegen deines Ex?«

Lea nickte beklommen. »Das hier macht mir ein bisschen Angst. Mit meinem Ex habe ich nie meinen Kleiderschrank gesichtet. Ich habe mich angezogen, und wenn er der Meinung war, es wäre zu freizügig, hat er mich nicht aus der Wohnung gehen lassen, bis ich umgezogen war. So gesehen ist die Situation schon eine andere als damals. Aber dass du mir vorschreiben wirst, was ich anziehen soll, fühlt sich trotzdem falsch an, irgendwie bedrohlich.«

Er setzte sich aufs Bett, nahm ihre Hände in seine und schaute ernst zu ihr auf. »Wirst du mir glauben, wenn ich dir sage, dass es mir eigentlich vollkommen egal ist, was du anziehst?«

Lea runzelte irritiert die Stirn.

»Es geht mir gar nicht darum, was du trägst. Ob konservativ oder freizügig, Rock oder Hose, das ist mir vollkommen egal. Deinem Exfreund ging es darum, dass niemand zu viel von dem sehen durfte, was er als sein Eigentum betrachtete. Du bist nicht mein Eigentum, zumindest nicht außerhalb unserer Sessions, im normalen Leben. Da gehörst du niemandem, außer dir selbst. Und wenn du mir sagst, deine Büro-Outfits bestehen aus Miniröcken, die kaum über deinen süßen Arsch reichen und hautengen bauchfreien Oberteilen, dann werde ich dir genau solche Klamotten aussuchen. Es geht mir nur darum, dass du in den nächsten Tagen schon morgens daran erinnert wirst, dass ich in jeder Sekunde auftauchen und dich in Besitz nehmen könnte. Ich möchte, dass du das nicht eine Sekunde lang vergisst, egal was du gerade tust. Du willst das Gefühl haben, mir zu jeder Zeit ausgeliefert zu sein, und ich will, dass du es spürst. Ich will, dass du dich ständig umdrehst beim Laufen, weil die Illusion, meine Blicke zu spüren, ein Prickeln zwischen deinen Schulterblättern auslöst. Ein weiterer Grund für mich, dein Outfit auszuwählen ist, dass ich die Rahmenbedingungen für diese spezielle Session vorgeben werde. Zum Beispiel kann ich nicht zulassen, dass du einen engen Rock und fünfzehn Zentimeter hohe Absätze trägst, wenn ich plane, dich in unebenes Gelände oder irgendein Waldstück zu locken. Ich will ja nicht, dass du dir die Beine brichst.«

In Leas Innerem tobte ein Kampf. Einerseits glaubte sie ihm. Obwohl sie sich noch nicht lange kannten, wusste sie, sie konnte sich blind auf ihn verlassen. Andererseits war ihre Angst, auch im Alltag fremdbestimmt und beherrscht zu werden und dadurch sich selbst zu verlieren so groß, dass sie ihrem Bauchgefühl in diesem Punkt nicht recht traute.

»Wir müssen das nicht tun. Wenn du dich nicht wohl dabei fühlst, blasen wir das Ganze ab. Es gibt genug andere Dinge, die ich mit dir anstellen kann, an denen wir beide unseren Spaß haben.«

Sie seufzte tief, horchte in sich hinein. Er hatte recht. Niemand zwang sie, das hier durchzuziehen. Eigentlich hatte sie ihm diese Fantasie ja noch nicht einmal eingestehen wollen. Sie konnten diese Sache einfach vergessen. Schließlich bot sein Folterkeller so viele Möglichkeiten und sie kannte noch nicht einmal die Hälfte davon. Andererseits ... Sie setzte sich rittlings auf seinen Schoß, schlang die Arme um seinen Hals, schmiegte ihre Wange an seine und schloss die Augen. Es tat so verdammt gut, ihn zu spüren. Sie kuschelte sich eng an ihn, rieb ihre Wange leicht über seine und genoss das Kratzen seiner Bartstoppeln.

Schließlich lehnte sie sich etwas zurück, um ihn ansehen zu können. »Du hast mich gezwungen, dir meine geheimsten Fantasien zu erzählen. Ich wäre nie auf den Gedanken gekommen, das jemals irgendwem zu verraten, weil ich mich so sehr dafür schäme. Ich hätte im Boden versinken können, als ich dir meine dunkelsten Wünsche gestehen musste. Aber jetzt ist es auf dem Tisch. Du weißt jetzt, was für eine abartige Schlampe ich bin und trotzdem habe ich in deinen Augen nie Unverständnis oder Abscheu gesehen. Im Gegenteil, du bist darauf eingegangen und hast dir einen Weg ausgedacht, meine Fantasien Wirklichkeit werden zu lassen. Du hast es geschafft, dass es mir nicht einmal mehr vor dir peinlich ist und ich möchte diese Szene wirklich gern mit dir erleben. Das Merkwürdige ist, dass ich dir uneingeschränkt vertraue, sogar mehr als mir selbst. Ich bin mir nicht nur sicher, dass ich mich vollkommen in deine Hände geben kann. Ich weiß auch, dass du mich nie einengen würdest. Du bist nicht wie mein Ex. Und dann wieder halte ich mich selbst für völlig verrückt. Wie kann ich mir nur so sicher sein? Wie kann ich dir so sehr vertrauen, obwohl wir uns doch eigentlich noch viel zu wenig kennen? Ich zweifele mehr an mir selbst und an meiner eigenen Urteilsfähigkeit als an dir. Ich will das, Lukas, bitte spiel mit mir.«

Sturmgraue Augen sahen sie ernst an. Minutenlang hielt er ihren Blick gefangen. »Bei diesem Spiel bewegen wir uns auf einem schmalen Grat, Lea. Das bringt uns beiden nur dann Lust, wenn wirklich sicher ist, dass wir es auch beide wollen. Keine Zweifel, auch keine Selbstzweifel!«

Sie beugte sich vor und berührte seine Lippen ganz zart mit ihren. »Für die begrenzte Zeit, die wir uns aneinander gebunden haben, gehöre ich dir. Mein Körper gehört dir, meine Lust, meine Hingabe, mein Wille, mein Herz und meine Seele. Ich bin dein Eigentum und ich weiß, dass du dein Eigentum schützt. Du wirst niemals zulassen, dass ich verletzt werde. Nicht durch andere, nicht durch mich selbst und auch nicht durch dich. Keine Zweifel! Bitte spiel mit mir.«

Blitzschnell stand er auf, drehte sich mit ihr herum, ließ sie aufs Bett gleiten und legte sich auf sie. Seine Zunge eroberte stürmisch ihren Mund. Lea stöhnte auf. Er lag schwer auf ihr, doch es fühlte sich wunderbar an. Sein Duft hüllte sie ein, sein Geschmack berauschte sie. Seine Erektion presste sich hart gegen ihre Scham. Sie schlang die Arme um seinen Hals und rieb sich an ihm. Sie hatte sich noch nicht wieder angezogen, während er immer noch Jeans und T-Shirt trug. Die Naht seiner Jeans drückte leicht unangenehm auf ihre schon wieder vor Lust geschwollene Perle.

»Fick mich!«

Lukas erstarrte, stützte sich auf den Händen ab und schaute mit kaltem Blick auf sie herunter.

»War das ein Befehl, Lea?«

Sein Ton war fast schon gefährlich ruhig. Sie riss erschrocken die Augen auf.

»Ich muss mich wohl verhört haben, gerade kam es mir so vor, als würde meine Sklavin mir Befehle erteilen wollen.«

Bedrohlich ragte er über ihr auf, sie hätte sich selbst ohrfeigen mögen. »Nein Herr, es tut mir leid. So habe ich das nicht gemeint.«

»Was hast du denn gemeint, Schlampe?«

Sie schluckte, ihr Atem ging noch ein bisschen schneller. Sie genoss seinen harten Blick. Aus jeder Pore seines göttlichen Körpers strahlte er Dominanz und Unerbittlichkeit aus, sie suhlte sich geradezu darin. »Mein Körper gehört nur dir, Herr. Bitte benutze ihn, wenn es dir gefällt. Mach mit ihm, was du willst«, hauchte sie.

»Ach und du glaubst, dazu brauche ich deine Erlaubnis oder eine besondere Aufforderung?«

»Nein Herr, ich folge deinem Willen.«

»Nun, dann haben wir das ja geklärt.«

Er strich mit den Fingerspitzen über ihr Schlüsselbein. Ein Streicheln so sachte wie der Flügelschlag eines Vogels. Die Fingerspitzen wanderten weiter. Lea schloss die Augen, konzentrierte sich ganz auf die zarte Berührung, mit der er ihre Brust umrundete, ihren Bauch streichelte.

»Wer weiß, vielleicht hätte ich ja Lust gehabt, dich zu vögeln, aber jetzt habe ich keine mehr.«

Sie riss die Augen auf. »Was?«

»Du hast mich soeben daran erinnert, was für ein ungezogenes kleines geiles Luder du doch bist. Ich dachte, ich hätte dir im Hausflur eine Lektion in Sachen Selbstdisziplin erteilt, aber scheinbar hat das nicht gefruchtet. Du wirst lernen, dich zu beherrschen, und du musst begreifen, dass du mir dienst und nicht umgekehrt. Mit dieser Lektion werden wir heute beginnen.«

»Bitte Lukas, ich ...«

»Nein! Ich werde jetzt gehen und ich erwarte, dass du mir gehorchst, auch wenn ich nicht da bin, um dich zu kontrollieren. Du wirst es dir nicht selbst besorgen. Dein Körper gehört mir! Deine Lust gehört mir! Ich erlaube dir nicht, ohne mich zu spielen!«

Er sah sie eindringlich an. »Wenn du es trotzdem tust, obwohl ich es dir ausdrücklich verboten habe, werde ich es merken. Ich werde dich dafür nicht bestrafen, weil ich dann sehr enttäuscht von dir wäre und du das Vergnügen, meine Bestrafung auf deinem blanken Hintern zu spüren, nicht verdient hättest. Wirst du mich enttäuschen, Lea?«

Eine einzelne Träne löste sich aus ihrem Augenwinkel und rann über ihre Wange. »Nein Herr, das könnte ich nicht ertragen. Ich werde brav sein.«

Ihre Stimme war kaum mehr als ein Flüstern. Er fing die Träne mit seinen Lippen auf, kostete den salzigen Tropfen. »In der nächsten Woche wirst du mit mir rechnen müssen, immer und überall. Ich könnte zu jeder Tages- und Nachtzeit über dich herfallen. Du wirst nicht sicher sein, nicht eine Sekunde lang. Spüre meine Blicke in deinem Rücken, wenn du im Atelier sitzt oder wenn du über die Straße gehst. Vielleicht werde ich dich auch in deiner Wohnung erwarten, wenn du abends nach Hause kommst. Oder ich steige nachts in ein Fenster ein. Du wirst es nicht wissen. Ich bestimme den Ort und die Zeit. Ich mache die Regeln. Ich hole mir, was mir gehört, wie und wann es mir gefällt. Sei bereit.«

Bei seinen Worten kroch eine Gänsehaut über ihrem ganzen Körper, wie er mit einiger Befriedigung registrierte. Zum ersten Mal schien ihr bewusst zu werden, was es bedeutete, ihm so viel Macht über sich gegeben zu haben. Er wandte sich schnell ab, damit sie sein Schmunzeln nicht sah, und verließ ohne ein weiteres Wort ihre Wohnung. Die kommende Woche würde er genießen.

12

Lea lief frustriert von der Arbeit nach Hause. Seit einer Woche stand sie unter Hochspannung, doch passiert war rein gar nichts.

Täglich bekam sie Handynachrichten von Lukas. Es begann mit einem Gutenmorgengruß und einem Foto des Outfits, das sie anziehen sollte. Zusätzlich kamen Anweisungen, ob sie Unterwäsche zu tragen hatte oder nicht. Wenn er Unterwäsche anordnete, schickte er auch von dem Wäscheset ein Bild. Ab und zu fragte er nach, ob sie nachmittags joggen ging oder ob sie sich abends noch mit Freunden traf. Sie antwortete ihm, ließ ihn wissen, was sie zu unternehmen gedachte, damit er es leicht hatte, ihr zu folgen. Pausenlos meinte sie, seine Blicke auf sich zu spüren oder seine Schritte hinter sich zu vernehmen. Jeden Moment rechnete sie mit dem Überfall. Sie war nicht nur total angespannt, sondern hatte auch noch ständig ein feuchtes Höschen. Die Vorstellung, er könnte in der nächsten Minute nach ihr greifen und sie in ein Gebüsch zerren, hatte ihre Libido die ganze Woche auf Hochtouren gehalten. Allerdings war nichts dergleichen geschehen. Sie konnte sich auf der Arbeit nicht richtig konzentrieren, weil sie wegen der ganzen sexuellen Spannung kaum noch einen klaren Gedanken fassen konnte. Jeden Abend war sie joggen gegangen. Zum einen, um wenigstens einen Teil ihrer Anspannung loszuwerden, zum anderen, um Lukas eine weitere Gelegenheit zu einem Überfall zu geben. Nachts war sie mehr als einmal schweißgebadet aus wilden erotischen Träumen hochgeschreckt und jede Zelle ihres Körpers hatte nach Erlösung geschrien, sodass sie kaum wieder einschlafen konnte. Einmal meinte sie, durch ein Geräusch geweckt worden zu sein, und war sicher, er würde in ihrem Schlafzimmer in einer dunklen Ecke stehen und sie beobachten. Sie rechnete damit, dass er sich jeden Moment auf sie stürzte. Angespannt wartete sie, doch nichts geschah. Schließlich knipste sie das Licht an und stellte verdrossen fest, dass sie allein war. Obwohl sie sich verzweifelt nach Erlösung sehnte, hielt sie ihr Versprechen und sorgte nicht selbst für Erleichterung. Und was war der Lohn für all die Quälerei? Nichts, aber auch gar nichts war passiert!

Heute Abend war sie mit ihrem Herrn verabredet und wusste noch nicht einmal, wie sie ihm gegenübertreten sollte, so deprimiert, wie sie war. Heute Morgen hatte er ihr kein Bild mit einem Outfit geschickt. Lediglich eine SMS kam mit der knappen Anweisung, die Kleidungsstücke zu tragen, die sie am wenigsten mochte und drunter normale weiße Baumwollunterwäsche. Das alles zusammengenommen vervielfachte ihre miese Stimmung beachtlich. Da war einmal die sexuelle Frustration, die fast schon schmerzte. Dann fühlte sie sich mit der scheußlichen beigefarbenen Bluse und der rostbraunen Hose, in der ihre Oberschenkel, wie die eines Sumo-Ringers aussahen, total unattraktiv. Die biedere weiße Baumwollunterwäsche, die sie drunter trug, rundete das Gesamtbild von Spießigkeit und schlechtem Geschmack ab. Lea fühlte sich wie ein hässliches Entlein. Ein unscheinbares, farbloses, missmutiges Etwas. Zumal er ihr mit diesen Klamotten quasi schon suggeriert hatte, dass er diese spezielle Session auf die nächste Woche zu verschieben gedachte.

Vor lauter Unzufriedenheit war ihr sogar der Gedanke gekommen, die Verabredung mit ihm heute Abend abzusagen. Mit ihrer miesen Laune würde sie ihn nur verärgern und er würde ihr die Erlösung sicherlich verweigern, um sie zu zwingen, an ihrer verdammten Selbstkontrolle zu arbeiten. Der Abend war eigentlich schon gelaufen, bevor er überhaupt angefangen hatte. Sie kickte einen Stein aus dem Weg, der auf dem Bürgersteig lag und seufzte.

Plötzlich legte sich von hinten ein Arm um ihren Hals. Sie öffnete reflexartig den Mund, um zu schreien, doch ehe auch nur ein Ton herauskam, wurde ihr ein Tuch in den Mund geschoben. Eine fremde Hand hielt den provisorischen Knebel an Ort und Stelle. Gleichzeitig wurde sie hochgehoben.

Tausend Gedanken und Gefühle jagten gleichzeitig durch Lea hindurch, machten sie vollkommen konfus. Mit dem ersten Schreck schoss ihr das Adrenalin durch ihre Adern. Ihre Sinne waren aufs Äußerste geschärft.

›Endlich! Endlich passiert es! Aber was, wenn er das gar nicht ist, sondern irgendein wildfremder, geifernder Perverser, der mich tatsächlich vergewaltigen will?‹

Wie ein Mehlsack wurde sie über eine Schulter geworfen. Sie hing mit dem Kopf nach unten, sah lediglich Beine, die in Jeans steckten und alte schmuddelige Turnschuhe. ›Oh nein! Bitte nicht! Solche Treter besaß Lukas doch gar nicht, oder?‹

Der Mann war links abgebogen, schleppte sie weg vom Bürgersteig, wo vielleicht noch die Chance auf Hilfe bestanden hätte. Er lief schnell über einen verwahrlosten Weg, drückte dann eine Tür mit der Schulter auf und ging zügig hindurch. Dämmriges Licht und muffiger Geruch umfingen sie. Hinter ihnen fiel die Tür mit einem Knall ins Schloss. ›Jetzt gibt es kein Zurück mehr! Was auch immer geschieht, ob der Mann Lukas ist oder ein Fremder, ich kann nichts mehr ändern! Niemand kann mir jetzt noch helfen! Keiner wird mich hier finden!‹

Unerbittlich wurde sie durch einen verwahrlosten Hausflur in einen heruntergekommenen Raum geschleppt. Sie befand sich in einer Ruine. Das konnte nur das alte, verlassene Lagerhaus an der Ecke sein, das schon längst abgerissen werden sollte.

Sie wurde grob auf einige alte, verschlissene Säcke gestoßen, die auf dem Boden lagen und landete auf dem Bauch. Verzweifelt versuchte sie aufzustehen, doch sie hatte keine Chance. Sofort war er über ihr und drückte sie mit seinem Körper nieder. Er lag schwer auf ihr, unterband jede Gegenwehr. Durch einen festen Griff in ihre Haare zwang er sie, den Kopf zu heben. Er riss ihr das eklige Tuch aus dem Mund und für eine Sekunde atmete Lea erleichtert durch. Doch schon im nächsten Moment klebte er ihr den Mund zu. Verzweifelt versuchte sie in ihrer Panik, durch die Nase zu atmen. Ihr Puls raste.

Obwohl sie wild um sich schlug, fing er ihre Hände ein, umwickelte die Handgelenke mit einem Seil und fixierte das Ganze mit einem festen Knoten. Dann stand er auf, befestigte einen Karabiner in der Fesselung und drehte sie auf den Rücken. Aus den Augenwinkeln erhaschte sie einen kurzen Blick auf eine schwarz gekleidete, große Gestalt, bevor er ihre Fesseln an das Heizungsrohr hinter ihr einklinkte. War das Lukas? Sie konnte die Arme kaum noch bewegen. Völlig ausgeschlossen, sich zu befreien.

Der Mann kniete sich zwischen ihre Beine und endlich konnte sie einen Blick auf ihn werfen und erschrak furchtbar. Sein Gesicht war durch eine schwarze Maske verborgen, was wirklich bedrohlich wirkte. Lediglich die Augen schauten aus zwei Löchern in der Maske. Aber diese Augen, unter Tausenden hätte sie diese Augen erkannt. Gewitterwolken im Sturm. Lukas! Unendlich erleichtert schluchzte sie auf.

Für einen Moment versanken ihre Blicke ineinander. Dunkle Gier funkelte in seinem Blick. Adrenalin peitsche einen Stromstoß aus reiner Lust durch ihren Unterleib. Sie stöhnte auf. Trotzdem würde sie es ihm nicht leicht machen. Wo bliebe denn da der ganze Spaß? Mit den Armen konnte sie zwar nichts mehr anstellen, aber ihr Körper und ihre Beine waren ganz und gar nicht bewegungsunfähig. Sie begann sich zu winden, versuchte, ihn zu treten. Kämpfte mit allem, was sie noch ausrichten konnte, gegen ihn an. Seine Hand schnellte nach vorn, legte sich locker um ihren Hals.Offenbar wollte er ihr demonstrieren, dass er die Macht besaß, ihr die Luft abzudrücken. Allerdings würde er das niemals tun, da war sie sicher.

Für einen Moment lag sie ruhig, schaute ihn an. So, als würde sie aufgeben und seine Dominanz anerkennen. Doch so einfach war sie nicht zu besiegen. Das konnte er vergessen! Sie ignorierte seine Hand an ihrem Hals. Schließlich wusste sie genau, dass er ihr keinen ernsthaften Schaden zufügen würde. Lea begann wieder zu kämpfen und tatsächlich nahm er die Hand weg, um ihr nicht unabsichtlich wehzutun. Sie zappelte so stark, dass es ihr, trotz der gefesselten Arme, mehrfach gelang, sich seinem Griff zu entziehen. Dieser kleine

Kampf machte sie unglaublich scharf. Und auch ihm schien diese spezielle Art des Vorspiels zu gefallen, das konnte sie deutlich an der wilden Gier in seinen Augen sehen. Eine Weile kämpfte er mit ihr, ohne allzu entschlossen, um den Sieg zu ringen. Doch irgendwann schien er genug von dem Handgemenge zu haben, denn er machte sich daran, ihre Gegenwehr zu unterbinden.

Mit der einen Hand drückte er ihren Oberkörper auf die Säcke. Mit der anderen schlug er ihr rechts und links ins Gesicht. Die Ohrfeigen waren fest, aber nicht zu fest, trotzdem brannten ihre Wangen. Seine Hand würde wohl einen ordentlichen Abdruck hinterlassen. Tränen schossen ihr in die Augen, liefen ihr übers Gesicht. Sie weinte nicht vor Schmerz, sondern wegen der Demütigung, die Schläge ins Gesicht nun einmal mit sich bringen. Jetzt lag sie ruhig, schaute mit schreckgeweiteten Augen zu ihm auf.

Wieder tauchte sein Blick in ihren. Neben dem lüsternen Funkeln sah sie Ruhe, Fürsorge und Respekt darin. Sein Blick war tief und das Gefühl der Demütigung verblasste augenblicklich. Sein Blick fing sie auf, hielt sie, während er mit einer Hand über ihren Kehlkopf strich. Sie atmete tief durch die Nase ein. Wie er das bewerkstelligte, war ihr ein Rätsel. Aber die Ohrfeigen, die sie im ersten Moment so entsetzt hatten, stellten eine intensive Verbindung zwischen ihnen her, die sie mit Dankbarkeit erfüllte.

Lukas ließ ihren Blick nicht los. Zu sehen, wie sie sich mental an ihm festhielt, war auch für ihn ein besonderer Moment. Er gönnte ihnen beiden die kurze Atempause. Doch zuviel Nähe konnte er nicht zulassen, nicht in dieser Szene. Seine Hand wanderte über ihr Schlüsselbein zum Ausschnitt ihrer wirklich hässlichen Bluse. Er streichelte sie nicht, er strich fest über ihre Haut, verdeutlichte eher seinen Besitzanspruch, als sie zu liebkosen. Sie war in seiner Gewalt, gehörte ihm mit Haut und Haaren und nichts und niemand würde sie vor dem bewahren, was er mit ihr zu tun gedachte. Sie erbebte unter seinen Händen. Sie hatte die Botschaft verstanden.

›Perfekt‹, frohlockte Lukas. Diese Bluse war wirklich nur für eines gut und die kurze Knopfleiste, die über ihrer Brust endete, machte die

Sache einfach. Er krallte seine Faust in den Stoff, dann ein kräftiger Ruck. Zufrieden beobachtete er, wie die Knöpfe im hohen Bogen absprangen. Der restliche Stoff zerriss der Länge nach. Das Geräusch machte ihn so wild, dass sein Schwanz drohte seine Hose zu sprengen.

Ein erstickter Schrei löste sich hinter dem Klebeband.

Er grinste, oh ja das hier machte verdammt viel Spaß! Er vergewisserte sich mit einem kurzen Blick, dass es seiner Kleinen gut ging. Dann zerrte er mit ganzer Kraft an dieser Scheußlichkeit von einer Hose. Der Knopf sprang ab und landete irgendwo auf dem Boden. Schnell erhob er sich und riss ihr die Hose vom Körper. Die Schuhe flogen gleich mit. Warum hatte ihm noch niemand gesagt, wie rattenscharf es war, eine Frau auf diese Weise aus ihren Klamotten zu schälen?.

Jetzt war er so richtig in Fahrt! Ehe sie auf die Idee kam, sich wieder gegen ihn zu wehren, kniete er sich erneut zwischen ihre Schenkel. Er holte ein Klappmesser aus der Tasche seiner Jeans, ließ die Klinge aufspringen und hielt sie an Leas zarten Hals. Die warf einen eher erstaunten Blick auf die Waffe, blieb aber ruhig liegen. Offenbar hatte sie keine Angst. Sie wehrte sich auch nicht mehr gegen ihn. Gott sei dank, denn er wollte auf keinen Fall riskieren, sie versehentlich mit dem Messer zu verletzen. Das würde er sich niemals verzeihen. Mit der stumpfen Seite des Messers fuhr er langsam an ihrem Hals herunter. Die kühle Klinge glitt über ihre Haut, vorbei an ihrem Schlüsselbein. Er beobachtete, wie sich unter dem kalten Metall eine Gänsehaut bildete, die das Messer auf seinem Weg begleitete. Lea atmete schwer. Nicht eine Sekunde wendete er den Blick von ihr ab, während er die Waffe ohne Hast weiter zum Ansatz ihrer Brüste und dann ein Stück nach rechts gleiten ließ. Zwischen ihren Brüsten hielt er inne, drehte die Klinge um und zerschnitt ihren BH in der Mitte. Herrlich, wie ihre prallen Möpse aus den Körbchen sprangen! Er klappte das Messer ein und steckte es zurück in die Hosentasche. Ihre Nippel waren steinhart, das konnte er trotz des schummrigen Lichts sehen. Ihm lief das Wasser im Mund zusammen. Sie war so wunderschön, wie sie da vor ihm lag, inmitten ihrer zerrissenen Klamotten ... so wehrlos, so lüstern. Dann der schwarze Klebestreifen über ihrem Mund, die von den Ohrfeigen und vom Kampf immer noch geröteten Wangen. Ihre weit aufgerissenen, vor Erregung verschleierten Augen mit dem von ihren Tränen verschmierten Mascara und die über den Kopf gestreckten, gefesselten Arme. Ihr Puls wummerte so schnell, dass er das Pochen ihrer Halsschlagader sehen konnte. Er sog das Bild, das sie ihm bot, mit jeder Einzelheit auf. Sein Blick blieb an ihrem braven, weißen Baumwollslip hängen. Eine Schande, diese verführerischen Kurven mit einem Relikt aus Großmutters Wäscheschrank zu bedecken. Er schloss seine Faust um den Stoff und riss fest daran. Das Höschen gab mit einem gut vernehmbaren Geräusch nach. Lea stöhnte. Eigentlich hätte er seine Hand jetzt mit sinnlichem Streicheln zur rechten Seite wandern lassen, aber für Sanftheit war in diesem Spiel kein Raum. Also riss er ohne weitere Raffinesse an der rechten Seite ihres Höschens. Doch, an das Zerreißen von Klamotten könnte er sich definitiv gewöhnen. Das gab ihm einen irren Kick, und wenn er ihre Reaktion richtig deutete, elektrisierte es auch sie. Der kaputte Stofffetzen war klitschnass. Unanständig nass. Ihre Lippen glänzten vor Feuchtigkeit so sehr, dass er sich einen Moment fragte, ob sie schon gekommen war, ohne dass er es bemerkt hatte. Aber nein, das hier machte ihr einfach nur genau so viel Spaß wie ihm. Geiles kleines Luder!

Er zog das zerstörte Höschen grob unter ihrem Hintern hervor. Wortlos hielt er ihr das von ihrer Lust durchnässte Stück Stoff vor die Nase, damit sie es sehen und ihre Lust riechen konnte. Dann warf er das Ding zur Seite.

Lea war wie von Sinnen. Die ganze Situation wirkte so bedrohlich, dass sie ein kleines bisschen Angst nicht unterdrücken konnte. Das lag nicht nur an der bedrückenden Atmosphäre der Ruine und der Szenerie an sich. Es lag auch an dem Ausdruck in seinen Augen, der mehr Schmerz und mehr Lust versprach, als sie je zuvor erfahren hatte. Sie war das Opfer seiner Gier, schwelgte im Rausch seiner

Macht. Gott er hatte ihr doch tatsächlich die Klamotten vom Leib gerissen! Und dann diese Nummer mit dem Messer! Natürlich war sie deswegen nicht in Panik geraten, niemals würde Lukas sie mit einer Waffe verletzen! Trotzdem war es beklemmend, ein Messer auf der Haut zu spüren, und sie hatte ein Schaudern nicht unterdrücken können. Noch nie zuvor hatte sie sich so wehrlos gefühlt und noch nie zuvor hatte sie ihre eigene Hilflosigkeit so sehr genossen. Diese Prise Angst, die sich zu ihrem Gefühlscocktail aus Erregung, Ergebenheit und Machtlosigkeit mischte, sorgte dafür, dass ihr Puls raste und die Geilheit regelrecht aus ihr herauslief. Kein Wunder, dass der Slip so nass gewesen war. Wie gebannt starrte sie Lukas an, beobachtete wie er langsam, ganz langsam nach seinem Gürtel griff und die Schnalle öffnete. Es folgten der Knopf seiner Jeans und der Reißverschluss. Er ließ sich quälend viel Zeit. Ihre Augen weiteten sich. Ihr Blick ging zwischen seiner Hose und seinem von der Maske verdeckten Gesicht hin und her. Mit einem Griff in seine Jeans befreite er seinen stahlharten Schaft. Er behielt ihn für einen Moment in der Hand und strich zweimal fest über die pralle Erektion. Nervös und gierig zugleich starrte sie auf sein bestes Stück. Stolz und aufrecht stand er da. Der benötigte ganz sicher keine weitere Stimulation. Doch Lukas genoss ihre gierigen Blicke. Das wusste sie auch ohne sein Minenspiel zu sehen. Er packte ihre Locken, starrte durchdringend auf sie herab, bevor er im leisen, gefährlichen Ton flüsterte:

»Du wirst mir jetzt den Tag versüßen, du Schlampe! Du bist so was von fällig! Du wirst jetzt erleben, wie sich ein richtiger Kerl zwischen deinen Schenkeln anfühlt und wenn du mich einigermaßen zufriedenstellst, lasse ich dich vielleicht, aber nur vielleicht wieder gehen!«

Ein Schauer raste durch Leas Körper, vom Scheitel bis zu den Zehenspitzen. Seine absichtlich groben Worte fassten die Unvermeidbarkeit dessen, was nun kommen würde zusammen und betonten das Offensichtliche. Gebannt und vollkommen ergeben blickte sie ihn an, sah, dass auch er diese Szene auskostete.

Doch dann wurde jeder Gedanke ausgelöscht, weil er seinen großen, dicken Schwanz mit einem einzigen harten Stoß tief in ihre Pussy versenkte. Lea wollte schreien, doch ihr versagte die Stimme. Kein Laut drang über ihre Lippen. Lukas stützte sich mit den Armen über ihr ab und nahm sie mit schnellen, unerbittlichen Stößen. Seine Augen glühten vor Geilheit. Sein Blick durchbohrte sie, wie sein Schaft ihren Körper. Er hämmerte ausschließlich zu seinem Vergnügen in sie, ohne auf das ihre zu achten.

Auch wenn es schier unbegreiflich war, so rücksichtslos benutzt zu werden, machte sie unglaublich scharf. Es war ungefähr so, wie sie es sich in ihren wilden Träumen immer ausgemalt hatte. Nein, noch viel besser, weil der Mann, der ihre dunkelste und abartigste Fantasie Wirklichkeit werden ließ, Lukas war. Und weil sie sich in dieser abgewrackten Ruine auf diesen miesen Sandsäcken und in dieser harten Session entgegen jeglicher Logik geborgen fühlte. Seine Präsenz fühlte sich wie eine starke Umarmung an und seine Dominanz ließ sie erbeben. Seine Stöße wurden noch härter, noch rücksichtsloser, Schweiß glänzte auf seinem Hals, er stöhnte rau. Allein schon ihn dabei zu beobachten, ließ sie schaudern vor Lust. Hemmungslos gebrauchte er ihren Körper, wie es ihm gefiel. Immer wieder und wieder tauchte er in sie ein, bis er seinen Schwanz mit einem Ruck herauszog und ihr seinen Saft auf Kinn, Hals und Brüste spritzte.

»Genau das bist du, ein Dreckstück, das man benutzt und besudelt«, keuchte er und sah, wie sie am ganzen Körper eine Gänsehaut bekam. Er musterte sie eindringlich. War er zu grob zu ihr? War es zu viel, was er ihr abverlangte? Aber nein, ihre Augen glänzten vor Verlangen. Einfach alles an ihr drückte eine unvergleichliche Mischung aus Ergebenheit und Geilheit aus. Sie war einfach geschaffen dafür, benutzt zu werden. Die Atmosphäre in der heruntergekommenen Lagerhalle, dazu der Anblick, den sie bot – der Körper eines hilflosen Opfers mit den Augen einer sexgeilen, ihm vollkommen ergebenen Schlampe – ließ ihn binnen kürzester Zeit wieder hart werden. Er bekam einfach nicht genug von dem Luder. Er hakte den Karabiner an ihren Handgelenken aus, riss sie herum und zerrte ihren Oberkörper auf einen Stapel aus Kisten. Er packte ihren Nacken, drückte sie auf die oberste Kiste und hielt sie in dieser Position fest. Ihre Beine waren gestreckt und ihr kleiner Knackarsch reckte sich ihm entgegen.

Von hinten rammte er seinen Schaft in ihre tropfnasse Pussy, zog sich vollständig aus ihr zurück, nur um sich erneut bis zum Anschlag in ihr zu versenken. Er nahm sie dieses Mal langsamer. In einem gleichmäßigen Rhythmus vögelte er sie, und jedes Mal, wenn er in sie eindrang, schlug er mit der flachen Hand fest auf ihren Arsch. Lea war wie von Sinnen vor Lust. Sie schrie, bis sich ihr Hals wund anfühlte. Sein gemächliches Tempo machte sie verrückt, seine unbarmherzigen Schläge brannten wie Feuer. Ihr ganzer Körper zuckte, als der Orgasmus wie eine Naturgewalt über sie herfiel.

Er sah ihr zu, wie sie sich auflöste, ohne seinen Rhythmus zu unterbrechen. Als sie sich beruhigt hatte, ließ er seinen Schwanz aus ihr herausgleiten, zog mit einer Hand ihre Backen auseinander und spritze seinen Saft auf ihre lodernde Kehrseite. Er schlug ein letztes Mal zu, dann verteilte er sein Sperma in ihrer Poritze. Mit einem Finger drang er in ihren Hintereingang ein, überwand den Widerstand, nahm dann vorsichtig einen zweiten Finger hinzu. Durch seinen Saft geschmiert weitete er sie und ließ sich jede Menge Zeit dabei. Der Anblick ihrer geschundenen Backen und die Vorfreude auf ihren engen Hintereingang machten ihn so geil, dass sein bester Freund nichts gegen eine dritte Runde einzuwenden hatte. Um seine Einsatzbereitschaft etwas zu beschleunigen, schlug er erneut zu. Er schloss für einen Moment die Augen, um sich auf die Geräusche zu konzentrieren. Das Klatschen, dem ihre gedämpften Schreie folgten, verwandelten seinen Schaft in eine stahlharte Waffe, die er genüsslich in ihren Anus schob. Er nahm den langsamen Rhythmus wieder auf, wechselte die Hand und schlug jetzt auf die linke Backe. Er vögelte sie hart, rücksichtslos, leidenschaftlich.

Das Brennen ihrer Rückseite verstärkte die intensive Lust, die seine Penetration in ihr auslöste. Die Position, in der er sie hielt, unterstrich die allumfassende Macht, die er ausübte. Er gebrauchte ihren Körper, wie es ihm in den Sinn kam und sie liebte es, sein Spielzeug zu sein. Sie liebte seine Rücksichtslosigkeit, den feurigen Schmerz, den seine Hand auf ihrem Arsch hinterließ. Die Art, wie er sie als sein Eigentum brandmarkte. Die ganze Härte, mit der er ihre Fantasie in eine unumstößliche Realität verwandelte. Und das absolute Vertrauen, dass sie empfand und das dafür sorgte, dass sie diese Session mit all ihrer Härte in vollen Zügen genießen konnte.

Abrupt nahm er die Hand von ihrem Nacken, griff in ihre Locken und zog so fest, dass sie den Kopf ein Stückchen heben musste.

Erst jetzt bemerkte sie den Spiegel vor ihr an der Wand. Im matten Glas sah sie einen Schatten ihrer Selbst, Stofffetzen, die von ihrem benutzten Körper hingen und Lukas, verhüllt von dieser furchteinflößenden schwarzen Maske, hinter sich. Sie sah, wie er sie auf den Säcken hielt und seinem Willen unterwarf. Er hatte die Kontrolle, er hatte die Macht, sie war sein Spielzeug. Sie schaute zu, wie er die Hand hob und niedersausen ließ, hörte das Klatschen, spürte den Schmerz des Schlages, sah und fühlte, wie er in sie stieß, sie beherrschte. Sie wünschte sich genug Zeit, um den Anblick des Pornos, zu dem sie selbst die Idee und Lukas das Drehbuch geliefert hatte, bis zum Letzten auskosten zu können. Sie wollte zusehen, sich in den Anblick der beiden Hauptdarsteller verlieren und gleichzeitig spüren, was er ihr gab. Stundenlang hätte sie ihnen beiden zuschauen können, aber ihr Körper, der Verräter, machte da nicht mit. Sie kam so schnell und so heftig, dass sie glaubte, sie würde sich in ihre Einzelteile auflösen und nie wieder zusammensetzen können.

Sie war so fertig, dass sie nicht einmal mitbekam, wie er ein drittes Mal in ihr explodierte.

Sie musste wohl tatsächlich kurz weggetreten gewesen sein, denn sie bekam erst wieder bewusst mit, dass er auf einem der Säcke saß und sie auf seinem Schoß in den Armen hielt. Die Maske trug er auch nicht mehr, denn sie sah direkt in sein besorgtes Gesicht. Endlich durfte sie ihn wieder anschauen. Sich nach der harten Session an ihn schmiegen zu können, seine Wärme zu spüren, zu wissen, dass er da war, immer da gewesen war, das war befreiend. Glücklich strahlte sie ihn an.

»Hey, ist alles in Ordnung, Kleines?«, seine Stimme bebte ein wenig.

Vorsichtig zog er ihr das Klebeband vom Mund und sie atmete mehrmals tief ein und aus, bevor sie strahlend zu ihm aufschaute.

»Du bist wunderbar«, flüsterte sie leise.

Er guckte ein bisschen verwirrt, atmete tief durch. »Meine Güte, du hast mich wirklich erschreckt! Geht es dir gut? Ganz sicher?«

»Ja Lukas, es geht mir hervorragend. Das war ... du warst ... mir fehlen die Worte.«

Wortlos zog er sie noch näher an sich. Hielt sie für eine Weile ganz fest.

»Wir sollten hier verschwinden«, sagte er schließlich. »Es wird langsam kühl und ungemütlich hier drin.«

Er holte seine große Sporttasche aus einer Ecke, nahm ein feuchtes Tuch heraus und säuberte damit sanft ihr Gesicht, ihren Hals und ihren Oberkörper.

»Lehn dich etwas zurück,« bat er leise.

Sie tat es und er strich vorsichtig mit dem Tuch über ihre Scham und die Innenseiten ihrer Schenkel. Mit geschlossenen Augen genoss sie seine Fürsorge. Er richtete sich auf, streichelte zärtlich ihre Wange. Hauchzart streiften seine Lippen ihren Mund, dann ihre Stirn.

»In der Tasche findest du eine Jogginghose von mir. Du kannst die Beine umkrempeln und die Kordel am Bund zusammenziehen. Das sollte halten. Falls es nicht geht, gebe ich dir meinen Gürtel und bohre mit dem Messer ein zusätzliches Loch hinein. Und ein T-Shirt von mir ist auch noch in der Tasche. Das Engste, das ich finden konnte. In den Sachen bist du vielleicht ein bisschen underdressed für die Disco, aber um ins Auto zu steigen, wird es reichen.«

Er zwinkerte ihr zu und sammelte die mitgebrachten Requisiten und die Reste ihrer Kleidung ein. Während sie sich anzog, fiel ihr auf, dass die Säcke auf denen sie gelegen hatte und ein gewisser Radius um ihr Lager herum sauber waren, ganz im Gegensatz zum Rest des Raumes. Hatte er vielleicht Vorbereitungen getroffen, damit sie sich nicht im Dreck suhlen mussten? Die Atmosphäre der heruntergekommenen Bude hatte er jedenfalls aufrechterhalten. An ihm war wirklich ein Regisseur verloren gegangen.

Zu Hause bei Lukas angekommen, stellten sie sich als Erstes unter die Dusche. Nach der harten Session war das heiße Wasser eine Wohltat. Anschließend schlüpfte sie wieder in seine alten Sachen, was er mit einem Schmunzeln zur Kenntnis nahm. Er kochte Kakao und sie kuschelten sich auf dem Sofa aneinander. In einträchtigem Schweigen tranken sie die heiße, süße Schokolade. »Das war ... hart ... aber trotzdem so ... so geil. Das ist nicht genug, um es zu beschreiben. Es war ... mehr als ich in meinen kühnsten und schmutzigsten Fantasien je erwartet hätte. Aber es war nur deshalb so gut, weil du es warst, der mit mir diese Vision verwirklicht hat. Ich kann mir absolut keinen Mann vorstellen, mit dem ich es wirklich hätte genießen können, keinen außer dir.«

Ein warmes Gefühl machte sich in Lukas' Magen breit.

»Es macht mich glücklich, dass du das sagst, Kleines. Für mich war es auch sehr sehr geil. Ich hatte vorher ein paar Zweifel, wie du weißt, aber es war der Wahnsinn! Obwohl es teilweise schon verdammt hart war.«

»Ständig muss ich das auch nicht haben. Aber wo du schon mal angefangen hast, sag mir, was fandest du gut und was weniger toll?«

»Nein Baby, es war deine Fantasie, deshalb fände ich es schöner, wenn du mit der Analyse beginnst.«

Lea überlegte kurz, bevor sie ihm antwortete. »Okay. Also in den ersten Minuten hatte ich furchtbare Angst, da war an Erregung überhaupt nicht zu denken. Das hast du absichtlich so inszeniert, nicht wahr? Du hast mich so von hinten festgehalten, dass ich keine Chance hatte zu erkennen, ob das auch wirklich du warst. Ich hatte

Panik, dass es irgendein fremder Kerl sein könnte, der mir da ans Leder will ...«

»*Das* hast du tatsächlich geglaubt?«, fragte er skeptisch.

Lea zuckte die Schultern. »Als sich diese Haustür hinter uns schloss, hatte ich nur noch den einen Gedanken, dass ich nicht mehr unbeschadet da rauskomme, wenn du es nicht bist.«

»Lieber Himmel! Das war gar nicht meine Absicht. Ich wollte, dass du die Situation halbwegs realistisch nachempfinden kannst, aber ich wollte ganz sicher nicht, dass du Angst hast. Das tut mir leid!«

»Schon okay, es hat ja nicht sehr lang gedauert, bis mir klar wurde, dass du das bist. Diese Siffbude war eklig, aber es sah so verdammt echt aus. Ich habe erst sehr viel später gesehen, dass du den Raum um uns herum gesäubert hast. Und die Säcke? Hast du die extra dort hingeschafft?«

»Ja, vor ein paar Stunden erst. Ich wollte verhindern, dass sich da irgendetwas einnistet.«

Sie nickte. »Sicher habe ich mich erst gefühlt, als ich in deine Augen schauen konnte. Erst da wusste ich, dass du es tatsächlich warst und kein mieser Verbrecher. Von da an habe ich das Spiel genossen. Es war hart aber sehr sehr geil! Das Messer ... das war ein Test, nicht wahr? Du hast doch nicht wirklich geglaubt, ich kriege Angst deswegen oder?«

»Es war ein Test, ja. Hätte ich auch nur das kleinste Fünkchen Unsicherheit oder Furcht bei dir gesehen, hätte ich die Session sofort abgebrochen. Dass du nicht den Hauch eines Zweifels hattest, hat mich dann doch sehr glücklich gemacht.«

»Ich fand es toll, mit dir zu kämpfen. Das hat mich total scharfgemacht!«

Lukas schmunzelte. »Das habe ich gesehen. Ich fand es eigentlich auch geil, aber ich wollte dir nicht im Eifer des Gefechts versehentlich wehtun, deshalb konnte ich mich dabei nicht so richtig gehen lassen.«

»Nun ja ... wir könnten uns ja darauf einigen, dass du immer eine Hand auf dem Rücken behältst, wenn du gegen mich kämpfst.« Sie zwinkerte ihm spitzbübisch zu.

Er lachte. »Da hättest du eine echte Chance zu gewinnen.«

»Das wäre aber blöd, weil das will ich ja gar nicht«, grinste sie. »Es ist herrlich, gegen dich zu verlieren. Aber die Ohrfeigen. Das war sehr merkwürdig. Im ersten Moment fühlte ich mich total gedemütigt und mies. Aber als ich in deine Augen sah, war da so viel Fürsorge und Respekt, so viel Tiefe, dass aus der Demütigung fast so etwas wie Demut wurde. Ich habe plötzlich wahnsinnig viel Nähe zwischen uns gespürt, noch mehr als sonst und es hat mich mit Stolz erfüllt, die Ohrfeigen von dir einzustecken. Obwohl ich im ersten Moment total entsetzt war, möchte ich das gerne noch mal erleben. Bitte schlag mir wieder ins Gesicht, wenn die Situation es erlaubt, Herr.« Mit strahlenden Augen blickte sie zu ihm auf.

Er nickte nur stumm, strich sanft über ihre Wange. »Ich habe das ähnlich empfunden, Kleines, die Ohrfeigen waren ein besonderer Moment der Nähe zwischen uns, der mich selbst überrascht hat. Ich habe es eigentlich nur getan, weil es in diese harte Session gut gepasst hat, aber das waren definitiv nicht die letzten Backpfeifen, die du von mir einstecken wirst.«

»Als du mir die Klamotten vom Leib gerissen hast, wäre ich fast gekommen. Ich hätte nie gedacht, dass mich das so scharfmachen würde!«

»Oh ja, das war der Hammer! Zum einen hat das Zerreißen selbst großen Spaß gemacht, zum anderen sahst du so herrlich hilflos aus, wie du da mit den paar Fetzen am Leib gefesselt vor mir lagst. Ich werde schon bei dem Gedanken daran wieder hart.«

Er drückte sie an sich, schob seine Zunge in ihren Mund und küsste sie ausgiebig. Sie spürte jeden Zentimeter seines Körpers, der ihren berührte, überdeutlich und stöhnte genüsslich.

Lukas hob amüsiert eine Braue.

»Du kannst unmöglich jetzt schon wieder geil sein, Babe. Nicht so schnell nach dieser harten Session.«

»Bin ich auch nicht, du eingebildeter Kerl«, schmunzelte sie. »Ich bin völlig erledigt und ein bisschen wund, glaube ich. Selbst wenn ich wollte, könnte ich jetzt nicht mit dir schlafen. Ich genieße einfach nur.

Dein Körper an meinem fühlt sich so wahnsinnig gut an. Ich liebe deine beiden Extreme. Du kannst so unerbittlich hart sein und dann wieder so sanft und zärtlich. Du drückst zielsicher meine Knöpfe und das ist wahnsinnig schön.«

Er lächelte, nahm ihr Gesicht sachte in seine Hände und küsste sie erneut. Ihre Blicke versanken ineinander.

›Gott ich liebe dich, ich liebe dich so sehr, dass es schon wehtut, ich habe noch nie zuvor so sehr geliebt.‹ Aber sie sprach ihre Gedanken nicht aus, sondern löste den Blick als Erste und schmiegte stattdessen ihren Kopf an seine Schulter, damit ihr Minenspiel sie nicht verriet.

»Und weiter?«, fragte er schließlich. »War ich zu hart zu dir? Ich muss zugeben, es war fantastisch, deinen Körper so rücksichtslos zu gebrauchen, ich habe das sehr genossen. Obwohl ich mir gleichzeitig auch ein bisschen mies dabei vorkam, dich wie ein egoistisches Schwein zu vögeln, aber diese Session ließ wenig Raum für Rücksichtnahme.«

»Dieses Gefühl, von dir so gnadenlos benutzt zu werden, hat mich total scharfgemacht. Ich war einfach nur ein Objekt deiner Gier. Das war hart, erniedrigend und trotzdem wahnsinnig geil. Aber das könnte ich nicht ständig ertragen, dazu war es einfach zu heftig. Was ich absolut großartig fand, war unseren Porno zu sehen. Den hättest du mir gerne auch schon früher zeigen können. Ich habe wohl ziemlich ausgeprägte voyeuristische Neigungen. Uns zu beobachten hat mich fast verrückt gemacht vor Geilheit! Zu sehen, wie du dich bewegst, wenn du in mich stößt und gleichzeitig zu spüren, wie dein Schwanz sich in meinen Körper rammt. Deine Hand zu sehen, wie sie durch die Luft saust. Das Herz hämmert, der Magen zieht sich zusammen vor Furcht. Dann den Knall zu hören, wenn sie trifft und gleichzeitig den beißenden Schmerz zu spüren, der meine Haut versengt. Die Geilheit in deinen Augen zu sehen, während du mich schlägst, das ist wunderbar. Ich würde uns auch gerne mal zusehen, wenn du keine Maske trägst und ich deinen Gesichtsausdruck beobachten kann.«

Ihre Wangen waren gerötet und ihre Augen leuchteten vor Begeisterung.

Lukas schüttelte lachend den Kopf. »Du kleines Luder! Ich habe den Spiegel nicht für dich aufgestellt, sondern für mich! Ich wollte deinen Gesichtsausdruck auch kontrollieren können, während ich hinter dir stehe, damit ich sehe, wenn es zu viel für dich wird. Hätte ich gewusst, dass du so viel Spaß am Zuschauen hast, hätte ich dir den Spiegel schon viel früher gezeigt.« Er schüttelte den Kopf. »Okay, also halten wir fest: Wir brauchen mehr Spiegel in meinem Keller und mehr alte Klamotten für dich, die ich zerreißen kann. Richtig?«

Lea strahlte ihn an. »Ich glaube, ich werde demnächst öfter mal ungehorsam sein und deinen Keller nicht so betreten, wie du es mir befiehlst, sondern vollständig bekleidet.«

Lukas schenkte ihr seinen herrischsten Masterblick.

»Das verspricht doppelten Spaß, denn es liefert mir einen Grund, dich zu bestrafen. Ich werde dir in Zukunft sämtliche Kleidungsstücke vom Leib reißen, die du entgegen meiner ausdrücklichen Anordnung trägst oder die ich für nicht angemessen halte.«

»Ja Herr, das klingt nach der harten Strenge, nach der sich deine Sklavin sehnt.«

13

Lea saß im Atelier vor dem PC und bearbeitete ein Foto, das den Mai in einem Landschaftskalender für das nächste Jahr schmücken sollte. Das Foto war an dem kleinen See in der Nähe von Lukas' Haus entstanden. Es war eine laue Vollmondnacht gewesen. Sie hatten ein bisschen frische Luft gebraucht und beschlossen, zu später Stunde spazieren zu gehen. Aus einer Laune heraus holte Lea einen ihrer Fotoapparate nebst Stativ aus dem Auto. Die Kamera lag eigentlich immer im Kofferraum und war somit griffbereit, für den Fall, dass sich spontan eine Gelegenheit ergab.

Als sie an dem kleinen See ankamen, der im Mondlicht geradezu magisch wirkte, machte sie einige tolle Landschaftsaufnahmen. Danach, ... Lea musste schmunzeln angesichts ihrer Erinnerung an den Moment, ... danach hatte Lukas ihr versichert, dass sich um diese Zeit keine anderen Spaziergänger mehr dorthin verirren würden, und vorgeschlagen schwimmen zu gehen. Selbstverständlich hatten sie keine Badesachen dabei und so stiegen sie eben nackt in den See.

Nachdem sie eine Weile im Wasser herumgeplanscht hatten, überredete sie ihn, sich von ihr fotografieren zu lassen. Es entstanden ein paar atemberaubende Bilder von ihm, wie er nackt aus dem Wasser stieg. Mondschein tauchte seinen Körper in ein so fantastisches Licht, wie sie es nicht einmal hinbekommen hätte, wenn ihr im Studio das vollständige Equipment zur Verfügung gestanden hätte. Es war einfach fabelhaft gewesen. Wie Marmor hatte sein Körper ausgesehen, an dem silberne Wassertropfen herabflossen. Die Bilder waren der Hammer! Auf einem war er von hinten zu sehen, wie er bis zu den Kniekehlen im Wasser stand. Sein Körper schimmerte sanft im Licht des Mondes und zog den Blick auf seinen perfekten Hintern, herrlich!

Dann hatte sie die Kamera auf das Stativ gestellt und den Selbstauslöser aktiviert. Sie waren gemeinsam in den See gestiegen, um es vor der Kamera zu treiben. Die meisten Bilder waren nichts geworden, aber einige wenige waren dafür sehr schön. Ihr Lieblingsfoto aus dieser Reihe war das, auf dem sie auf Lukas' Hüften saß und die Beine um ihn schlang. Das Wasser reichte knapp über die strategisch wichtige Marke. So konnte man beim besten Willen nicht erkennen, was unter der Oberfläche geschah. Allerdings konnte man es sich denken, wenn man ihre Gesichter betrachtete, die vor Lust vollkommen entrückt wirkten. Sie hatte den Rücken weit nach hinten durchgebogen. Lukas stütze sie mit seinen Händen in Höhe ihrer Schulterblätter. Ihre langen Locken schimmerten dunkel im Mondlicht und berührten fast die Wasseroberfläche. Ihr Körper dagegen schimmerte hell, die Nippel glänzten und man sah, wie hart sie waren. Lukas stand ein wenig im Schatten. Doch die angespannten Muskeln seiner Arme, seine breiten Schultern und seine schmale Taille waren gut zu erkennen. Er bot einen Anblick, bei dem ihr jedes Mal der Atem stockte, wenn sie das Bild anschaute.

Sie zuckte zusammen, als ein Klingeln die Stille zerriss und sie unsanft aus ihrem Tagtraum katapultierte. Sie schaute auf das Telefondisplay und erkannte Rebeckas Nummer.

»Hey Süße, wie geht's dir?«

»Mensch Lea, gut das du wenigstens im Atelier bist, zu Hause trifft man dich ja nie an. Ich hab zig Mal bei dir durchgeklingelt, aber du bist ja nie da.«

Nie? Offenbar hatte Becky nur am Wochenende versucht, sie zu erreichen und dann wahrscheinlich mehrfach hintereinander. Ihr Anrufbeantworter funktionierte nur, wenn er wollte und Beckys Geplapper hatte er wohl nicht aufnehmen wollen. Lea war ein wenig mulmig zumute. Es wurde höchste Zeit, ihrer Freundin zumindest ein bisschen was von Lukas zu erzählen, auch wenn sie es nicht verstehen würde. Er war nicht ihr Freund, er war nicht ihr Geliebter, er war ihr Herr. Ihre Beziehung war nicht mehr und nicht weniger als eine vertraglich festgelegte Fickbeziehung. Beckys Begeisterung würde sich in Grenzen halten, so viel war klar. In Lea machte sich eine Zerrissenheit breit, die sie noch nie zuvor verspürt hatte. Nein, sie schämte sich nicht für ihre Neigungen. Sie war stolz darauf auszuleben, was so manche brave Hausfrau noch nicht einmal zu träumen wagte. Und doch wusste sie nicht so recht, wie sie ihrer besten Freundin ihr Dilemma erklären sollte. Vielleicht, so dachte sie mit leicht schlechtem Gewissen, tat sie gut daran, sich selbst nicht so verdammt wichtig zu nehmen. Seine Wünsche hatten Priorität, so einfach war das und sie zu erfüllen, machte sie glücklich. Nein, er machte sie glücklich! Er war eine absolute Bereicherung in ihrem Leben. Wenn Becky sie für eine Schlampe hielt, weil sie sich auf diese Beziehung einließ, dann war sie das gerne, denn sie war *seine* Schlampe, zumindest für sechs Monate.

»Hast du Lust auf einen Drink heute Abend?«, fragte sie, willens das Unvermeidliche nicht noch länger hinauszuzögern.

»Oh, das ist ja krass! Du willst ausgehen und das mitten in der Woche? Fällt dir zu Hause die Decke auf den Kopf oder was? Ach ganz egal, ich bin dabei! Wie immer für jede Schandtat zu haben!«

»Okay super, was hältst du davon, wenn wir uns gegen acht Uhr im *Joker* treffen?«

Das *Joker* war ein angesagter Schuppen, auf den die Freundinnen erst vor kurzer Zeit gestoßen waren. Man konnte dort gemütlich sitzen und sich unterhalten oder die Tanzfläche entern. Lea hatte Lust auf beides.

»Klasse Idee. Ich freue mich auf dich, Süße – und auf einen geilen Abend!«

Und schon machte es Klick in der Leitung. ›So ein verrücktes Huhn.‹ Lea schüttelte amüsiert den Kopf.

Bis Feierabend arbeitete sie noch an der Landschaftsaufnahme vom See weiter. ›Die Fotos von uns sind viel schöner‹, dachte sie verträumt. Aber die konnte und wollte sie für den Kalender natürlich nicht nutzen. Obwohl ... vielleicht würde sie einen ganz speziellen Kalender nur für Lukas zusammenstellen und ihm das Exemplar als Erinnerung an ihre gemeinsame Zeit schenken.

Lea zog eine schwarze Jeans mit Strassapplikationen auf den Taschen, eine pfiffige rote Bluse und rote Heels an. Sie betrachtete sich zufrieden. Das Outfit war fetzig, aber nicht aufreizend. Sie wollte schließlich nicht allzu viel Aufmerksamkeit auf sich ziehen. Sie schminkte sich sorgfältig und ließ ihre Locken offen über den Rücken fallen.

Pünktlich traf sie Becky vor dem Club. Sie umarmten sich und gingen hinein. Für einen normalen Wochentag war es recht voll, aber lange nicht so schlimm wie an den Wochenenden. Man musste sich nicht schieben und quetschen. Sowohl an der Bar als auch an den Tischen waren noch Plätze frei und die Musik war nur so laut, dass man sich noch gut verständigen konnte. Die Frauen schlenderten durch den Club und schauten sich um, während Rebecka auf Lea einplapperte.

»Schatz, hättest du nicht mal etwas mehr Haut zeigen können? Ich meine, das Outfit ist hübsch, aber warum immer so zugeknöpft? Wenn du dich nicht ein bisschen verführerischer anziehst, wirst du dieses Jahr überhaupt nicht mehr flachgelegt.«

Lea verdrehte die Augen. »Himmel Becky, ich bin mit dir hier. Wir wollten gemütlich was trinken und ein bisschen quatschen. Ich habe bestimmt nicht vor, hier irgendeinen Kerl aufzureißen.«

Plötzlich kribbelte es in ihrem Nacken. Sie drehte sich um und riss die Augen auf, als sie Lukas und Alec lässig an der Bar lehnend, entdeckte. ›Was für ein Zufall! Stimmt, ihre Firma ist nur zwei Straßen von hier entfernt‹, rief sie sich ins Gedächtnis. Wahrscheinlich kamen die Zwei öfter her, um nach einem stressigen Arbeitstag runterzukommen. Die Männer schmunzelten und Leas Ohren wurden heiß, als ihr klar wurde, dass ihnen nicht entgangen war, was Rebecka soeben von sich gegeben hatte. Sie wollte die Augen schon beschämt niederschlagen, aber Lukas hielt ihren Blick fest und schüttelte fast unmerklich den Kopf. Sofort fühlte sie sich besser und lächelte zurück, bis sie den Ellenbogen ihrer Freundin in die Rippen bekam, die die beiden Männer an der Bar gar nicht bemerkte.

»Schau mal, Lea, der Blonde da drüben, der ist doch süß. Ein bisschen klein vielleicht, aber immer noch größer als du. Der wäre doch was für dich, was meinst du?«

Leas Wangen glühten, so peinlich war ihr Beckys Benehmen. Aber plötzlich kam ihr eine Idee, wie sie diese unmögliche Situation noch retten könnte. Gespielt interessiert schaute sie sich den Typen an, auf den ihre Freundin sie aufmerksam machte.

»Hm ... ich weiß nicht. Ich denke, mir ist heute nicht nach kleinen Blondinen. Wenn schon, dann will ich einen richtigen Kerl.«

Beckys Kopf ruckte wie erwartet zu ihr herum. Irritiert starrte sie Lea an. Darauf hatte sie nur gewartet. Lasziv lehnte sie sich gegen die Bar, schob die Hüfte etwas vor, reckte die Brust raus und schaute Lukas mit ihrem schönsten Schlafzimmerblick von unten her an.

»Hey schöner Mann, darf ich dir ein Bier spendieren?«

Lukas hatte große Mühe, sich das Lachen zu verkneifen, aber er schaffte es und spielte mit.

»Gerne Süße, wenn du eins mittrinkst«, raunte er in diesem dunklen, lasziven Ton, der ihre Nippel sofort hart werden ließ.

Alec trank schnell einen Schluck aus seinem Glas und hustete bei dem Versuch sein Lachen zu verbergen. Aber Becky, die inzwischen mit offenem Mund zwischen Lea und Lukas hin und her schaute, bemerkte Alecs Reaktion überhaupt nicht.

Lea strich langsam mit der Hand seitlich über ihre Hüfte.

»Oh, soll ich wirklich?«, fragte sie mit gespielt unsicherer Stimme. »Von Bier werde ich immer so schnell willenlos.«

Sie legte ihm eine Hand auf den Arm. Lukas umfasste besitzergreifend ihre Taille.

»Das will ich unbedingt sehen, Süße.«

Der Barkeeper stellte zwei frisch gezapfte Gläser Bier auf die Theke und beide nahmen ein paar kräftige Schlucke, ohne den Augenkontakt zu unterbrechen.

»Und?«, fragte Lukas genießerisch.

Lea leckte sich mit der Zungenspitze langsam den Schaum von der Oberlippe.

»Oh ja, ich merke die Wirkung schon«, hauchte sie und schaute ihm hingebungsvoll in die Augen.

»Sehr schön, Süße«, er zog sie fester an sich, »aber bevor wir uns verziehen, will ich noch eine Runde mit dir tanzen.«

Er warf seinem Freund, der sich wieder einigermaßen gefangen hatte und um ein ernstes Gesicht bemüht war, einen kurzen Blick zu. Dann legte er seine Hand provokant auf Leas Po und schob sie zur Tanzfläche. Dort angekommen dirigierte er sie zielsicher hinter einige andere Tänzer, sodass sie von der Bar aus nicht mehr besonders gut zu sehen waren. Gleichzeitig brachen sie in schallendes Gelächter aus, das glücklicherweise von der Musik verschluckt wurde.

»Weia, der war gut, Baby«, prustete Lukas.

»Na sie hat es nicht besser verdient, als ein bisschen verarscht zu werden«, kicherte Lea. »Eine Frechheit so was! Ich wollte einfach nur in Ruhe mit ihr was trinken gehen und ihr ein bisschen was von dir erzählen, weil ich langsam wirklich ein schlechtes Gewissen habe. Wie du siehst, weiß sie immer noch nichts von dir, und da sie meine beste Freundin ist, kann ich ihr dich nicht länger verschweigen.«

»Na dann wird es aber Zeit, meine Leute kennen dich immerhin auch alle«, schmunzelte er.

»Ja, aber nur weil du Geburtstag hattest und ich deine Freunde auf deiner Party kennengelernt habe.« Sie schmiegte sich an ihn. »Ich wusste, dass es mir gefallen wird, mit dir zu tanzen.«

»Und das werden wir bei der nächsten Gelegenheit noch ausgiebiger tun. Aber jetzt lass uns deine Freundin noch mal schockieren.«

Er führte sie wieder an den Rand der Tanzfläche, legte Hände auf ihren Po, zog sie an sich und küsste sie hungrig. Sie schlang die Arme um seinen Hals, drückte sich an ihn, so eng es eben ging und erwiderte seinen Kuss mit gleicher Leidenschaft. Erst als der Song endete, löste er seine Lippen widerwillig von ihren. Eng aneinandergeschmiegt gingen sie zurück zur Bar, wo Becky sich von ihrem Schock ganz offensichtlich noch immer nicht erholt hatte.

Ohne Rebecka zu beachten, löste sie sich von Lukas und umarmte Alec freundschaftlich.

»Hey Alec, sorry, ich hatte noch keine Zeit, dich zu begrüßen.«

»Hey Lea«, erwiderte der gut gelaunt und drückt sie kurz. »Kein Problem, du warst beschäftigt und ich hatte meinen Spaß.«

Sie legte ihren Arm wieder um Lukas' Taille und schmiegte sich an seine Seite, während sie sich zu Becky umdrehten, in deren Augen jetzt nur noch Fragezeichen zu sehen waren.

Lukas streckte ihr seine Rechte entgegen.

»Du musst Rebecka sein, ich habe schon viel von dir gehört. Nett, dich endlich kennenzulernen. Ich bin Lukas und der Kerl da, der nicht aufhören kann, in sein Bier zu grinsen, ist Alec.«

Becky glotzte ihn eine volle Minute lang an und sah dabei nicht besonders intelligent aus.

»Ihr ... ihr kennt euch?«

»Es scheint wohl so«, grinste er. »Und ich habe im Übrigen etwas dagegen, dass Lea sich von der kleinen Blondine dahinten flachlegen lässt.«

Er zog Lea wieder an sich und ließ seine Zunge genießerisch in ihren Mund wandern, bis Alec schließlich sagte: »Ich bin fertig für heute. Wird Zeit, dass ich nach Hause komme. Ich wünsche euch Dreien noch einen schönen Abend. Wir sehen uns morgen früh, Luke.«

»Nein mein Freund, ich komme mit. Wir lassen die Mädels in Ruhe quatschen. Hat mich gefreut dich kennenzulernen, Rebecka.«

Er schüttelte ihr die Hand, nahm Lea noch mal in den Arm und flüsterte ihr ins Ohr: »Wir sehen uns, Baby«, küsste sie ein letztes Mal und schon waren die beiden Frauen allein. »Wie lange verschweigst du mir dieses heiße Gerät schon?«, kreischte Becky. »Ich bin deine beste Freundin und du hältst es nicht für notwendig, mir von *DEM* zu erzählen?«

Lea seufzte im Stillen. »Ich erzähle dir jetzt von ihm. Das hatte ich sowieso vor. Deshalb wollte ich ja, dass wir uns treffen. Dass wir Lukas und Alec hier begegnen würden, war allerdings nicht geplant. Das war reiner Zufall.«

Also berichtete sie ihrer Freundin, wie sie Lukas kennengelernt hatte, von ihrem ersten Date und wie sich ihre Gefühle seitdem verändert hatten. Sie beichtete Becky mit vor Verlegenheit geröteten Wangen, welche Art von Beziehung sie führten, verzichtete aber darauf, allzu sehr ins Detail zu gehen. Zu viele Einzelheiten brachten sie nur auf die Palme, das wusste Lea aus Erfahrung.

Wie erwartet regte Rebecka sich mächtig auf.

»Meine Güte, Süße. Klar der Typ ist heiß, aber schieß ihn bloß schnell wieder in den Wind! Kein Kerl ist es wert, dass man sich von ihm verprügeln lässt!«

»Becky! Lukas verprügelt mich nicht und er tut auch sonst nichts, was ich nicht will! Akzeptier doch endlich meine Neigungen! Ich bin nun mal so gestrickt!«

Die Freundin hatte immerhin den Anstand, beschämt dreinzuschauen.

»Ach Süße, ich mache mir doch nur Sorgen um dich. Deine Beziehung mit diesem Dom damals endete auch in einer Katastrophe. Und dieser Lukas nutzt dich doch auch nur aus, indem er dich sechs Monate lang als seine Sklavin hält und sich dann verdrückt. Für ihn ist das doch prima. Er lebt seine perversen Triebe an dir aus, hat seinen Spaß, und bevor es schwierig, oder ernst wird, sucht er sich die nächste Dumme, die sich von ihm quälen lässt. Du hast dich jetzt schon viel zu tief in diese Sache verstrickt. Am Ende wirst du wieder mal diejenige sein, die mit gebrochenem Herzen in ihr Kissen heult und Monate braucht, um diesen Schläger zu vergessen.«

»Bezeichne ihn nicht als Schläger!«, knurrte Lea böse. »Mit dem Rest wirst du recht behalten und es ist eh schon zu spät, um daran etwas zu ändern. Bezahlen werde ich am Ende sowieso, deshalb bin ich fest entschlossen, jede Sekunde mit Lukas zu genießen. Und glaub mir, er ist jede Träne wert, die ich später vergießen werde.«

Rebecka schüttelte vehement den Kopf und drückte sie fest an sich. »Nein ist er nicht, Süße. Kein Mann ist das!«

14

Es war Freitagnachmittag. In der Firma war es ausnahmsweise mal ruhig und so entschloss sich Lukas spontan, heute früher Feierabend zu machen als gewöhnlich. Er holte das Auto aus der Tiefgarage und schlug den Heimweg ein. Während er sich durch den Berufsverkehr quälte, überlegte er, was er am Abend mit Lea anstellen wollte. Zu seinem eigenen Erstaunen stellte er fest, dass er Lust hatte, mit ihr auszugehen. Normalerweise überlegte er, ob er seine Sklavinnen in den Käfig stecken oder auf dem Steinaltar fesseln sollte. Was war an dieser Frau so anders, dass er einfach nur einen gemütlichen Abend in ihrer Gesellschaft verbringen wollte? Klar, der Abend an dem sie die Show besucht hatten, war toll gewesen, genau wie das zufällige Treffen im *Joker*, wo sie Leas Freundin veräppelt hatten. Gewöhnlich spielte er mit seinen Mädels, nicht mehr und nicht weniger. Er hatte zu allen ein gutes Verhältnis gehabt – schließlich funktionierte diese Art Sex nicht ohne ein gewisses Maß an Vertrauen und Sympathie. Aber mit ihnen ausgehen?. Nun wer sagte denn, dass er heute nicht mit ihr spielen würde, nur weil sie unterwegs waren? Vielleicht würde er ihr befehlen, ihr Höschen auszuziehen und ihm zu überreichen. Selbstverständlich müsste sie dabei am Tisch sitzen bleiben. Er würde er ihr nicht erlauben, dafür aufstehen, um auf die Toilette zu gehen. Ob sie wohl geschickt genug war, den Befehl zu befolgen, ohne dass jemand im Lokal mitbekam, was sie tat? Er schmunzelte bei der Vorstellung. Diese Aufgabe war wirklich keine schlechte Idee. Allerdings müsste er sie anweisen, einen Rock oder ein Kleid anzuziehen, sonst konnte er die Idee vergessen. Nein, das wollte er nicht. Kleidervorschriften gehörten zu einer Session, nicht zu einem Abend auf Augenhöhe. Er wollte sie lieber zum Essen einladen und eine schöne Zeit mit ihr verbringen. Spielen würden sie trotzdem. Vielleicht heute Nacht noch oder morgen früh nach dem Aufstehen.

Vor seinem Haus angekommen parkte er den Wagen und schrieb ihr eine SMS, noch bevor er ausstieg:

HEY BABY, HAST DU LUST HEUTE ABEND MIT MIR ESSEN ZU GEHEN?

Leas Herz schlug schneller, als sie Lukas' Nachricht las. SEHR GERN!, schrieb sie mit einem glücklichen Lächeln im Gesicht zurück. Sie hatte ihn so sehr vermisst diese Woche, wie immer, wenn er nicht bei ihr war.

ICH HOLE DICH UM 18:30 UHR AB, kam es postwendend zurück.

OKAY. ICH FREUE MICH AUF DICH!

ICH MICH AUCH, KLEINES!

Sie legte das Handy weg und inspizierte ihren Kleiderschrank auf der Suche nach einem passenden Outfit. Nach langem Zögern griff sie nach einem gelben Etuikleid, das ihre Schultern freiließ. Dazu kombinierte sie passende gelbe Sandalen und sexy champagnerfarbene Spitzendessous. Eine filigrane silberne Kette, deren Anhänger, ein gelber Citrin in Tropfenform, den Blick auf ihre Oberweite lenkte und passende Ohrringe. Sie legte die Sachen zurecht und ging ins Bad, um sich ein Verwöhnprogramm zu gönnen. So würde sie die zwei Stunden, bis Lukas sie abholte, sinnvoll nutzen und gleichzeitig die Zeit totschlagen. Sie gönnte sich ein ausgiebiges Schaumbad. Ihr Haar wusch sie mit dem Aprikosenshampoo, das er so gerne roch, rasierte sich und cremte sich nach dem Abtrocknen sorgfältig ein. Anschließend föhnte sie ihre Mähne, frisierte sie zu einer pfiffigen Hochsteckfrisur und ließ einige Locken ihr Gesicht umspielen. Sie schminkte sich dezent und wurde gerade fertig, als es an der Tür klingelte.

Ihr Herz klopfte schneller vor Freude, als sie den Türöffner betätigte und ihn schwungvoll die Treppen hochlaufen hörte. Schnell verstaute sie die wichtigsten Utensilien in ihrem Handtäschchen und da stand er auch schon vor ihr. Endlich! Umwerfend und mit diesem sexy Grinsen auf den Lippen, das sofort ein Kribbeln in ihrem Unterleib auslöste. Sie warf sich in seine Arme und küsste ihn stürmisch. Dann trat sie einen Schritt zurück, um ihn anzusehen. Er trug eine schwarze Hose aus leichtem Stoff, ein hellgraues Hemd und ein passendes schwarzes Jackett.

»Was für eine stürmische Begrüßung! Du siehst toll aus und du riechst wie reife Aprikosen. Zum Reinbeißen!«, begrüßte er sie, zog sie wieder an sich und küsste sie langsam und ausgiebig.

»Du auch«, hauchte sie atemlos, nachdem er ihren Mund freigegeben hatte.

Eine Augenbraue schoss in die Höhe und ein amüsiertes Funkeln trat in seine Augen.

»Tatsächlich? Danke.«

»Ja«, murmelte sie und ließ ihre Hand langsam über seine Brust und dann weiter hinunter wandern.

»Du weißt, ich mag Stoffhosen, besonders wenn du sie trägst.«

Er sog scharf Luft ein, als ihre Hand lasziv über sein bestes Stück strich, während sie ihn verträumt anschaute.

Lukas hielt ihre Hand fest und legte sie zurück auf seine Brust.

»Ich kann nicht behaupten, dass mir diese Begrüßung nicht gefällt, aber wenn du damit nicht sofort aufhörst, werden wir beide heute Abend nirgendwohin gehen, außer in dein Schlafzimmer.«

Lea seufzte bedauernd. »Okay, lass uns gehen, bevor wir es uns anders überlegen«, sagte sie entschlossen und nahm ihre Handtasche.

Lukas führte sie in ein gemütliches italienisches Restaurant, wo sie einen Tisch in einer ruhigen Nische ergatterten. Sie bestellten Rotwein und tauschten sich darüber aus, wie die Woche gelaufen war.

Doch so sehr sie seine Gesellschaft auch genoss, so sehr sehnte sie sich nach dem Machtgefälle, den leidenschaftlich kühlen Blicken und den emotionslos ausgesprochenen Befehlen.

»Was ist los, Kleines?«, fragte er irritiert, als er den sehnsuchtsvollen Ausdruck in ihrem Gesicht bemerkte.

»Du hast mir so sehr gefehlt diese Woche. Himmel, wie gerne würde ich jetzt vor dir knien, anstatt dir gegenüberzusitzen«, flüsterte sie inbrünstig.

Sein Blick verdunkelte sich, während er sie intensiv musterte. »Ist das dein Ernst?«, fragte er mit diesem leisen, tiefen Bass, der sie verrückt machte.

»Ja Herr«, hauchte sie.

Er schaute tief in ihre Augen, sah die Sehnsucht darin und griff nach seinem Handy. Er suchte in seiner Kontaktliste, drückte eine Taste und telefonierte.

»Hi Luis, ich brauche einen Tisch für zwei Personen«, bestellte er in einem ruhigen aber bestimmten Ton. »Nein, für heute Abend noch.« Er lauschte kurz. »Ich weiß, dass es kurzfristig ist, aber ich bin sicher, du findest eine Möglichkeit.« Wieder hörte er zu. »Moment«, sagte er dann.

»Hast du großen Hunger oder hältst du noch eine Stunde durch?«, wandte er sich an Lea.

»Nein kein Problem«, erwiderte diese erstaunt. Was hatte er vor?

»Alles klar, einundzwanzig Uhr ist perfekt, Luis, danke.« Dann legte er auf. Er ignorierte die Fragezeichen in ihrem Gesicht und winkte den Kellner herbei.

»Es tut mir leid, aber eine unaufschiebbare Angelegenheit zwingt uns dazu, schon wieder zu gehen. Es ist uns leider nicht möglich, wie geplant, hier zu essen.«

»Das ist bedauerlich, mein Herr. Ich hoffe, Sie beehren uns bald wieder«, erwiderte der Kellner aalglatt.

Lukas gab ein großzügiges Trinkgeld und sie verließen das Lokal.

»Wir fahren noch kurz zu mir. Wir sollten uns umziehen. In dem Etablissement, in dem ich reserviert habe, wird ein anderer Kleidungsstil gepflegt«, erklärte er, als er das Auto auf die Straße lenkte.

»Aber ich habe doch gar keine Kleidung bei dir«, entgegnete sie irritiert.

»Wie es der Zufall will, habe ich ein Geschenk für dich. Ich wollte eine gute Gelegenheit abwarten, um es dir zu geben, und diese hier ist perfekt.«

Lea lächelte. Ein Geschenk bedeutete, er hatte an sie gedacht und sie war gespannt, was er ausgesucht hatte. Sie tippte auf heiße Dessous, hoffte aber gleichzeitig, er würde nicht von ihr erwarten, nur in Unterwäsche in ein Restaurant zu gehen. Sie freute sich sehr auf den Abend, obwohl oder gerade, weil sie überhaupt keine Idee hatte, was sie jetzt nach der kurzfristigen Planänderung erwartete. Er würde sie sicher in kein normales Lokal führen wie das, welches sie verlassen hatten.

»Unaufschiebbare Angelegenheiten«, gluckste sie amüsiert. »Du bist verrückt, weißt du das eigentlich?«

Ein teuflisch heißer Blick traf sie, der ihr Höschen feucht werden ließ.

»Verrückt nach dir, Baby«, raunte er mit seinem unwiderstehlichen Badboy-Grinsen.

»Für dieses Grinsen bräuchtest du eigentlich einen Waffenschein«, brummelte sie, was ihr ein noch breiteres Grienen einbrachte.

Bei ihm zu Hause angekommen, kam er galant um den Wagen herum, öffnete ihr die Autotür und half ihr beim Aussteigen. Auch wenn das nicht nötig war, seine Aufmerksamkeit fühlte sich gut an.

Im Wohnzimmer überreichte er ihr eine in dunkelblaues Seidenpapier eingeschlagene Schachtel.

»Danke!« Vorsichtig öffnete sie die Box. Darin befanden sich schwarze Short Pants aus geschmeidigem Leder und eine schwarze Korsage aus dem gleichen Material. Lea schluckte.

»Versteh mich nicht falsch«, flüsterte sie, als sie die beiden Teile ehrfürchtig aus der Verpackung nahm und hochhielt. »Das ist der Wahnsinn. Ich finde es wunderschön und endgeil. Aber meinst du nicht, das hier sollte nur für deine Augen bestimmt sein?«

»So war es ursprünglich geplant, Baby, aber da wo wir hingehen, wirst du damit nicht auffallen. Nicht sehr zumindest.« Er zwinkerte ihr zu. Lea schüttelte nur den Kopf und schlüpfte aus ihrem Etuikleid.

Er betrachtete ihre Unterwäsche mit einem genießerischen Blick.

»Sehr hübsch und sehr sexy, aber eigentlich etwas zu verspielt für das Etablissement, das wir besuchen werden. Allerdings kannst du ja in dem Lederzeug schlecht ohne Unterwäsche gehen, also lass sie an.«

Langsam zog sie die Lederpants über ihre Hüften. Viel Stoff beziehungsweise Leder war das nicht. Das Teil saß ganz tief auf den Hüften und bedeckte ihre Schenkel nur etwa drei Finger breit. Das Ende war zu einem Saum umgeschlagen, der mit silberfarbenen Nieten verziert war. Das Höschen schmiegte sich wie eine zweite Haut an ihre Kurven, ließ ihr aber absolute Bewegungsfreiheit. Lea hatte keinen Spiegel in der Nähe, während sie sich vor ihm umzog, aber seine hungrigen grauen Gewitteraugen sagten ihr alles, was sie wissen musste. Sie zog die Korsage über den Kopf. Die Schultern blieben frei. Der Stoff begann erst auf der Hälfte ihres Busens und bedeckte kaum ihre Nippel. Insgesamt beschrieb das Leder ungefähr die Form eines Herzchens. Der obere Rand war mit den gleichen Nieten verziert, wie der Saum der Short Pants. Die äußerst knapp bemessenen Körbchen drückten ihre Brüste hoch. Nach unten lief die Korsage spitz zu und endete ein Stückchen über ihrem Bauchnabel. In der Mitte blieb ein verführerischer Streifen nackter Haut frei. Beide Seiten wurden von gekreuzten Lederbändern zusammengehalten. Am Rücken wurde sie mit schwarzen Bändern geschnürt.

»Hände hinter den Kopf«, flüsterte er rau.

»Ja Herr«, hauchte sie und drehte ihm ihre Rückseite zu. Konzentriert und mit geschickten Fingern machte er sich daran, die Bänder festzuschnüren. Trotzdem konnte sie sich noch gut bewegen und bekam ausreichend Luft.

»Diese Schnürung ist sinnbildlich für deine Dominanz.«

»Wie darf ich das verstehen?«

»Du schränkst mich ein, beherrscht mich, sodass ich glaube, deine Präsenz mit jeder Pore meines Körpers zu spüren. Aber du nimmst mir nie die Luft zum Atmen. Du schaffst es, dass ich mich trotz aller Beschränkungen an deiner Seite frei fühle.«

»Dann ist es genauso, wie es sein soll, Baby «, erwiderte er ernst, bevor er einen Schritt zurücktrat.

»Gott, du bist der feuchte Traum eines jeden Mannes«, murmelte er. »Aber es fehlt noch etwas. Bleib hier stehen und rühr dich nicht vom Fleck.«

»Ja Herr.«

Lukas ging kurz aus dem Raum und kam mit einigen Utensilien zurück. Er reichte ihr ein Paar schwarze Lederstiefel mit recht hohen Absätzen, die kurz unter dem Knie endeten. Als einziges Accessoire befanden sich jeweils an der Innen- und Außenseite ihrer Knöchel ein silberner Ring.

»Anziehen!«, befahl er mit rauer Stimme.

»D ... danke«, stotterte sie.

»Passen sie?«

»Wie angegossen, wie machst du das nur?«, murmelte sie.

Er lächelte kurz und holte einen Stuhl vom Küchentresen.

»Setz dich.«

Sie tat es und er trat hinter sie. Sachte griff er in ihr Haar und löste geschickt die Nadeln aus der Hochsteckfrisur. Als die Mähne über ihren Rücken floss, fuhr er genießerisch mit beiden Händen durch ihre Locken, bevor er zu einer Bürste griff und sie kämmte. Danach flocht er ihr Haar zu einem kunstvollen französischen Zopf.

»Wolltest du früher mal Friseur werden oder wie kommt es, dass du solch einen Zopf zustande bringst? Für einen Mann ist das sehr ungewöhnlich.«

Er lachte. »Ich habe eine große Schwester. Als Junge habe ich es geliebt, ihr die Haare zu frisieren. Und sie hat mich gelassen, weil sie es praktisch fand, es nicht selbst machen zu müssen. Außerdem waren das immer Momente, die wir nur für uns hatten, Jenna und ich. Das mochten wir beide. Ihre Freundinnen haben sie oft um ihre Frisuren beneidet. Nimm deinen Schmuck ab, der passt jetzt nicht mehr zum Outfit.«

»Wie du wünschst, Herr.«

Statt ihrer Kette band er ihr das Halsband um und befestigte vorn eine Leine. Zum Schluss legte er ihr noch die Handmanschetten aus Leder an und klinkte in einen der beiden Ösen einen Karabiner ein, jedoch ohne sie damit zu fesseln.

»Fertig«, erklärte er zufrieden. »Bei mir geht es etwas schneller.«

Damit zog er seine Hose aus und tauschte sie gegen seine schwarze Lederhose. Hemd und Jackett behielt er an. Die Sachen passten zu der Lederhose genauso gut wie zu der eleganten Stoffhose, gaben ihm aber einen vollkommen anderen Look. Er öffnete die obersten zwei Knöpfe seines Hemdes und schon hatte er sich mit wenigen Handgriffen in einen verdammt scharfen Herrn verwandelt.

»Komm mit«, befahl er knapp und zog sanft an der Leine.

Er führte sie zum Spiegel im Flur, in dem sie sich zum ersten Mal ganz sehen konnte.

Sie hielt die Luft an und starrte ihrem Spiegelbild ungläubig entgegen.

»Atmen!«, befahl er streng hinter ihr.

»Wow, wer zum Teufel ist denn die scharfe Braut?«, murmelte Lea perplex.

»Wer von uns beiden braucht jetzt einen Waffenschein, hm?«

Sie sah ihm im Spiegel in die Augen.

»Der Wahnsinn! Ich erkenne mich selbst kaum wieder. Du hast wirklich einen exquisiten wenn auch ziemlich unanständigen Geschmack. Vielen Dank! Das Outfit ist der Wahnsinn!«

»Ich habe einen exquisiten Geschmack. In der Tat. Das Einzige, was unanständig ist, sind meine Gedanken, Baby. Und die sind gerade sehr unanständig, das kann ich dir versichern«, flüsterte er ihr ins Ohr. Sein heißer Atem an ihrem Hals bescherte ihr eine Gänsehaut.

»Bitte Lukas fass mich an«, wisperte sie.

Er schüttelte den Kopf. »Keine Chance, Kleines. Wenn ich dich auch nur einen Moment lang berühre, wird Luis sehr böse sein, weil wir nicht bei ihm auftauchen. Immerhin hat er uns sehr kurzfristig einen Tisch reserviert, was fast schon unmöglich ist an einem Freitagabend.«

Er hielt ihr seinen langen Mantel hin, der ihr natürlich viel zu groß war.

»Du brauchst ihn nur im Auto zu tragen. Wenn du so einsteigst, wie du jetzt aussiehst, bist du ein ernst zu nehmendes Verkehrsrisiko, weil du andere Autofahrer ablenkst. Unsere Fahrt endet in einer Anlage, wo dich kein Außenstehender sehen kann. Nur die Menschen, die dich im Restaurant sowieso sehen werden. Du kannst den Mantel dann im Auto lassen.«

»Du willst wirklich, dass ich so anderen Leuten begegne?«

»Ja. Und ich will, dass du nicht vergisst, dass du ein Safewort hast. Wie lautet es?«

»ROT lautet es, Herr.«

»Sehr gut! Du wirst es benutzen, wenn du es musst. Ich werde gleich noch ein Telefonat führen und etwas organisieren. Ich möchte nicht, dass du etwas tust, was du eigentlich nicht willst, nur weil du glaubst, es für mich aushalten zu müssen. Für Aufopferung ist heute der falsche Zeitpunkt. Ich werde nicht enttäuscht sein und auch nicht böse, wenn du dein Stoppwort gebrauchst.«

»Ja Herr, ich verspreche, ich werde das Safewort benutzen, wenn es nötig ist. Ich werde mich mit nichts einverstanden erklären, womit ich mich nicht wohlfühle, obwohl wir ja eigentlich nur essen gehen wollen. Ich hoffe, das Essen ist nicht so schlecht, dass ich ein Safewort dafür brauche«, witzelte sie.

»Zieh es nicht ins Lächerliche. Das ist es nicht, das wirst du schon noch feststellen. Ich verlasse mich darauf, dass du dein Versprechen hältst. Lass uns fahren, wir sind schon spät dran.«

Zu Leas Überraschung fuhren sie nicht in die Stadt zurück, sondern noch ein Stück weiter raus aufs Land. Von einer wenig befahrenen Landstraße bog Lukas unvermittelt in einen kleinen Feldweg ab, der ihr niemals aufgefallen wäre. Dann ging es ein Stück durch den Wald und schließlich erreichten sie ein von hohen Bäumen umgebenes Gelände. Sie fuhren durch ein Tor, eine weitläufige Auffahrt hinauf und kamen vor einer großen herrschaftlichen Villa zum Stehen. Lukas hielt genau vor dem Haupteingang, stieg aus, warf einem uniformierten Pagen seine Autoschlüssel zu und ging um den Wagen herum, um Lea galant die Tür zu öffnen.

Sie stieg aus, legte den Mantel auf den Sitz zurück und schaute sich mit großen Augen um. Ihre Wangen färbten sich tiefrot bei dem Gedanken, dass andere sie gleich so sehen würden. Sie warf dem Pagen einen Blick zu, der jedoch mit professionell ausdruckslosem Gesicht ins Auto stieg und den Wagen wegfuhr.

»Komm«, befahl Lukas knapp, nahm die Leine locker in die Hand und führte sie die Treppen hinauf in die Halle.

»Guten Abend Lukas, schön dich mal wieder zu sehen.«

»Guten Abend Luis. Danke, dass du so kurzfristig einen Tisch für uns freimachen konntest.«

Luis warf einen anerkennenden Blick auf Lea, begrüßte sie jedoch nicht.

»Für dich immer gerne, Lukas, aber es wäre nett, wenn du beim nächsten Mal etwas früher Bescheid geben würdest.«

Er begleitete das Paar in einen riesigen Gastraum mit hohen stuckverzierten Decken, der wohl früher als Ballsaal genutzt worden sein musste.

Lea vergaß vor lauter Überraschung ihre Verlegenheit und nahm die bizarre Szene, die sich ihr bot mit offenem Mund in sich auf. Schon die Kleidung der Gäste, verriet Lea, dass sie sich hier nicht in einem normalen Restaurant befanden. Sie sah viel nackte Haut, Lack, Leder und teils bizarre Outfits. Die dominanten Männer waren recht normal gekleidet. Ähnlich wie Lukas in Lederhose oder Jeans, einige auch in Anzügen. Die dominanten Frauen trugen lange Kleider oder auch provokante Lack- oder Lederoutfits. Die Sklavinnen und Sklaven hatten meist recht wenig Stoff am Leib, wobei alle Gäste offenbar an den strategisch wichtigen Stellen bekleidet waren, was sie bei dem bizarren Anblick verwunderte. Einige Paare saßen sich, genau, wie man es in einem Lokal erwarten durfte, am Tisch gegenüber. An anderen Tischen saß nur eine Person, während die Begleitung auf einem Kissen am Boden kniete. Es gab Subs, männliche und weibliche, die von ihren Partnern gefüttert wurden.

Andere hatten Teller vor sich auf dem Boden stehen. Manche aßen mit auf dem Rücken gefesselten Händen nur mit dem Mund oder auch ohne Fesseln mit Messer und Gabel oder einfach mit den Fingern. Mit einem leichten Ziehen an der Leine holte Lukas sie in die Realität zurück. Erst jetzt bemerkte sie, dass sie die Szenerie die ganze Zeit mit offenem Mund beobachtet hatte. Lukas begrüßte im Vorbeigehen einige Gäste und Lea fühlte viele abschätzende, anerkennende oder auch neugierige Blicke auf sich ruhen. Am Tisch angekommen, den Luis ihnen zuwies, setzte Lukas sich und hielt die Leine locker, um ihr die Entscheidung zu überlassen, wie und wo sie sitzen wollte.

Lea lächelte ihn an und kniete sich zu seinen Füßen auf das Kissen am Boden. Lukas strich ihr lächelnd über die Wange und reichte ihr die Speisekarte.

»Ich werde dich füttern, deshalb wäre ich dir dankbar, wenn du keinen Fisch bestellen würdest. Fisch ist zu weich, da fällt die Hälfte daneben und das wäre schade, denn das Essen hier ist vorzüglich.«

»Ja Herr. Ich bin froh, dass ich nicht wie ein Hund vom Boden essen muss.«

»Es gibt Paare, die solche Fantasien mögen, wie du siehst. Aber ich gehöre nicht dazu. Du bist kein Hund und ich würde es hassen, dich auf diese Weise zu demütigen. Für mich hat das keinen Stil, aber die Geschmäcker sind halt verschieden.«

Lea nickte, erleichtert über seine Einstellung und konzentrierte sich auf die Speisekarte. Es war schon spät und sie hatte jetzt wirklich Hunger.

»Warum stehen keine Preise neben den Gerichten?«

»Weil man das Essen hier nicht separat bezahlt. Dieses Haus bietet einen Service, der weit über Speisen und Getränke hinausgeht. Darüber werde ich dir aber noch nichts verraten, lass dich überraschen.«

Lea schaute verwirrt zu ihm auf.

»Mach dir bitte keine Gedanken über Preise. Genieß die Nacht und das Ambiente und lass dich auf das Drum und Dran hier ein. Bestell, was immer du möchtest, nur, übertreib es nicht mit dem Alkohol. Wenn du dich betrinkst, fällt das anschließende Programm flach. Und das würde mich wirklich sehr enttäuschen.«

»Nein Herr, mache ich nicht. Ich nehme ein Glas Mineralwasser. Und zum Essen die Schweinemedaillons in Weißweinsoße mit Kroketten und Gemüse.«

»Eine gute Wahl, Babe«, erwiderte er und bestellte das Gericht zwei Mal in der Variante zwei, dazu ein Wasser und eine Apfelschorle.

»Was bedeutet Variante zwei?«

Lukas schmunzelte. »So neugierig? Das drückt die Art aus, in der das Gericht serviert wird. Variante zwei heißt, dass unser beider Essen auf nur einem großen Teller kommen wird. Da ich beabsichtige, dich zu füttern, brauchst du keinen eigenen Teller und es macht keinen Sinn, dass ich hier mit zwei Tellern sitze.«

Sie nickte kurz. »Das klingt logisch. Äh, Herr?«

»Ja Lea?«

»Darf ich aufstehen? Ich weiß, genau das habe ich mir gewünscht, vor dir zu knien. Und eigentlich möchte ich das auch immer noch. Aber dieses Lokal ist so speziell. Ich habe so etwas noch nie zuvor gesehen und ich würde mich gern etwas umschauen. Von hier unten habe ich keinen guten Überblick.«

Lukas schmunzelte. »Ich habe dich nicht darum gebeten, zu knien, Kleines. Wenn du möchtest, lasse ich unser Essen ganz normal servieren. Setz dich zu mir.«

Ein Kopfschütteln war die Antwort, während Lea sich anmutig vom Boden erhob.

»Das möchte ich auch nicht. Lass die Bestellung bitte so, wie sie ist. Wenn das Essen kommt, nehme ich meinen Platz auf dem Boden wieder ein und bis dahin ...« Sie trat einen kleinen Schritt näher zu ihm. »Wäre es in Ordnung, wenn ich mich auf deinen Schoß setze, oder blamiere ich uns damit?«

Er runzelte die Stirn. »Das ist zwar ungewöhnlich, aber ich wüsste nicht, was dagegen spricht.«

Ein zufriedenes Lächeln huschte über ihr Gesicht.

»Danke Herr«. Damit ließ sie sich auf seine Schenkel nieder, schmiegte ihren Rücken gegen seine Brust und ihren knackigen kleinen Hintern gegen seinen besten Freund, der sogleich in Habtachtstellung ging.

»Warum setzt du dich so rum?«, knurrte er.

Sie neigte den Kopf etwas zur Seite, brachte ihren Mund nahe an sein Ohr.

»Aus drei Gründen«, antwortete sie. »Erstens, deine Wärme im Rücken zu spüren, gibt mir Sicherheit in einer für mich sehr ungewohnten Situation. Zweitens, ich mag es, wenn dein Atem über meinen Hals streicht oder mein Ohr kitzelt, wenn du sprichst. Drittens, ich liebe es, deinen harten Schaft an meinem Hintern zu spüren. Alles in allem, finde ich diese Position einfach wunderbar.« Ganz unauffällig rutschte sie hin und her, reizte ihn und bekam eine wohlige Gänsehaut, als er ihr leise ins Ohr stöhnte: »Du bist ein Luder. Dafür werde ich dich bestrafen müssen.«

»Das ist es mir wert, Herr«, murmelte sie.

Er legte einen Arm um sie. Seine Hand fühlte sich so herrlich vertraut auf ihrem Bauch an.

»Konzentriere dich gefälligst auf die Umgebung und nicht auf meinen Schwanz.«

»Ich bin eine Frau. Ich bin multitaskingfähig und kann mich gut auf beides konzentrieren«, erwiderte sie frech. »Ich habe eine Frage, Herr.«

»Frag.«

»So speziell die Leute hier auch gekleidet sind, sehe ich weder Nippel blitzen, noch unbedeckte Geschlechtsteile. Das wundert mich bei dem Anblick, den hier einige Gäste bieten.«

»Luis, der Eigentümer des Clubs legt Wert auf ein gepflegtes Ambiente bei Tisch. Allzu viel Freizügigkeit ist hier im Speisesaal nicht erwünscht. Die Besucher wissen das und halten sich daran.«

Lea nickte nur und schaute sich weiter aufmerksam um. Auf dem Nebentisch entdeckte sie mehrere kleine Tappas-Schälchen. Ein drahtiger blonder Mann mit Vollbart, dessen rothaarige Gespielin eine Augenbinde trug, fütterte die Frau bedächtig, wobei er ihr nie zwei Mal hintereinander etwas aus dem gleichen Schälchen gab.

»Schau dir ihre Ohren an«, flüsterte Lukas, der ihrem Blick gefolgt war. »Sie hat Ohropax in den Ohren. Sie hört nichts und sie sieht nichts. Siehst du, wie steif sie auf ihrem Stuhl hockt? Sie sitzt kerzengerade und hat die Hände unter ihre Oberschenkel geklemmt. Sie ist jetzt vollkommen auf ihren Geschmackssinn konzentriert, weil ihr zwei andere, wichtige Sinne genommen wurden. Außerdem hat er ihr verboten, sich zu bewegen. Er hat sie nicht gefesselt, weil ihre Selbstdisziplin gefragt ist. Er wird sie für jede Bewegung, für jedes noch so kleine Zucken bestrafen. Es werden Sachen dabei sein, die sie gerne isst und Speisen, die sie nicht so sehr mag. Nichts Ekeliges, aber eben Sachen, die ihr nicht schmecken und sie darf nicht zurückzucken.«

Lea schaute dem Pärchen einen Moment fasziniert zu und stellte sich vor, wie die Frau sich fühlen musste. Konzentriert auf den Geschmack auf ihrer Zunge und auf den Befehl ihres Herrn, sich nicht zu bewegen, bekam etwas so profanes wie essen sicherlich eine ganz eigene, sehr erotische Note. Ihrem Dom zu gehorchen, indem sie ohne zu murren oder zu zucken, Dinge aß, die sie gar nicht mochte, stellte Lea sich ziemlich schwierig vor. Da war ihr ein ordentlicher Schlag auf den Arsch hundertmal lieber.

Ihr Blick wanderte zwei Tische weiter, zu einer Frau in einem schwarzen Lack-Catsuit und grell geschminkten Lippen. Vor ihr kniete auf allen vieren ein Sklave in Lackhose und Netzshirt. Ihr langer, spitzer Absatz bohrte sich in seine Hand, die schon ganz weiß war.

»Himmel, sie tut ihm doch weh«, murmelte Lea schockiert.

»Sie tut Nichts, was er nicht will, Baby«, antwortete Lukas nah an ihrem Ohr.

»Das ist krank«, flüsterte sie schaudernd und stieß einen überraschten Schrei aus, als Lukas sie blitzschnell auf seinem Schoß herumdrehte. Halt suchend krallte sie sich an ihm fest und blickte erschrocken zu ihm auf.

»Nichts ist krank, was beiden gefällt. Nichts ist pervers, solange beide es wollen. Sei tolerant. Nur weil du es nicht magst oder ich es nicht mag, ist es noch lange nicht abartig. Es ist nur einfach nicht unser Ding. Es gibt genug Leute, die krank finden, was uns beiden den totalen Kick gibt. Stell dich nicht mit ihnen auf eine Stufe.«

»Du hast recht, es tut mir leid.« Sie schlug beschämt die Augen nieder.

»Hey, schau mich an«, flüsterte er und zog sie enger an sich. Sanft berührten seine Lippen ihren Mund. »Es ist okay, Kleines«, hauchte er auf ihre Lippen und verschloss sie sodann mit einem weiteren Kuss, der ihr die Sinne raubte. So zärtlich und trotzdem so leidenschaftlich. Lea ließ sich fallen, schmiegte sich in seine Arme und vergaß alles um sich herum, bis Lukas sich sachte von ihr löste und sagte: »Unser Essen ist da. Es wäre schade, wenn wir es kalt werden ließen.« Lea schaute kurz auf den dampfenden Teller. Es sah wirklich lecker aus. Als der Kellner sich wieder zurückgezogen hatte, rutschte sie von Lukas' Schoß und kniete sich vor ihn auf den Boden.

›Im Gegensatz zu den meisten anderen hier, die vor ihren Tops knien, kann ich in sein schönes Gesicht sehen, sein Minenspiel beobachten, seine Augen. Ich bin so froh, dass ich nicht nach unten auf den langweiligen Boden schauen muss‹, dachte Lea schmunzelnd. Lukas schob abwechselnd eine Gabel mit den köstlichen Speisen zuerst in ihren und dann in seinen eigenen Mund, bis sie ihm zu verstehen gab, dass sie satt war.

»Möchtest du Nachtisch?«, fragte er aufmerksam, nachdem der Kellner den Teller abgeräumt hatte.

»Nein danke, ich bin pappsatt.«

»Espresso? Cappuccino?«

»Nein danke Herr«,

Lukas schmunzelte. »Was möchtest du denn?«

»Ich nehme an, dieses etwas ungewöhnliche Restaurant ist noch nicht alles, was dieses Etablissement zu bieten hat, oder? Ich möchte erkunden, was es hier sonst noch zu entdecken gibt. Ich bin neugierig«, gestand sie und entlockte ihm damit ein Grinsen.

»Du hast recht, das war noch lange nicht alles. Lass uns auf Entdeckungstour gehen!« Damit stand er auf, reichte ihr seine Hand und zog sie auf die Füße. Er ließ ihre Hand nicht los, während er sie aus dem Saal in die Halle führte. Die Leine hatte er mit einer lockeren Schlaufe um sein Handgelenk geschlungen. Auf der gegenüberliegenden Seite befand sich ein hohes Portal, durch das sie in einen weiteren Saal gelangten.

Lea blieb wie angewurzelt stehen, kaum dass sie eingetreten waren. Der Raum war riesig, die hohen Decken komplett verspiegelt. In der Mitte des Raumes entdeckte sie eine kleine Bar mit einem umlaufenden Tresen, an dem einige Gäste saßen und die Szenen um sich herum beobachteten. Überall im Raum war Mobiliar angeordnet, wie sie es aus Lukas' Keller kannte. Es gab Seile und Ösen an den Wänden, der Decke und auf dem Fußboden. Sie sah Andreaskreuze, Böcke, Pritschen, Käfige und andere Geräte, deren Zweck sie sich nicht einmal vorzustellen wagte. Hier war so viel los, dass Lea die einzelnen Aktionen gar nicht mit einem Blick erfassen konnte. Meistens waren es Paare, die da ungeniert miteinander spielten, ohne sich von den Blicken der Zuschauer stören zu lassen. Es gab aber auch Spiele, an denen drei oder vier Personen beteiligt waren. Die Luft war erfüllt von Stöhnen, Schreien, lautem Gekeuche, dem scharfen Knallen oder dumpfen Klatschen von Peitschen, Gerten oder Paddeln. Eine Melodie der Lust, untermalt vom gleichmäßigen Brummen von Vibratoren, das sich wie das Summen eines Bienenschwarms über den Raum verteilte.

Die Szenerie war annimalisch und sinnlich zugleich. War sie live in einem Hardcore-Porno gelandet? Nur am Rande nahm sie wahr, dass Lukas hinter sie getreten war, seine Hände über ihren Rücken wandern ließ und die Schnürung der Korsage ein wenig lockerte. Erst als sich kühle Finger nach vorn unter die Korsage schoben und fest in beide Brustwarzen kniffen, wurde sie sich seiner Gegenwart wieder voll bewusst. Sie schrie auf, teils vor Schreck, teils vor Schmerz, was aber niemanden außer ihrem Herrn interessierte, weil alle mit ihren Spielen beschäftigt waren. Trotzdem war es ihr unmöglich, sich von dem Geschehen um sie herum loszureißen. Das alles machte sie unglaublich scharf. In ihrem Unterleib brannte ein Feuer aus purer Lust. Und die mächtige Erektion, die sich an ihre Pobacken presste, trug rein gar nichts dazu bei, sich wieder in den Griff zu bekommen.

»Himmel, wo sind wir denn hier gelandet?«, stöhnte sie.

Durch das Leder ihrer Shorts spürte sie seine verlangende Hand auf ihrem Venushügel.

»Ich dachte mir schon, dass es dir gefällt. Du bist nun mal eine kleine voyeuristische Schlampe und das hier kann dich kaum schocken.«

»Oh, aber ich bin geschockt! Sehr sogar!«

Das letzte Wort ging in einem Keuchen unter, weil Lukas mit der Hand fest über ihre Scham strich.

»Aber es macht dich gleichzeitig unglaublich an. Gib es schon zu, du Miststück!«

»Ja Herr, das tut es«, stöhnte sie.

»Wusste ich es doch! Lauf los, aber langsam. Lass die Szenen auf dich wirken. Genieße das Schauspiel, das sich dir bietet, und beweg dich dabei zu der Sitzecke da hinten.«

Lea ging langsam mit pochendem Unterleib Richtung Tresen. Vorbei an einer Frau, die nackt an ein Andreaskreuz gefesselt war und deren Oberkörper von ihrem Herrn mit flüssigem Kerzenwachs verziert wurde. Jedes Mal, wenn das Wachs ihre Haut traf, stöhnte sie laut.

Fasziniert blieb Lea stehen und bestaunte eine kleine Asiatin, die waagerecht, mit dem Gesicht zur Decke über dem Boden hing. Seile umschlangen kunstvoll ihren Brustkorb. Ihre Brüste waren zwischen den Seilen eingeklemmt. Vom Rest des Oberkörpers sah man kaum noch Haut, so viele Seile wanden sich um ihn. Die Beine waren gespreizt und ebenfalls fast vollständig von Seilen umwickelt. Ihr Kopf war in den Nacken überstreckt und ihr Mund mit Seilen geknebelt, die sich um ihren Kopf wanden. Das Bild war so kunstvoll und erotisch, dass Lea die Augen kaum abwenden konnte. Der Mann, der dieses Kunstwerk geschaffen hatte, stand zwischen ihren weit geöffneten Schenkeln, den Kopf über ihre Scham gebeugt und strich mit der Zunge über die feucht glänzende Klitoris. Als er Leas lüsterne Blicke bemerkte, bohrte sich sein Blick in ihren, während er die Frau langsam und genüsslich verwöhnte. Unmöglich, den Blick von den fremden Augen und dem züngelnden Schauspiel zu lösen.

Lea fuhr zusammen, als sie plötzlich sanft in den Hals gebissen wurde. Sie stöhnte laut auf, drehte sich um, schlang die Arme um Lukas' Hals, presste ihre Brüste fest gegen seinen Oberkörper und küsste ihn wild und fordernd. Er griff nach ihrem Arsch und knetete ihre Backen.

»Himmel, wenn du mir jetzt die Klamotten vom Leib reißen und mich hier vor allen Leuten nehmen würdest, hätte ich überhaupt nichts dagegen«, stöhnte sie.

»War das eine Bitte?«, murmelte er amüsiert in ihren Mund.

»Oh ja! Bitte Herr, bitte fick mich! Ich brauche dich in mir. Bitte vögele mich um den Verstand!«

Lukas küsste ihren rechten Mundwinkel, arbeitete sich seelenruhig knabbernd bis zu ihrem Ohr vor. »Nein«, hauchte er.

»Nein?«, echote sie enttäuscht.

Lukas schmunzelte. »Nein«, wiederholte er. »Und jetzt beweg dich weiter Richtung Sitzecke.«

Wie in Trance ging Lea langsam an schwitzenden, stöhnenden Leibern vorbei und ließ sich schließlich auf eins der schwarzen Sofas plumpsen, das gemütlicher war, als es aussah.

Ihr Dom setzte sich in einen Sessel und sah sie an. »Ich wusste, es würde dir hier gefallen und es freut mich, dass ich recht behalten habe.«

»Oh ja, es ist ... ich weiß nicht ... unerwartet, schockierend, schamlos und unglaublich geil. Hättest du mich vorher gefragt, ob es mir etwas gibt, anderen beim Sex zuzusehen, hätte ich entschieden *Nein* gesagt. Aber das hier ist ... anregend ... mehr als das ...«

Sie brach ab, weil ihr die Worte fehlten.

Er lächelte. »Das dachte ich mir schon. Dass du Spaß am Zusehen hast, ist mir schon länger klar. Aber das ist nicht der Grund, warum ich dich mit hierhergenommen habe.«

Lea riss die Augen auf. »Nein?«

»Nein! Wir sind hier, weil ich dir einen Wunsch erfüllen möchte.«

Verwirrt schaute sie in sein Gesicht.

»Einen Wunsch?«

»Ja, einen Wunsch. Oder eine Fantasie. Du willst wissen, wie es ist, mit drei Männern gleichzeitig zu vögeln. Du willst in jedem Loch einen Schwanz. Das hast du mir mal erzählt, erinnerst du dich noch? Hier bietet sich die Gelegenheit, es auszuprobieren.«

Sie spürte, wie sie blass wurde, dann rot und wieder kalkweiß. Mehrfach öffnete sie den Mund, um zu sprechen, aber es kam kein Ton heraus.

›Oh Gott, was redet er da? Nein ausgeschlossen! Das könnte ich niemals! Warum nur habe ich ihm meine Fantasien gestanden?‹

Ihr Minenspiel war sicherlich göttlich in diesem Moment, denn in seinen erwartungsvollen Blick, der unbeirrt auf sie gerichtet war, mischte sich ein amüsiertes Funkeln. Seine Mundwinkel zuckten leicht.

»Das ... das ist nicht dein Ernst«, murmelte sie schließlich.

»Das ist mein voller Ernst, Baby. Ich kann das binnen weniger Minuten organisieren. Ich kenne viele der Clubmitglieder hier. Einige sind sehr gute Freunde von mir, für die ich beide Hände ins Feuer legen würde. Luis, der Besitzer legt sehr viel Wert auf Sauberkeit, Gesundheit und Diskretion. Alle Mitglieder hier bringen regelmäßig Gesundheitsatteste bei, trotzdem werden die beiden Männer, die ich zu unserem Spiel einzuladen gedenke, Kondome benutzen. So steht es in unserer Vereinbarung, erinnerst du dich?«

»Ja selbstverständlich weiß ich das noch, aber ich bin doch auch zum ersten Mal hier und habe kein Gesundheitszeugnis bei mir. Wahrscheinlich bin ich da nicht die Einzige«, gab sie zweifelnd zur Antwort. Es war einfacher, sich zunächst mit diesem Thema zu beschäftigen. So brauchte sie noch nicht über das ungeheuerliche Angebot nachzudenken.

»Ich habe Luis deine Unterlagen schon letzte Woche gemailt«, antwortete er gelassen. »Ich habe den Besuch zwar nicht für heute geplant, aber irgendwann in den nächsten Wochen wären wir sowieso hier gelandet. Was meinst du? Traust du dich?«

»Ich ... Oh verdammt, warum hast du mich nicht vorgewarnt? So einfach von jetzt auf gleich so eine Nummer? Das ist harte Kost, die ich erst einmal verdauen muss«, murmelte sie unsicher. »Warum hast du mir nicht vorher gesagt, dass du so etwas im Sinn hast?«

»Weil du dann den ganzen Abend nervös gewesen wärst, an nichts anderes mehr hättest denken können und die besondere Atmosphäre hier nicht hättest genießen können.«

»Da hast du wahrscheinlich recht«, meinte sie trocken, lehnte sich zurück und ließ stumm die Augen durch den Raum schweifen. Eine ganze Weile sagte sie nichts, versuchte zu begreifen, dass sie vielleicht kurz davor stand, eine Fantasie zu erleben, die sie genauso sehr faszinierte, wie ängstigte. Ein weiterer Schwanz in ihrem Mund, wäre körperlich kein Problem. Aber zwei Männer, die gleichzeitig ihr Becken ausfüllten? Konnte das überhaupt funktionieren? Lukas allein füllte sie doch schon vollständig aus. Würde da von der anderen Seite überhaupt noch ein weiterer Schaft hineinpassen? Und wenn das tatsächlich klappte, wäre es eine lustvolle Erfahrung? Und wenn es tatsächlich lustvoll wäre, würde ihre Geilheit sich bei der doppelten Penetration etwa auch verdoppeln? Und wenn das so wäre, würde Lukas sehen, wie viel Wonne ihr andere Männer bereiteten. Würde ihn das nicht verletzen?

Unbeirrt schaute Lukas sie an, der geduldig auf ihre Entscheidung wartete.

»Es erscheint mir irgendwie falsch, ... ich meine ... als würde ich dich betrügen, während du danebenstehst. Ich ... Es kommt mir so seltsam vor, wenn ich mir vorstelle, dass andere Männer mir Lust bereiten und du zusehen musst, wie geil mich das macht. Die

Vorstellung finde ich irgendwie abturnend. Ich glaube nicht, dass ich Spaß daran hätte.«

Er lachte leise. »Ich finde es süß, dass du zuerst daran denkst, ob es mir etwas ausmachen könnte und gar nicht daran, ob es dir zu viel wäre. Ich habe dir bereits ganz zu Anfang gesagt, dass ich gedenke, dich mit anderen Männern zu teilen. Ich würde mich hintergangen fühlen, wenn du ohne mein Wissen mit anderen Kerlen schläfst. Über dieses Spiel, wenn du es denn spielen möchtest, habe ich die Kontrolle. Ich suche die beiden Typen aus, die mitspielen dürfen. Es werden Freunde von mir sein, die ich gut kenne und bei denen ich mir sicher bin, dass sie mit der richtigen Härte agieren. Wenn sie dir in Zukunft irgendwann, irgendwo noch mal begegnen, werden sie dich respektvoll behandeln. Sie werden dich niemals dumm anbaggern oder unerlaubt anfassen, egal ob du allein oder in Begleitung bist.«

Sein Wunsch, sie mit anderen Männern teilen zu wollen, ließ ihren Magen verkrampfen. Das Thema hatte sie erfolgreich verdrängt. Aber diese Situation war anders, als sie es befürchtet hatte. Er überließ ihr die Entscheidung, schließlich war es ihre Fantasie. Überhaupt hatte sie das ganze Drumherum schon so unglaublich scharfgemacht, dass ihre Skrupel gar nicht mehr so furchtbar groß waren. Nicht einmal der Gedanke schreckte sie, dass eine anständige Frau so etwas niemals in Erwägung ziehen würde. Der blitzte nur ganz kurz in ihrem Kopf auf und wurde sofort beiseite gefegt. Für ernsthafte Bedenken in diese Richtung war sie einfach schon zu heiß.

»Gibt es tatsächlich Männer, für die du deine Hand ins Feuer legen würdest?«

»Vertrau mir, Baby«, sagte er einfach und schaute ihr dabei in die Augen.

»Ich vertraue dir, nicht nur, was diesen Punkt betrifft. Du hast ein gutes Urteilsvermögen und du kennst den einen oder anderen hier wahrscheinlich schon länger. Es ist nur ... Ich meine ... ich fürchte, wenn man mich auf bestimmte Weise anfasst, wird mein Körper reagieren, egal ob ich will oder nicht. Um es auf den Punkt zu bringen: Die Vorstellung, dass die Typen mich geil machen, dass ich feucht werde, ist mir peinlich vor dir und irgendwie auch vor mir selbst.«

Wieder lachte er leise. »Du bist süß. Du zerbrichst dir mehr den Kopf darüber, wie es mir gehen wird, als dich darauf zu konzentrieren, wie du dich fühlen wirst. Sechs Hände, die dich anfassen, drei Zungen, die über deine Haut lecken und drei Schwänze, die deine Löcher füllen. Darauf solltest du dich konzentrieren! Ich bin schon groß und ich weiß, dass auch andere Männer dir Lust bereiten können. Das macht mir wirklich nichts aus. Im Gegenteil, es wird mich anmachen, dir dabei zuzusehen, wie du dich auflöst vor Wonne und halb wahnsinnig vor Gier sein wirst.« Lea bekam eine Gänsehaut bei seinen Worten. Sie schluckte mühsam, schwieg wiederum lange, während sie ihn forschend anschaute.

»Sorge dich nicht um mich, Kleines. Überlege dir, ob du dich so einer Situation gewachsen fühlst.«

»Ich weiß es nicht ... Ich ... Der Gedanke schockiert und erregt mich gleichermaßen. Ich meine, das ist ein feuchter Traum von mir, aber ich habe nie erwartet, dass er einmal wahr werden könnte und ...« Sie verstummte, knetete nervös ihre Finger. Dann schaute sie ihm fragend ins Gesicht. »Es würde dir nichts ausmachen, wirklich nicht?«

Er lächelte. »Nein.«

»Und du wärst da, die ganze Zeit? Ich lasse mich nicht darauf ein, wenn du nicht da bist, um auf mich aufzupassen.«

Sein Lächeln wurde breiter. »Ich verspreche dir, ich passe auf dich auf. Ich lasse dich keine Sekunde aus den Augen, und wenn ich Stopp sage, wird das Spiel sofort beendet sein. Die beiden Jungs, die ich im Sinn habe, werden sich an mein Kommando halten.«

Er schaute sie eindringlich an.

»Und wenn du ROT sagst, ist das Spiel sofort beendet. Das weißt du.«

»Ja, daran habe ich gar nicht gedacht. Ich kann es beenden und du kannst es beenden. Das reicht als Rettungsleine. Ich tue es unter der Bedingung, dass du bei mir bist und mich keine Sekunde aus den

Augen lässt. Und ich möchte, dass die beiden Typen Kondome benutzen.«

»Okay, kein Problem. Dann machen wir es. Die beiden Jungs sind Freunde von mir. Du kennst sie wahrscheinlich von meiner Geburtstagsparty. Aber ich schlage vor, wir frischen die Bekanntschaft zwischen euch Dreien vorher auf. Sie treiben sich hier irgendwo herum. Ich schicke ihnen eine SMS, dann brauche ich sie nicht zu suchen«, teilte er ihr mit, zog sein Handy aus der Hosentasche und tippte eine Nachricht ein.

»Moment mal, du hast das vorher geplant und die beiden herbestellt?«, rief sie ungläubig.

Seine Lippen verzogen sich zu diesem dunklen Badboy-Lächeln, bei dem sie wie immer schwach wurde.

»Ich habe vorhin mit den Jungs telefoniert. Aber sie wissen auch, dass du nicht eingeweiht warst. Deshalb wäre es kein Problem für sie, wenn wir das Ganze abblasen würden. Dann vergnügen die sich hier anderweitig. Die Möglichkeiten sind vielfältig, wie du siehst.«

Schon kamen zwei Männer auf sie zu, die ihr vage bekannt vorkamen und begrüßten Lukas mit einem Schulterklopfen und Lea mit einer freundschaftlichen Umarmung und einem Küsschen auf die Wange.

Leas Wangen glühten vor Verlegenheit. Die Situation war ihr so unangenehm, dass sie nicht wusste, wo sie hinschauen sollte. Der Größere von Beiden, mit den grünen Augen und der dünnen Narbe am Kinn, trug seine dunkelblonden Haare zu einem kleinen Zopf gebunden. Wenn er lachte, erschienen zwei Grübchen auf seinen Wangen. Er sah aus, wie sie sich einen Basketballspieler vorstellte, groß und athletisch. Sie hatte ihn schon mal gesehen, aber sein Namen fiel ihr nicht mehr ein. Der andere war etwas kleiner, dunkelhaarig mit durchdringenden braunen Augen. Sein rechter Arm war mit Tribals und anderen geheimnisvollen Zeichen tätowiert. Lea konnte sich den Typen gut in Pluderhosen und freiem Oberkörper auf einem Piratenschiff vorstellen.

»Hey, mach dich locker, Honey. Wir sind alle erwachsen, es gibt keinen Grund, verlegen zu sein«, lachte der Dunkelblonde und stieß sie spielerisch mit der Schulter an.

»Du hast gut reden, ich weiß nicht mal mehr eure Namen und ich finde die Situation echt eigenartig!«, antwortete sie unsicher.

Die drei Männer lachten.

»Hallo schöne Dame, wir kennen uns bereits von Luke's Geburtstagsparty und ich freue mich, dich ausgerechnet hier wiederzusehen. Ich bin Simon und im normalen Leben für jeden Spaß zu haben. Man kann mit mir Pferde stehlen oder sich an meiner Schulter ausweinen, wenn es nötig sein sollte. Wenn wir spielen ...«, jeglicher Humor verschwand urplötzlich aus seinem Gesicht, das sogleich glatt und emotionslos wurde. Seine Stimme war streng und dunkel, als er weitersprach. »Wenn wir spielen, bin ich Master Simon und erwarte Respekt und Gehorsam!«

Lea starrte ihn fasziniert an. Die Verwandlung, die er binnen Sekunden vollzogen hatte, war wirklich erstaunlich. Simon starrte sie eine lange Minute an, die ihr wie eine Ewigkeit vorkam. Sie war nicht in der Lage wegzusehen, bis er ihr plötzlich zu zwinkerte und ein spitzbübisches Grinsen seinem Gesicht die Strenge nahm.

»Und dieser hübsche, aber wortkarge Junge ist Colin, den du ebenfalls von der Party kennst«, stellte er ihr den anderen Mann im Plauderton vor, als sei nichts gewesen. »Colin ist ein Meister im Umgang mit der Peitsche. Er kann Frauen zum Orgasmus bringen, nur mit seiner Schlagtechnik«, wieder zwinkerte er ihr zu.

Lea starrte Colin mit offenem Mund an, der ihren Blick nur für einen kurzen Moment ausdruckslos erwidern konnte, bevor seine Mundwinkel zu zucken begannen.

Lea konnte nicht anders, als ihn anzulächeln. Sie wusste nicht genau, woran das lag, aber sie war sofort von ihm eingenommen. Sie entspannte sich, lehnte sich zurück und hörte den Männern eine Weile zu, die sich gutmütig gegenseitig auf die Schippe nahmen. Lea vermutete, dass die drei ihr ein bisschen Zeit geben wollten, sich in die Situation einzufinden. Genüsslich nippte sie an ihrem *Mochito*, der seinen Teil zu ihrer Entspannung beitrug und ihr Mut einflößte.

»Hast du dir überlegt, Honey«, wandte sich Simon an sie, »ob du hier in diesem Raum spielen willst, oder hättest du es gern etwas privater?«

»Äh, ... geht das denn?«, stotterte Lea.

»Klar geht das«, ergriff nun Colin das Wort. »Das hier ist die Spielwiese für Leute, die darauf stehen, wenn andere ihnen zuschauen. Es gibt im Obergeschoss kleinere Räume, in denen man ungestört ist.«

Lea seufzte erleichtert. »Dann wäre es mir lieber, wenn wir ungestört wären. Ich ... Ich meine, wir sind sowieso schon doppelt so viele, wie ich es gewohnt bin. Äh ... also dabei.«

Die Drei lachten herzlich, während Lea rot anlief und vor Verlegenheit die Augen niederschlug. Sie sah auf, weil sich eine große Hand auf ihr Knie legte, und schaute in Simons Gesicht, der sie aufmunternd anlächelte.

»Keine Angst, Honey. Wir passen auf dich auf, alle drei. Und über die Verlegenheit waren wir doch schon hinaus, oder?«

Lea lächelte etwas gezwungen. »Ja vielleicht, aber es ist nicht so einfach, so schnell zu vertrauen.«

»Du musst uns nicht vertrauen«, sagte Simon ernst und sie schaute ihn überrascht an. »Du musst nur Luke vertrauen.«

Leas Blick schoss zu Lukas, der ihn ruhig erwiderte.

»Lukas vertraue ich blind, egal was kommt! Solange er bei mir ist, habe ich vor nichts und niemandem Angst«, sagte sie fest, während sie in sturmgrauen Augen versank.

»Dann lass uns gehen, Baby«, sagte er ruhig und legte den Arm um ihre Taille während sie, gefolgt von Simon und Colin, gemeinsam die Treppe zum Obergeschoss hinaufgingen.

Lea schmiegte sich an ihn und jegliche Nervosität fiel von ihr ab.

Die Treppe führte in eine Halle, die erheblich kleiner war als der Saal, aus dem sie gekommen waren. Sie bot aber immer noch genug Platz für eine kleine Bar in der Mitte und einige bequeme Sitzecken.

Pflanzen und Trennwände vermittelten Gemütlichkeit und Privatsphäre an den kleinen Tischen. Zu drei Seiten der Halle gingen Türen ab, an der vierten Seite befand sich die breite Treppe, über die sie nach oben gelangt waren. Über den Türen gab es jeweils Leuchttafeln, die entweder grün, blau oder rot leuchteten.

»Grün bedeutet, der Raum ist frei. Blau heißt, der Raum ist besetzt, aber eintreten und mitspielen ist erlaubt. Rot besagt, der Raum ist besetzt und die Spieler wollen unter sich bleiben und wünschen keine Störung«, erklärte ihr Lukas leise.

»Warum schließen sie nicht einfach ab, wenn sie nicht gestört werden wollen?«

»Man kann die Türen abschließen, aber das wird hier nicht gern gesehen. Jeder soll zu jeder Zeit gehen können, wenn er das möchte.«

Lea war beeindruckt. Offenbar machte der Betreiber des Clubs sich Gedanken um die Sicherheit und das Wohlergehen seiner Gäste. Sie entspannte sich noch ein bisschen mehr. Lukas öffnete die Tür zu einem der grün gekennzeichneten Räume und stellte die Anzeige auf Rot.

Das Zimmer war ungefähr so groß wie Leas Wohnzimmer. Sie ließ ihre Blicke durch den Raum schweifen und entdeckte in einer Ecke eine breite Couch, auf der ohne Weiteres zwei Erwachsene aneinander gekuschelt liegen konnten, einen kleinen Tisch und zwei Stühle. In der Mitte des Raumes stand eine mit schwarzem Kunstleder bezogene Liege. Außerdem sah sie Ketten, die von Wand und Decke hingen, unterschiedliche Schlagwerkzeuge und andere Spielzeuge, deren Zweck ihr nicht bei allen Utensilien plausibel war.

Lukas trat zu ihr und nahm sie in den Arm.

»Alles klar, Baby?«, fragte er fürsorglich.

Lea hob den Kopf, um ihm in die Augen sehen zu können.

»Ja Herr, es ist alles okay. Ich bin vielleicht ein bisschen nervös, aber ich fühle mich wohl.«

»In Ordnung. Du kennst dein Safewort?«

»Es lautet ROT, Herr.«

Er küsste sie zart, während er seine Hände sanft an ihre Wangen legte.

»Vergiss nicht, was du mir vorhin versprochen hast. Ich möchte nicht, dass du es für mich durchziehst. Das ist deine Fantasie und wir tun das für dich. Wenn du dich nicht wohlfühlst in dieser Session, es dir zu viel wird, du Angst bekommst oder irgendetwas unangenehm ist, dann will ich, dass du dein Safewort benutzt. Hast du das verstanden?«

»Ja Herr, ich verspreche es dir. Aber welchen Reiz hat dieses Spiel für dich?«

Er schüttelte resigniert den Kopf. »Du denkst immer noch an mich. Das ist genau das, was ich nicht möchte, Lea.«

»Ich habe einfach ein schlechtes Gewissen. Das Gefühl dich zu betrügen, wenn ich mit anderen Männern Lust empfinde, lässt sich nicht so einfach verdrängen.«

Er lächelte. »Du bist so süß. Ich sage dir, was mir den Kick an diesem Spiel gibt. Mich macht es an dir zuzusehen, wie du dich auflöst in deiner Ekstase. Ich will dich erleben mit dieser dreifachen Stimulation. Ich will deine Hilflosigkeit sehen. Und es gibt mir den Kick zu wissen, dass ich die Kontrolle habe. Ich kann es jederzeit beenden, einfach nur, weil ich es will.«

Sie schaute ihn treuherzig an. »Ja Herr, das kannst du. Dein Wille leitet mich. Ich folge deiner Führung, und wenn ich rot sehe, dann sage ich es. Ich verspreche es dir.«

»Okay Kleines, ich vertraue dir. Dann können wir uns beide fallen lassen und genießen. Bist du bereit?«

»Ja Herr, ich bin bereit.«

Er küsste sie sanft. »Dann komm, das Spiel beginnt!«

Hand in Hand gesellten sie sich wieder zu den beiden Männern, die es sich auf dem Sofa bequem gemacht hatten und geduldig auf sie warteten.

»Okay Kleine, zieh dich aus, aber schön langsam, wir haben die ganze Nacht Zeit.«

Lea war nicht weiter überrascht, dass die Ansage von Simon kam.

»Ich ... ich kann das nicht alleine. Die Korsage ist am Rücken geschnürt.«

Jetzt war es Colin, der sich erhob. Mit ruhigen Schritten kam er auf sie zu, ohne sie aus den Augen zu lassen. Er ging an ihr vorbei und stellte sich hinter sie, berührte sie jedoch nicht. Er bewegte sich auch nicht, stand nur da. Dennoch spürte sie ihn mit jeder Faser ihres Körpers. ›Eine Menge Testosteron in diesem Raum‹, dachte sie unwillkürlich. Nervosität kribbelte in ihrem Bauch wie kleine Ameisen. Sie schaute hinüber zu Lukas, der sich zu Simon auf das Sofa gesetzt hatte, die Beine entspannt ausgestreckt. Er sah sie an, ihre Blicke trafen sich. Wie sie diese Sturmaugen liebte, die ihr so viel Halt gaben. Es ist alles in Ordnung, ich passe auf dich auf, schienen sie zu sagen und Lea verlor sich für einen langen Augenblick in ihnen. Sie lächelte und schloss die Augen, spürte die Präsenz des Mannes hinter sich, der mindestens genauso viel Dominanz ausstrahlte wie Lukas. Nur dass diese Präsenz ihr gänzlich fremd war. Fremd, aber nicht unangenehm, stellte sie ein wenig überrascht fest. Nach und nach löste sich ihre Anspannung. Die beiden Männer waren Freunde von Lukas, denen er vertraute, also konnte sie das wohl auch. Und außerdem war er ja auch noch da. Ihr konnte nichts passieren. Sie ließ alle Gedanken los, die ihr im Kopf herumschwirrten, atmete tief und entspannte sich. Plötzlich spürte sie Colins Hände auf ihren nackten Schultern, so sachte, dass sie noch nicht einmal erschrak. Kühle, etwas schwielige Finger strichen zart über ihre Haut. Die Berührung war angenehm. Lea konzentrierte sich darauf. Fühlte, wie er geschickt die Bänder löste und die Korsage den Kontakt zu ihrem Körper verlor. Sie hielt die Augen geschlossen, in dem Bewusstsein, dass ihre Brüste jetzt für jeden Mann im Raum sichtbar waren. Ihre Knospen wurden hart, sämtliche Härchen an ihrem Körper stellten sich auf. Lippen glitten seitlich über ihren Hals. Genauso hatte Lukas sie schon oft liebkost und doch fühlte sich das anders an. Plötzlich spürte sie ein weiteres Paar Hände, das sanft ihren Bauch streichelte. Colin stand noch immer hinter ihr. War das Lukas? Oder Simon? Sie holte tief Luft, hielt die Augen aber geschlossen. Es hatte seinen ganz eigenen Reiz, nicht zu wissen, wer sie anfasste. Colin streichelte ihren Rücken, während jemand ihre Ledershorts öffnete und sie samt Slip an ihren Beinen nach unten schob. Die Hand berührte ihren Knöchel. Gehorsam hob sie erst den linken, dann den rechten Fuß und stieg aus dem Höschen. Jetzt trug sie nur noch die hohen Stiefel, ansonsten war sie nackt. Sie hatte den Eindruck, die beiden Männer vor und hinter ihr tauschten die Plätze. Von hinten übte eine Hand sanften Druck auf ihren oberen Rücken aus und sie begriff, dass sie sich nach vorn beugen sollte. Sie folgte dem wortlosen Befehl, beugte den Oberkörper nach vorne und streckte dem Mann hinter sich ihren Po entgegen. Sogleich wurden ihre Backen auseinandergezogen und man schob vorsichtig einen Analplug in sie, der mit kühlem Gleitgel präpariert war, sodass er mühelos in sie hineinglitt.

Lea seufzte genüsslich.

Sobald das Toy an Ort und Stelle war, spürte sie zwei Hände an ihren Schultern, die ihr bedeuteten, sich wieder aufzurichten. Sobald sie stand, spürte sie warme Lippen auf ihrem Mund. Eine Zunge schob sich fordernd zwischen ihre Zähne. ›Lukas‹, stellte sie fest. Seinen Geschmack würde sie unter Tausenden erkennen. Sie küsste ihn hungrig und stöhnte auf, als zwei Hände von hinten ihre Brüste umfassten und kneteten. Lukas legte eine Hand besitzergreifend um ihren Hinterkopf und küsste sie so verlangend, dass ihr schwindelig wurde. Ihre Arme wurden gleichzeitig angehoben und über ihren Kopf geführt. Karabiner wurden in Ösen geklickt, die offenbar an den Seilen hingen, die von der Decke herunter baumelten. Dann wurden die Seile so weit hochgezogen, dass ihre Arme gestrafft waren und sie keine Bewegungsfreiheit mehr hatte. Danach schob jemand eine Spreizstange zwischen ihre Beine und fixierte sie an den Ösen ihrer Stiefel. Während sie gefesselt wurde, unterbrach Lukas den Kuss keine Sekunde. Leas Atmung ging schneller. Einer der Männer bewegte den Analplug in ihr, während heißer Atem über ihre Brust strich und eine Zunge die Knospe sanft umspielte. Lukas zog sich zurück und auch ihr Nippel wurde freigegeben. Doch schon spürte sie auf jeder Brust einen Mund. Hitze versengte Lea von innen. ›Gott das ist der Wahnsinn!« Genussvoll stöhnte sie. Ihre Knie begannen zu zittern.

Die beiden Männer saugten, leckten und zwickten ihre Brustwarzen, und obwohl sie eigentlich das Gleiche taten, fühlte es sich doch vollkommen anders an. Ihre rechte Knospe wurde zwar zärtlicher geneckt, doch ab und zu saugte er grob oder biss in ihren Nippel. Allerdings fügte er ihr nur so viel Schmerz zu, dass ihre Lust sich steigerte und zwischen ihren Beinen heftig pochte. Der Mann links ging deutlich grober zu Werke. Er saugte fester, zog mit den Zähnen ihre Knospe lang, ließ seine Zunge hart gegen den traktierten Nippel schnellen. Stellenweise musste Lea die Zähne zusammen beißen, um diese Nippelfolter zu ertragen. Doch zwischendurch saugte und leckte er ganz sanft oder pustete hauchzart auf ihre von seinem Speichel nassen Knospe.

Lea war völlig weggetreten. Sie wimmerte, stöhnte, jammerte und bekam dabei nicht mit, dass hinter ihr nichts mehr geschah. So hatte sie nicht wahrgenommen, dass Colin kurz weggegangen war, um einen Gegenstand aus einer anderen Ecke des Raumes zu holen. Ein Fehler, wie sich herausstellte, denn plötzlich erfüllte ein Zischen die Luft. Noch ehe Lea das Geräusch einzuordnen wusste, verspürte sie ein scharfes Brennen auf ihrem Arsch. Sie schrie gellend auf. Er ließ ihr keine Zeit, sich von dem Schreck zu erholen, schon landete der nächste Schlag auf ihrer Backe. Ihre Brüste wurden unterdessen weiter bearbeitet. Als die Schläge Nummer drei und vier laut zischend folgten, wurde ihr allmählich bewusst, dass sie gar nicht so furchtbar hart waren. Sie brannten gemein. Aber dieser Schmerz war köstlich. Waren die Schläge tatsächlich so genau dosiert, dass sie das Brennen auf ihren Backen als lustvoll empfand? Oder lenkte die Stimulation ihrer Brüste sie von dem Schmerz auf ihrer Kehrseite ab? Lea wusste es nicht. Sie wusste nur, dass es auf eine so lustvolle Weise schmerzhaft war, dass sie sich nichts sehnlicher wünschte, als ordentlich den Hintern versohlt zu kriegen. Doch die Peitsche beschränkte sich nicht auf ihre Backen. Die nächsten sechs Hiebe landeten wohl platziert auf ihrem Rücken und ihren Oberschenkeln.

Sie bemerkte nur am Rande, dass die anderen beiden Männer von ihr abgelassen hatten, schon küsste die Peitsche ihren empfindlichen Bauch. Lea war wie von Sinnen vor Lust. Hiebe unterschiedlicher Härte landeten auf ihren Brüsten, ihren Oberschenkeln, sogar auf ihrem Venushügel. Die beiden anderen waren derweil hinter sie getreten, kniffen in ihre Backen, bewegten den Plug und hauchten sanfte Küsse auf ihren Hals und Nacken.

Lea schrie ihre Lust laut heraus. Die Feuerküsse, die ihre empfindliche Haut zum Glühen brachten, raubten ihr fast den Verstand. Sie brannten und Lea stand in Flammen. Colin schlug ganz offensichtlich nicht wahllos. Nein, er verteilte die Hiebe zielgerichtet auf ihrem Körper. Simon und Lukas stimulierten derweil ihr glühendes Fleisch mit Händen, Zungen und Lippen. Sie sehnte sich nach Erlösung und hoffte gleichzeitig, es möge niemals aufhören. Sie hatte sich vollkommen fallen gelassen, in die Lust, in das Feuer, gab sich den drei Männern einfach hin. Sie verlor sich in einem Orkan aus Begierde. Ihre Beine zitterten heftig. Sie war kaum noch in der Lage, einen klaren Gedanken zu fassen. Sie wusste nur, sie musste unbedingt auf ihren zwei Füßen stehen bleiben. Sicher wäre es schmerzhaft und ziemlich abturnend, in die Seile zu fallen, die ordentlich an ihren Gliedern reißen würden. Doch erst als sie glaubte, sich keine Sekunde länger halten zu können, ließen die Drei plötzlich von ihr ab und befreiten sie von den Fesseln und der Spreizstange. Sie zitterte so stark, dass Lukas sie fest in die Arme nahm und ihr beruhigende Worte ins Ohr flüsterte. Simon hielt ihr ein Glas Mineralwasser hin, das sie mit einem dankbaren Lächeln entgegennahm und in einem Zug austrank. Die Flüssigkeit tat ihr gut, war jedoch nicht geeignet, dass Feuer in ihr zu löschen. Aus den Augenwinkeln bekam sie mit, dass Simon und Colin sich auszogen und Kondome überstreiften.

Erst als sie wieder sicher auf ihren eigenen Füßen stand und das Zittern aufgehört hatte, setzte sich Simon auf das Fußende der schmalen Pritsche.

»Komm her, Honey und setz dich«, sprach er sie mit einem dunklen, verführerischen Ton an.

Lukas ließ sie los und geleitete sie behutsam zu der Liege.

Lea atmete mehrmals tief durch. Ihr Herz raste, ihr Magen verkrampfte sich, doch zwischen ihren Schenkeln wütete ein Sturm. Nein, sie wollte es! Kneifen kam überhaupt nicht infrage. Sie schloss die Augen, konzentrierte sich auf die drängende Hitze in ihrem Schritt, drehte sich um, zog Lukas' Kopf zu sich und küsste ihn hungrig. Er erwiderte den Kuss mit gleicher Leidenschaft. Dann warf sie Simon einen glühenden Blick zu, der sie so gierig anstarrte, dass sich das Pochen zwischen ihren Schenkeln weiter verstärkte. Lukas' Hände stützten sie im Rücken, als sie vorsichtig auf Simons Schoß kletterte und seinen Schaft in sich aufnahm.

Simon lehnte sich auf der Liege ein wenig zurück. »Wow, du bist herrlich eng, Darling. Ich liebe es«, raunte er ihr zu. »Leg deine Arme um meinen Hals und halte dich an mir fest.«

Lea schloss die Augen. Sie musste sich zwingen ruhig sitzen zu bleiben. Mit dem Analplug in ihrem Hintereingang und Simons Schaft in sich bekam sie schon mal eine Vorstellung von dem, was auf sie zukam. Ein unbeschreibliches Gefühl. Aber sie hatte keine Zeit, darüber nachzudenken, denn schon wurde der Plug entfernt und ihre Kehrseite angehoben. Colin zog ihre glühenden Backen auseinander und drang vorsichtig in sie ein. Lea keuchte. Das passte tatsächlich ... irgendwie ... Die beiden Männer gaben ihr Zeit und verharrten bewegungslos. Sie wandte schwer atmend den Kopf, schaute in Lukas' vertrautes Gesicht, lächelte, als sie seinen prüfenden Blick bemerkte. Alles klar, signalisierte sie ihm lautlos.

Er legte eine Hand auf ihre Wange, beugte sich herunter und küsste sie lang und fordernd. Lea wimmerte. Sobald sich seine Lippen von ihren lösten, begann Colin sich sachte zu bewegen. Lea stöhnte. Die Penetration war in dieser Form ungewohnt und sehr intensiv. Sie hatte das Gefühl, die beiden würden in ihr aneinander reiben. Feuerwogen zuckten durch ihren Unterleib.

Lukas umfasste ihren Nacken. Gehorsam öffnete sie den Mund, genoss den Moment, als er in sie eindrang und umschloss seinen Schwanz mit ihren Lippen.

Sie schloss für einen Moment die Augen, gab sich dem berauschenden Gefühl hin, in jedem Loch einen Schwanz zu spüren. Als sie die Augen wieder öffnete, versank sie in Lukas' Gewitterblick.

Colin, der von hinten das Tempo vorgab, stieß etwas kräftiger zu. Simon und Lukas nahmen seinen Rhythmus auf. Colin schob sie bei jedem Stoß auf Simons Schaft, während Lukas im gleichen Takt ihren Mund vögelte.

Lea fühlte sich so herrlich dreckig und verdorben. Drei Männer, die sie gleichzeitig benutzten. Das war eine geile Vorstellung, real war es ein gutes Stückchen hinter der Grenze des Erträglichen. Genau dieses Stückchen gab ihr diesen irren, verrückten Kick. Was sie fühlte, war mehr, als ihr Verstand verarbeiten konnte. In diesem Moment wollte sie einfach nur genießen. Sie wusste, Lukas war da und passte auf sie auf. Sie konnte sämtliche Verantwortung an ihn abgeben, sich einfach fallen lassen, nur noch fühlen, nur noch genießen.

Lukas, der ihr tief in die Augen schaute, während er in ihren Mund stieß, sah genau, was in ihr vorging. Es war so leicht, in diesen großen, braunen Rehaugen zu lesen. Mochten auch noch zwei andere Männer ihren Körper benutzen, ihr Vertrauen und ihre ganze Hingabe gehörten ihm allein. Das zu wissen, es so deutlich in ihrem Gesicht zu sehen, ließ sein Herz Purzelbäume schlagen. Es war nicht das erste Mal, dass er gemeinsam mit einem oder zwei seiner Freunde eine Frau bespielte, obwohl er bisher immer die Nummer zwei oder drei gewesen war. Aber Lea sorgte dafür, dass es auch für ihn eine einzigartige Erfahrung wurde.

»Verdorbenes Dreckstück«, flüsterte er rau, weil er wusste, wie sehr sie den Dirty Talk mochte, aber die Art, wie er es sagte, klang in Leas Ohren eher wie ein Kosewort.

In diesem Moment erhöhte Colin das Tempo noch einmal und zog sie alle mit. Lea hörte auf zu denken, fühlte nur noch. Drei Schwänze pumpten in ihren Körper. Kontrollierten sie, dominierten sie, benutzen sie, hart, unerbittlich. Vögelten sie in einen Rausch, bis der Orgasmus in einer wilden, ungezügelten Welle durch ihren Körper raste. Sie krampfte und zuckte so stark, dass Simon ebenfalls mit einem rauen Schrei kam. Nach zwei weiteren tiefen Stößen spürte sie Colins Schaft in ihrem Anus zucken. Lukas zog an ihren Haaren, zog ihren Kopf noch ein Stückchen weiter nach hinten, rammte seinen Schwanz noch ein Stückchen tiefer in ihren Rachen. Er sah ihr fest in die Augen und auch ihr war es unmöglich, den Blick abzuwenden. Dann zuckte auch Lukas heftig und füllte ihren Mund mit seinem Sperma. Ergeben schluckte sie seinen Saft, bis nichts mehr übrig war.

Colin zog sich vorsichtig aus ihr zurück. Simon hob sie von seinem Schoß. Lukas hielt sie einen langen Moment fest, weil ihre Knie so stark zitterten. Sie klammerte sich an ihn, genoss die Wärme seiner Haut und den nach und nach ruhiger werdenden Rhythmus seines Herzschlags. Diese Session war so verdammt intensiv gewesen, nur ganz langsam erdete seine Wärme sie wieder.

»Lasst uns draußen noch gemütlich etwas zusammen trinken«, schlug Lukas vor, nachdem alle wieder angezogen waren.

Lea warf einen sehnsüchtigen Blick auf die breite Couch. Sie war vollkommen fertig und hätte sich jetzt gern in Lukas' Arme gekuschelt und von ihm halten lassen. Aber es wäre merkwürdig gewesen, Colin und Simon unmittelbar nach der Session zu verabschieden, das war ihr klar.

Sie fanden draußen in der kleinen Halle einen Tisch an der Wand mit einer Bank und zwei Stühlen. Lukas setzte sich auf die Bank und legte einen Arm um Lea, die sich an ihn kuschelte, so eng sie nur konnte.

Es wurde eine gemütliche und vollkommen entspannte Runde, die Simon auf amüsante Weise mit Geschichten von seinem letzten

Segeltörn auf der Ostsee unterhielt. Von einem Machtgefälle war nichts mehr zu spüren.

Schließlich erhoben Lukas' Freunde sich, nahmen Lea zum Abschied noch einmal in den Arm und drückten sie herzlich. Simon kniff sanft in ihre Wange, bevor er ging. »Das war sehr geil, Honey. Wenn du noch weitere Fantasien hast, lass es uns wissen, Colin und ich sind allzeit bereit.«

Colin küsste sie freundschaftlich auf beide Wangen.

»Wenn du Luke mal leid bist, kannst du dich gerne bei mir melden. Aber so, wie du auf ihn fixiert bist, wird das wohl nicht so schnell passieren«, meinte er augenzwinkernd.

Leas Wangen wurden heiß.

Colin klopfte Lukas auf die Schulter.

»Halt sie gut fest, mein Freund, eine Frau wie die findest du so schnell nicht wieder.«

Damit ließen die beiden Männer das Paar allein.

Lea schmiegte sich in Lukas' Arme, der sanft ihre Locken streichelte. Sie ließen sich eine Menge Zeit, mochten sich nicht loslassen.

»War es so, wie du es dir vorgestellt hast«, fragte Lukas schließlich, als sie mit ihren Gläsern anstießen.

»Nun ich konnte mir gar nicht so recht vorstellen, wie das sein würde. Aber es war der Wahnsinn. Und es hat dir tatsächlich nichts ausgemacht. Darüber bin ich sehr froh.«

»Baby, Colin hat recht, du warst so sehr auf mich fixiert, dass ich selbst dann nicht eifersüchtig geworden wäre, wenn ich dazu neigen würde. Ich fand diese Session sehr geil. Es war toll, dich zu beobachten.«

»Es war unglaublich! Animalisch, sinnlich, aufregend. Und das Vorspiel war sogar noch besser, einfach unbeschreiblich!«

»Lukas lachte. »Das glaube ich dir gern. Drei Männer, die dich gleichzeitig verwöhnen. Gewöhn dich nicht daran. So viel Aufmerksamkeit kann ich dir alleine nicht geben.«

»Das macht gar nichts. So toll das auch war, die Zweisamkeit mit dir kann so schnell nichts toppen!«

Als Lea nach dieser verrückten, ereignisreichen Nacht in den frühen Morgenstunden allein in ihrem Bett lag, war sie zwar satt, befriedigt und um eine unglaubliche Erfahrung reicher. Aber sie war auch schockiert. Sie war entsetzt darüber, was sie mit sich hatte machen lassen. Was sie getan hatte! Niemand hatte sie dazu gezwungen, sie hätte sich nicht darauf einlassen müssen, sie hätte jederzeit die Notbremse ziehen können, aber sie hatte es nicht getan! Es war ihre eigene Fantasie, die Lukas Wirklichkeit werden ließ. Es war noch nicht einmal seine Idee gewesen, sondern ganz allein ihre! Himmel, sie war wirklich eine Schlampe! Kein Wunder, dass Lukas sie nicht lieben konnte. Sie schluchzte, ihr Herz krampfte sich zusammen. Mit Frauen, wie sie eine war, hatten Männer ihren Spaß, nicht mehr und nicht weniger. Und er war noch nicht einmal eifersüchtig gewesen, nicht ein kleines bisschen! Wahrscheinlich war diese Session seiner Vorstellung von Fremdbenutzung schon sehr nahe gekommen. Er war dabei gewesen, hatte auf sie aufgepasst. Aber er hatte sie auch seinen Freunden überlassen und auch noch dabei zugesehen. Nicht nur zugesehen, er hatte mitgemacht und war sogar in der Lage gewesen, Lust zu empfinden. Viel konnte sie ihm wahrhaftig nicht bedeuten. Sie war nicht mehr und nicht weniger als eine x-beliebige Sklavin, die er nach sechs Monaten austauschen würde und sie konnte ihm das noch nicht einmal verübeln. Zum Vögeln war sie gut genug, aber welcher Mann schenkte sein Herz schon einem Luder wie ihr?

15

Lukas war vor einer halben Stunde von der Arbeit nach Hause gekommen. Stundenlang hatte er mit einem potenziellen Auftraggeber um einzelne Positionen, Preise und Formulierungen seines Angebots gerungen. Jetzt war er müde und ausgelaugt und gerade noch in der Lage, sich ein schnelles Omelett zuzubereiten, bevor er endlich die Füße hochlegen konnte. Plötzlich hörte er, wie sich ein Auto mit viel zu hoher Geschwindigkeit in einem zu niedrigen Gang näherte. Hier draußen kamen nur wenige Autos vorbei und Verrückte noch viel seltener. Er schüttelte den Kopf. ›Sicher irgendein Jüngelchen, das mit Papis Auto die Sau rauslässt‹, dachte er. Der Wagen hielt in diesem Moment mit quietschenden Reifen direkt vor seiner Haustür. Lukas runzelte die Stirn. Vielleicht ein Notfall? Vielleicht brauchte jemand Hilfe? Er beeilte sich, zum Eingang zu laufen, um zu sehen, was da los war.

Kaum hatte er die Tür geöffnet, als ihm ein schluchzendes, völlig aufgelöstes Etwas in die Arme sprang und sich verzweifelt an ihn klammerte.

»Lea? Um Himmels willen, was ist passiert?«, rief er schockiert. Als er keine Antwort bekam, legte er seine Hände an ihre Wangen und zwang sie behutsam dazu, ihn anzusehen. Er erschrak, als er ihr Gesicht sah. Auf ihrer rechten Wange, kurz unter dem Auge prangte ein dickes Veilchen. Die Wimperntusche war verschmiert und in ihren Augen stand die reine Panik, die jetzt auch in ihm hochkroch.

»Was ist passiert? Brauchst du einen Arzt? Soll ich dich ins Krankenhaus fahren?«

Gehetzt suchte er nach weiteren Spuren von Gewalteinwirkung. ›Himmel, wenn sie jemand angefasst hatte, wenn irgendein Kerl es gewagt hatte ...‹, er war unfähig, den Gedanken zu Ende zu bringen. Ihre Kleidung sah in Ordnung aus. Nichts war zerrissen. Nur an ihrem Unterarm entdeckte er einen üblen blauen Fleck. Dort schien sie jemand festgehalten zu haben. Wut und Angst machten sich in ihm breit. »Lea, bitte rede mit mir!«

»Alles okay, mir ist nichts weiter passiert«, sagte sie sofort, als sie die Angst in seiner Stimme hörte und ihr klar wurde, was für ein Bild sie abgeben musste.

Er führte sie ins Wohnzimmer und sorgte dafür, dass sie sich hinsetzte. Dann ging er in die Küche, um Eiswürfel in ein sauberes Geschirrtuch zu wickeln.

»Hier, kühl das Auge«, sagte er sanft, nachdem er zurückgekehrt war und sie auf den Schoß genommen hatte. »Und jetzt erzähl mir bitte, was geschehen ist.«

»Ach, so schlimm, wie es aussieht, war es gar nicht«, murmelte sie etwas verlegen, während sie immer noch schniefte und sich um Fassung bemühte. »Ich weiß nicht einmal genau, wie ich hergekommen bin. Es war keine bewusste Entscheidung, zu dir zu fahren. Ich bin einfach losgebraust und habe erst vor zwei oder drei Kilometern gemerkt, dass ich direkt zu dir fahre. Dann brauchte ich plötzlich so dringend deine Wärme, dass ich halt die letzten Meter auch noch gefahren bin. Es tut mir leid, wenn ich dich gestört oder erschreckt habe ... oder beides.«

Beschämt ließ sie die Schultern hängen. Ihre Session im Club war drei Tage her und seitdem hatten sie sich nicht mehr gesehen. Doch obwohl sie sich schrecklich schämte, war sie tatsächlich unbewusst auf direktem Weg zu ihm gefahren. Das war schon verrückt.

Lukas schüttelte nur den Kopf.

»Nun zumindest scheint dein Unterbewusstsein zu wissen, dass du immer zu mir kommen kannst und mich ganz sicher nicht störst. Schon gar nicht, wenn du in so einer Verfassung bist. Das du daran zweifelst, macht mich ein wenig traurig. Aber darüber reden wir noch. Jetzt möchte ich erst einmal wissen, was passiert ist.«

»Ach, so schlimm war es auch wieder nicht, ... es war nur ...«

»Lea!«

»Ja, schon gut, sorry. Also ich wollte noch mal kurz zum Supermarkt, weil ich vergessen hatte, Milch zu kaufen. Ich bin also rausgegangen. Als ich die Straße überquerte, kam ein Nachbar von gegenüber aus dem Haus. Er blieb sofort stehen, als er mich sah. Ich habe ihn freundlich gegrüßt und ging weiter. Er rief mich zurück und ich habe mich wieder zu ihm umgedreht, weil ich dachte, er hätte eine Frage. Aber der kam mir viel zu nah, das war mir unangenehm. Und dann hat er mich auch noch am Arm festgehalten und so einen irren Blick bekommen. Er meinte, ich wäre eine süße Maus und sein Highlight des Tages wäre, wenn ich nackt aus dem Bad käme und mich im Wohnzimmer eincreme. Er sagte, ich hätte tolle Titten, und wenn ich mit den Händen die Bodylotion darauf verteile, wäre das ein saugeiler Anblick.«

Sie begann wieder zu weinen. »Mein Bad hat doch kein Fenster und der Lüfter ist überfordert, wenn ich lange und heiß dusche. Deshalb creme ich mich immer im Wohnzimmer ein. Aber ich stelle mich dabei ganz bestimmt nicht ans Fenster. Und selbst wenn, wäre die Straße viel zu breit und das Fenster gegenüber viel zu weit weg! Der Kerl ist ein mieser Spanner! Ohne ein Fernglas kann der mich unmöglich so genau sehen. Verdammt, ich wohne im dritten Stock. Ich wäre niemals auf die Idee gekommen, dass mich jemand da oben beobachtet! Na ja, jedenfalls gab es ein kleines Gerangel, als ich versuchte, mich loszureißen, und der mich festhalten wollte. Dabei habe ich seinen Arm ins Gesicht bekommen. Schließlich habe ich es aber geschafft wegzukommen und bin zu meinem Auto gerannt. Als ich eingestiegen bin, habe ich mich kurz umgeschaut. Der ist mir nicht gefolgt, Gott sei Dank! Ich bin nur so schockiert, das ist alles.«

Lukas presste die Lippen zusammen und knirschte mit den Zähnen vor Wut. »Wirst du das Schwein anzeigen?«

»Ach was, das kann man ihm doch eh nicht nachweisen. Er würde alles abstreiten und das Fernglas damit erklären, dass er ein begeisterter Vogelkundler ist oder so etwas in der Art.«

»Okay, da hast du wahrscheinlich recht.« Er überlegte einen kurzen Moment. »Was hältst du von folgendem Vorschlag: Du gibst mir deinen Wohnungsschlüssel, ich fahre schnell zu dir und packe ein paar Klamotten für dich zusammen. Dann bleibst du erst mal ein paar

Tage bei mir. Unterwegs bringe ich uns etwas zu essen vom Thailänder mit. Das Restaurant haben Alec und ich neulich entdeckt. Es ist sehr gut.«

Lea zögerte. »Also ich weiß nicht ... Ich kann doch nicht so einfach hier ...«

»Lea, du bist völlig durch den Wind und ich möchte nicht, dass du jetzt allein bist. Ich will dich hier bei mir haben, wo ich ein Auge auf dich halten kann. Außerdem glaube ich, dass du meine Nähe im Moment gut gebrauchen kannst.«

»Es muss auch ohne deine Nähe gehen, Lukas. Sechs Monate sind keine Ewigkeit.«

›Was war das jetzt für eine merkwürdige Aussage?‹. Damit konnte er gerade so gar nichts anfangen. Er wollte sich diesen Knilch vorknöpfen und er wollte nicht, dass Lea das mitbekam, sonst würde sie ihn nicht gehen lassen.

»Na, noch sind sie ja nicht rum, also spricht doch wohl zur Zeit nichts dagegen«, knurrte er ungeduldig.

Lea spürte einen Stich in der Brust, der mit dem heute Erlebten nichts zu tun hatte. Tränen schossen ihr in die Augen, was er Gott Lob nicht bemerken konnte, weil sie sowieso vollkommen verheult war. Irgendwie hatte sie die Hoffnung gehabt, dass er sich mit dem Thema noch gar nicht befasst hatte. Aber er wusste es und es war ihm egal. Solange die Zeit, die sie hier war, in die Vertragslaufzeit fiel, fühlte er sich verantwortlich für ihr Wohlergehen. Nach dem Stichtag würde sie ihm gleichgültig sein. Aber das war ja von Anfang an so vereinbart gewesen. Keine Verkürzung, keine Verlängerung, so lautete das Arrangement, das sie beide unterschrieben hatten. Sie räusperte sich.

»Stimmt, wenn ich dir nicht zur Last falle, nehme ich das Angebot gerne an.«

Es fühlte sich zwar nicht richtig an, weil er den Vorschlag nur aus einem Pflichtgefühl heraus machte, aber sie konnte sich im Moment nicht vorstellen, in ihre Wohnung zurückzufahren. Die Vorstellung, sich ständig beobachtet zu fühlen, erschreckte sie.

Lukas schüttelte unwillig den Kopf.

»Habe ich jemals den Eindruck erweckt, dass du mir zur Last fällst? Das ist wirklich ausgemachter Blödsinn!«

Lea sagte nichts mehr dazu. Sie gab ihm den Schlüssel und ließ sich ein Bad ein. Im heißen Wasser entspannte sie sich langsam, erholte sich ein wenig vom Schreck der vergangenen Stunden und rief sich ins Gedächtnis, was sie sich vorgenommen hatte. Sie wollte keine schlechte Laune verbreiten, ihm nichts vorjammern und ihm keine Szene machen. Sie würde sich an die Vereinbarung halten, die sie beide unterschrieben hatten und die Zeit, die ihnen noch blieb, bis zum allerletzten Moment genießen. Das Bad und das Mantra, das sie sich immer wieder vorsagte, taten ihre Wirkung.

Als Lukas nach Hause kam, war Lea relativ gelassen. Sie trug die Tüte mit dem Essen ins Haus, er zwei Koffer mit Klamotten und Dingen des täglichen Bedarfs. Lea deckte den Tisch und verteilte das Essen, das köstlich roch, auf zwei Teller. Sie aßen im einträchtigen Schweigen. Anschließend schauten sie sich eng aneinander gekuschelt eine Komödie im Fernsehen an, um ein bisschen runterzukommen, und gingen früh ins Bett.

In den nächsten Tagen stimmten sich ihre Tagesabläufe ganz von selbst aufeinander ein. Lea gelang es, das Veilchen so perfekt zu überschminken, dass es gar nicht auffiel, wenn man nicht so genau hinschaute.

Lukas nahm sie morgens mit in die Stadt und setzte sie am Atelier ab. Nach Feierabend ging sie noch einkaufen und fuhr danach mit dem Bus zu seiner Firma, um ihn abzuholen. Dann fuhren sie nach Hause, kochten gemeinsam, machten es sich abends gemütlich und gingen meist früh ins Bett, um die Nähe des anderen zu genießen. Der Keller wurde auch weiterhin fast nur am Wochenende genutzt. Unter der Woche waren sie abends einfach zu müde für eine lange Session und Lukas nach eigener Aussage nicht mehr aufmerksam genug, um sich ganz auf sie einstellen zu können.

16

Es war Dienstagabend. Lukas war geschäftlich in Amsterdam, deshalb hatten sie am vergangenen Wochenende nicht spielen können. Sie sehnte sich wahnsinnig nach ihm. Bis Samstag würde sie es noch ohne ihn aushalten müssen, auch wenn sie nicht wusste, wie sie das schaffen sollte. Sie dachte viel zu oft an ihn. An sein Lachen, seine Hände, die sie so unendlich zärtlich und so unerbittlich hart berühren konnten, an das Funkeln seiner Gewittersturmaugen, wenn er sie neckte.

Sie war sehr froh, dass sie vorübergehend quasi bei ihm eingezogen war, denn hier in seinem Haus war er total präsent, selbst wenn er nicht da war. So fühlte sie sich ihm zumindest irgendwie nahe. Ihr Handy spielte plötzlich die vertraute Melodie, die einen Anruf von Lukas ankündigte. Leas Herz schlug vor Freude höher. Vor lauter Hektik wäre ihr das Smartphone fast aus der Hand gefallen.

»Hey Lukas, schön, dass du anrufst, du fehlst mir wahnsinnig», plapperte sie glücklich ins Telefon.

»Habe ich dir erlaubt zu sprechen, du Schlampe?«

Lea stockte der Atem. Lukas war offensichtlich in Spiellaune. Seine Stimme klang so tief, so sexy, so streng, dass es in ihrem Unterleib sofort zu ziehen begann. Sie hielt den Atem an.

»Antworte mir, du Miststück!«

»Verzeih Herr, mit dir habe ich nicht gerechnet«, presste sie atemlos hervor.

»Du hast immer mit mir zu rechnen und immer zugänglich für mich zu sein, Sklavin. Du hast dir soeben zehn Hiebe verdient! So eine Nachlässigkeit dulde ich nicht!«

Himmel, was genau sollte das denn werden? Telefonsex? So etwas hatte sie noch nie gemacht, aber Lukas schaffte es tatsächlich mühelos, dass sie feucht wurde. Nur mit seiner Stimme, nur durch seine Worte.

»Ja Herr, es tut mir leid. Ich habe die Strafe verdient und werde sie mit Freuden ertragen, sobald du wieder hier bist.«

»Ich rufe dich auf dem Festnetz an. Das Handy brauchen wir später noch.«

Sie konnte gerade noch ein Okay erwidern, schon hatte er das Gespräch beendet und das schnurlose Festnetztelefon klingelte.

»Zieh dich aus!«, verlangte er, kaum dass sie das Gespräch angenommen hatte.

»Was?«, quiekte sie.

»Bist du heute schwer von Begriff? Muss ich jeden Satz wiederholen? Runter mit den Klamotten! Sofort!«

»Nein Herr ... äh ... ja Herr, einen Moment bitte.«

Meinte er das jetzt ernst? Sollte sie sich wirklich ausziehen oder sollte sie nur so tun?

»Schlaf nicht ein dabei!«, bellte er.

»Nein Herr, ich beeile mich!«

Sie legte das Telefon auf den Tisch. Was soll's, dachte sie. Sie war allein und sein Spiel machte sie an. Sie war sich zwar nicht sicher, ob er von ihr erwartete, dass sie sich wirklich sämtlicher Klamotten entledigte. Aber seine Fantasie sollte so real wie nur möglich werden.

»Da bin ich wieder und ich bin nackt, wie du es gewünscht hast, Lukas.«

»Wurde auch Zeit«, knurrte er. »Hol einen Vibrator aus dem Schrank im Keller und das Säckchen mit den Wäscheklammern. Das liegt auch dort.«

»Ja Herr!« Lea schluckte. Himmel, was hatte er mit ihr vor?

»Und Lea?«

»Ich höre, Herr.«

»Du wirst gefälligst nicht herumtrödeln! Du hast eine Minute, um die Sachen zu holen, du Dreckstück! Du wirst dich nicht weiter in dem Schrank umschauen und neugierig jeden Gegenstand darin betrachten. Geh und beeil dich! In einer Minute bist du wieder da!«

»Wie du wünschst, Herr.«

Sie lief schnell in den Keller, fand die Gegenstände und rannte zurück ins Wohnzimmer.

»Hast du alles?«

»Ja Herr.«

»Und du bist jetzt nackt?«

»Ja Herr.«

»Gut. Mach ein Foto mit dem Handy von dir und schick es mir!«

»Was?«, fragte sie ungläubig.

»Ich will sehen, ob du auch wirklich getan hast, was ich angeordnet habe, du verdorbenes Luder! Und ich möchte nicht alles wiederholen oder erklären müssen! Oder glaubst du etwa, nur weil ich dir gerade nicht den Hintern versohlen kann, kannst du mir auf der Nase herumtanzen?«

»Nein Herr, ich gehorche deinen Wünschen!«

»Das will ich dir auch raten! Leg den Vibrator und die Klammern erst einmal beiseite und schick mir das verdammte Foto, und zwar sofort!«

Schnell legte sie sich auf die Couch. Sie machte ein Hohlkreuz, um ihre Brüste in Szene zu setzen, winkelte ein Bein an, das andere spreizte sie ein wenig. Dann hielt sie das Handy über sich, schaute lasziv in die Kamera, knipste und drückte auf *Senden*. Sie hörte, wie er tief Luft holte.

»Gott, du bist so ein scharfes Luder!«, stöhnte er. »Bleib genauso liegen.«

»Jawohl Herr, ich bin ziemlich feucht und ich tue alles, was du mir befiehlst.«

»Ich will, dass du dich selbst streichelst, Baby.«

Lea holte tief Luft. »Dein Wunsch ist mir Befehl, Herr, ich tue, was du willst. Sag mir nur, wo und wie ich mich berühren soll.«

Seine Stimme klang leise, rau, sexy, hatte aber trotzdem eine Prise Autorität. Eine Mischung, die sie atemlos machte und zu seinem willenlosen Spielzeug werden ließ.

»Streichele deine linke Brust, ganz hauchzart nur mit den Fingerspitzen.«

»Es ist schöner, wenn du das tust, aber trotzdem fühlt es sich gut an.«

»Stell dir vor, es sind meine Hände, meine Lippen, die deine Haut liebkosen.«

»Rede bitte weiter, Lukas, hör nicht auf. Der Klang deiner Stimme verursacht eine Gänsehaut bei mir.«

»Kneif in die kleine, zuckersüße Kirsche, Baby.«

»Äh ... was?«

»Ich will, dass du in deine Brustwarze kneifst. Fest! Nicht wie ein Mädchen. So fest, wie ich es tun würde.«

Sie tat es und seufzte wohlig.

»Fester, das reicht mir nicht.«

»Mmh.«

»Wenn du dieses Geräusch machst, dann war das noch lange nicht fest genug! Das üben wir später noch. Jetzt streichele über deine Rippen, über deinen Bauch hinunter zu deinen Lippen.«

»Es fühlt sich gut an, Herr. Meine Haut ist ganz weich und warm.«

»Teile deine Lippen mit dem Zeigefinger und sag mir, was du spürst.«

»Ich bin nass, Herr, meine Perle pocht. Es fühlt sich glitschig an, und es ist schön, meinen Finger dort zu spüren.«

»Nimm den Vibrator. Stell ihn auf die höchste Stufe und halt ihn ans Telefon. Ich will hören, wie er schnurrt.«

»Wie du befiehlst, Herr, hier ist er.«

Sie hielt den Freudenspender ans Mikrofon.

»Sehr schön, Lea, jetzt mach ihn aus und steck ihn in den Mund, so weit, wie es nur geht.«

Sie versuchte zu antworten, doch es kam nur ein unverständliches Kauderwelsch heraus. Sie lächelte, denn sie wusste, ihm würden diese Laute gefallen.

»Ja, sehr schön, aber das geht noch ein bisschen tiefer, Babe.«

Gehorsam schob sie den Plastikpenis weiter in ihren Rachen. Und tatsächlich. Er war zwar nur ein ganz schwacher Ersatz für seinen Schaft, aber jetzt war er so tief in ihr, dass sie sich darauf konzentrieren musste, richtig zu atmen und nicht zu würgen. Ein Gefühl, dass sie nur zu gut kannte, denn diese Tiefe verlangte Lukas ihr regelmäßig ab, wenn er ihren Mund vögelte.

»Ja genauso du Luder. So tief wäre mein Schwanz jetzt gerne genau dort.«

Schweigen. Geduldig wartete Lea auf weitere Anweisungen.

»Okay. Zieh ihn raus, aber langsam und mit Gefühl.«

Ein Japsen und Husten war die einzige Antwort. Er lachte leise.

»Jetzt stell ihn auf die höchste Stufe und halte die Spitze an deine Klit.«

»Oh Lukas!»

»Okay, das reicht schon, du wirst jetzt noch nicht kommen! Schieb das Teil in deine kleine geile nasse Pussy.«

»Gott ja! Ich stelle mir vor, es ist dein Schwanz, der tief in mich eindringt«, flüsterte sie, ihre Stimme war belegt und triefte vor Lust.

»Ich schaue mir dein Foto an, Baby. Ich kann mir genau vorstellen, wie du es dir gerade besorgst. Ich wünschte, ich könnte dich riechen, dich schmecken.«

Sie konnte seinen schweren Atem so deutlich durch die Leitung hören, dass sie meinte, den heißen Hauch an ihrem Ohr zu spüren.

»Nimm zwei Wäscheklammern und klemm sie auf deine Nippel, auf beide gleichzeitig!«

»Oh Gott, ist das dein Ernst?«

»Du wirst nicht schummeln, Lea.«

»Aua!«

»Herrlich! Ich kann hören, wie du in den Schmerz atmest.«

»Ja, das tut weh, Herr«, ihre Stimme klang gepresst.

»Das soll es auch, Kleines, du machst das sehr gut!«

»Gott, wie machst du das nur?«

»Was?«

»Wie kannst du nur so klingen? Deine Stimme ist so warm und zärtlich, gleichzeitig so dunkel und streng. Ich würde schon in Flammen stehen, wenn ich dir nur zuhöre, ohne dass ich mich anfasse.«

»Ich will aber, dass du dich berührst. Stell den Vibrator an, die Stufe darfst du dir aussuchen.«

»Ja Herr.«

Sie stellte das Toy auf die unterste Stufe. Sie wollte die süße Lustfolter genießen.

»Lukas?«

»Ja Baby?«

»Was machst du gerade?«

»Ich liege auf dem Bett und reibe mit der rechten Hand meinen Schwanz.«

»Beschreibe mir das bitte genauer, ich möchte es bildlich vor mir sehen können.«

Sie hörte ihn heftiger atmen, was auch ihre Erregung weiter steigerte.

»Ich habe ihn fest mit meiner Hand umschlossen. Er fühlt sich warm und hart an. Ich schiebe meine Faust in einem gleichmäßigen Rhythmus vor und zurück. Nicht zu ruppig, sondern mit viel Gefühl.«

»Hat sich schon ein Tröpfchen von deinem Saft an der Spitze gesammelt?«

»Ja«, flüsterte er rau. »Ich verreibe es auf meiner Eichel, während ich ihn ganz gemächlich weiter wichse.«

Lea wimmerte. »Oh Lukas, wie gerne wäre ich jetzt bei dir! Ich würde dir so gerne dabei zusehen.«

Sie hörte ein Klicken zwischen seinen schweren Atemgeräuschen. Gleich darauf kam etwas auf ihrem Handy an. Ein Bild von seinem großen, dicken, wunderschönen Schwanz. Lea starrte fasziniert auf das Foto.

»Mmh, wunderbar. Den hätte ich jetzt gern in meinem Mund.«

»Ich würde jetzt auch gerne deinen Mund ficken, Kleines. So tief und so heftig, dass du es gerade noch erträgst. Es könnte sogar sein, dass ich dich ein bisschen zum Würgen bringen würde, nur, um dich dann anschließend für das Würgen bestrafen zu können.«

»Oh ja! Ich bin so nass und so kurz davor, aber ich halte mich noch zurück. Bitte, schick mir noch ein Foto, eins von deinem Gesicht. Ich will sehen, wie du genau in diesem Moment aussiehst. Ich will den geilen Ausdruck in deinem Gesicht sehen und deine Sturmaugen in einem Nebel aus Lust.«

Wieder klickte die Handykamera und gleich darauf erschien Lukas' Bild und ihr Herz setzte für ein paar Schläge aus. Es war genauso, wie sie es sich vorgestellt hatte. Er war so verboten heiß! Er schaute mit einem strengen Blick direkt in die Kamera, sodass sie das Gefühl hatte, er würde sie direkt ansehen mit diesem harten und doch so herrlich lüsternen Gesichtsausdruck. Ihr war klar, dass er dieses Master-Gesicht nur für sie aufgesetzt hatte, weil er wusste, wie sehr sie darauf stand.

»Danke Herr«, seufzte sie. »Bitte Lukas, darf ich kommen?«

»Nein noch nicht, Sklavin.«

Sie wimmerte frustriert.

»Ich will, dass du zuerst die Klammern von deinen Nippeln löst. Beide gleichzeitig.«

›Oh verdammt, das wird wehtun!‹, dachte Lea bang. »Ja Herr, wenn du es willst, nehme ich die Klammern jetzt ab.«

Sie atmete tief ein, wappnete sich gegen den Schmerz und befolgte seinen Befehl.

»Ah, oh Gott!« Tränen traten ihr in die Augen.

»Gut so, jetzt darfst du kommen, du geile Schlampe. Massiere deine Klit und lass mich hören, wie du explodierst.«

Es war keine Explosion, die konnte nur er bewirken und auch nur, wenn er körperlich anwesend war. Es war mehr ein Beben, das in ihrem Unterleib begann, sich dann in ihrem Körper ausbreitete, die Muskeln entspannte. Lea stöhnte wohlig ins Telefon und hörte, wie auch Lukas am anderen Ende mit einem tiefen Stöhnen zum Höhepunkt kam.

Nach einem kurzen einträchtigen Schweigen meinte er mit einem sarkastischen Unterton:

»Sorry Kleines, ich muss mal kurz ins Bad, bin sofort wieder da.«

Lea grinste. ›Tja, ein Mann hatte es halt nicht immer leicht.‹ Sie nahm beide Telefone mit und wechselte von der Couch in sein Bett. Es war spät und sie brauchte jetzt die Gemütlichkeit der weichen Bettdecke und seinen Geruch, den sie noch immer im Bettzeug wahrnehmen konnte. Das war zwar kein Ersatz für die Wärme seines Körpers, aber besser als nichts. Als er zurückkehrte, kuschelte sie sich in die Kissen und achtete darauf, dass die Leere, die plötzlich wie eine kalte Faust nach ihrem Herzen griff, nicht in ihrer Stimme zu hören war.

»Wieder da«, klang es aus dem Telefon.

»Schön, alle Spuren beseitigt?«, neckte sie ihn.

»Na klar«, erwiderte er mit einem Grinsen in der Stimme.

»Du bist irre, weißt du das eigentlich? Und ich wohl auch, wenn du es schaffst, mich sogar durchs Telefon zu dominieren.«

Sein dunkles Sexylachen zauberte eine leichte Gänsehaut auf ihren Körper.

»Das schaffe ich nur, weil du es auch zulässt und das weißt du auch.«

»Ich weiß. Ich liebe es, wenn du das tust. Und so unerwartet hat es einen ganz eigenen Reiz gehabt.« Sie seufzte schwer. »Aber jetzt fehlst du mir. Ich wünschte, du wärst hier.«

»Du mir auch. Die Zeit bis zum Ende der Woche ist noch verdammt lang.«

»Wann kommst du denn genau wieder?«

»Freitagabend habe ich noch ein Geschäftsessen. Erst danach kann ich losfahren und dann bin ich sicherlich erst spät in der Nacht zu Hause.«

»Okay, dann sehen wir uns. Weck mich ruhig, wenn du da bist.«

»Ja, ich freue mich auf dich, Baby.«

Sie versicherte ihm, dass sie sich ebenfalls auf ihn freute, verabschiedete sich dann aber schnell mit der Ausrede, sie sei müde. Sie war fast ein bisschen erleichtert, als er auflegte, denn die Tränen liefen ihr über die Wangen. Sie hätte den lockeren Plauderton keinen Moment mehr länger durchgehalten. Laut schluchzend ließ sie den

Kopf ins Kissen fallen. Sechs Monate waren wirklich keine besonders lange Zeit. Die Uhr tickte. Und nichts schien sich verändert zu haben, zumindest nicht für Lukas. Für ihn war das normal. Es war ja nicht seine erste zeitlich begrenzte Fickbeziehung. Bald würde er seiner Wege gehen und Ausschau nach der nächsten Sechsmonatssklavin halten.

Und sie? Für sie hatte sich alles verändert, einfach alles. Nein, sie hatte keinen Mann in ihrem Leben gewollt, nur einige unvergessliche Sessions mit einem Dom, der sich nahm, was er wollte und sie seinem Willen unterwarf. Nun genau das hatte sie bekommen. Das und noch so viel mehr, von dem sie niemals auch nur zu träumen gewagt hätte.

Und trotzdem war es nicht genug. Denn jetzt wollte sie nicht mehr und nicht weniger als seine Liebe und die möglichst für den Rest ihres Lebens. Sie wollte, dass er zu ihr stand und sie nie mehr verließ. Aber das würde wohl ein Traum bleiben. Klar, er hatte nicht nur eine harte Seite. Er war zärtlich, fürsorglich, manchmal sogar romantisch. Aber das alles schien zu dem Programm zu gehören, das sie gebucht hatte. So sehr er ihr auch unter die Haut gegangen war, so sehr sie ihn auch liebte. Sie hatte es nicht geschafft, sein Herz zu berühren.

17

Seit sie bei ihm wohnte, bestand eine Absprache zwischen ihnen. Wenn Lukas sie zu einer Session in den Keller beorderte, hatte sie ihre Zustimmung oder auch Ablehnung - was bisher noch nie vorgekommen war - sofort zu signalisieren. War sie dann entgegen seiner ausdrücklichen Anweisung noch bekleidet, handelte es sich um alte Klamotten, die er ihr vom Leib reißen durfte. Natürlich wurde die Missachtung seines Befehls obendrein auch noch bestraft.

Mit prickelnder Vorfreude antwortete sie daher:

»Jawohl Herr!«, als er sie am Samstagvormittag barsch aufforderte, ihn nackt, mit verbunden Augen und auf Knien im Spielbereich zu erwarten. Stattdessen kniete sie, vollständig bekleidet mit einem einfachen T-Shirt und Leggings, aber immerhin mit einem Schal über den Augen, vor dem Altar im Keller. Sie hörte ihn über sich im Haus herumlaufen, dann Geräusche oben an der Garderobe und dann nichts mehr. Sie lauschte mit angehaltenem Atem, hörte aber nichts. Mit einem Mal hatte sie das Gefühl, dass er ganz in ihrer Nähe war. Er musste seine Schuhe ausgezogen haben und extra leise gewesen sein. Doch sie kam nicht mehr dazu, darüber nachzudenken, weil sie von einem Moment zum anderen grob auf die Füße gerissen wurde. Eine Faust krallte sich in ihr Shirt und riss daran. Obwohl sie damit gerechnet hatte, schrie sie vor Schreck auf. Gleichzeitig rauschte die Lust wie ein Güterzug durch ihren Körper. Sie liebte es, wenn er ihr gewaltsam die Klamotten vom Leib riss, sie vereinnahmte, über sie bestimmte, sich rücksichtslos nahm, was er wollte. Sie suhlte sich in seiner Dominanz und stöhnte auf, als der Stoff mit einem lauten Geräusch nachgab und sie den Luftzug auf ihrer Haut spürte. Genauso unsanft befreite er sie von den Leggings, presste ihren Oberkörper mit einer Hand auf die Steinplatte und rammte seinen Schwanz in ihre nasse Pussy. Er sagte nicht ein einziges Wort. Nur ihre Schreie und das Klatschen seines Beckens gegen ihren Hintern waren zu hören. Wieder und wieder stieß er in sie, stillte seine wilde, ungezügelte Lust an ihr. Er ließ sie nicht kommen, zog sich aus ihr heraus, als sie kurz davor war, griff in ihren Nacken, um sie umzudrehen und wieder auf ihre Knie zu stoßen. Sein Schaft strich über ihre Lippen und sie öffnete stöhnend den Mund, um ihn einzulassen. Ungestüm vögelte er ihren Mund, stieß wieder und wieder tief in ihren Hals. Als er schließlich kam, hielt er sie im Nacken fest und presste sein Becken gegen ihr Gesicht. Ergeben schluckte sie seinen Saft, doch er gönnte ihr keine Pause. Grob zog er sie hoch und trieb sie vor sich her auf das Podest. Dort spreizte er mit den Füßen ihre Beine, legte ihr Fußmanschetten an und kettete sie am Boden fest. Dann legte er Manschetten um ihre Handgelenke und hakte Karabiner ein. Er hob ihre Arme an und hakte sie in zwei hängende Seile ein. Sie bemerkte, dass Lukas sich von ihr entfernte, und plötzlich startete die Automatik, mit der die Seile hochgezogen wurden. So hoch, bis ihre Arme komplett gestreckt waren, und sie sich auf die Zehenspitzen stellen musste. Erst da stoppte er den Seilzug. Sie wartete, wusste nicht, wie lange. Zwei Minuten? Zehn? Fünfzehn? Lea hatte jegliches Zeitgefühl verloren. Das Stehen auf Zehenspitzen war nicht so schlimm. Aber die Stille wurde immer unerträglicher. Ein scharfes Zischen war die einzige Warnung, bevor der erste Hieb sie traf. Lea schrie. Das war kein Flogger. Der Schmerz war scharf und gemein. Eine Gerte vielleicht oder ein Rohrstock. Der nächste Schlag landete auf ihrem Hintern, dann auf der Rückseite ihrer Schenkel. Er hatte ihr nicht gesagt, wie viele Schläge sie erwarten würden, hatte sie nicht aufgefordert zu zählen oder gar sich zu bedanken. Er sagte rein gar nichts. Nichts! Der nächste Hieb traf ihren Bauch. Lea schrie. Dass die Schläge ohne Vorwarnung auch ihre Front trafen, erschreckte sie. Das tat er sonst nur selten. Dann ein Zischen, dem kein Schmerz folgte. Er hatte offenbar einfach in die Luft geschlagen, um sie zu verwirren. Der Nächste traf ihre linke Brust.

»Lukas! Bitte sprich mit mir!«, rief sie japsend.

Die einzige Antwort war ein weiterer Schlag, der auf ihren Rücken klatschte. Die Stille, die nur vom Fauchen des Schlagwerkzeugs und ihren Schreien unterbrochen wurde, dröhnte in ihren Ohren. »Lukas!«, schrie sie.

Der nächste Schlag sauste auf ihre rechte Brust. Plötzlich hatte sie das Gefühl, als würde ein Güterzug auf sie zu rasen und sie jeden Moment überrollen. Panik raubte ihr die Luft zum Atmen.

»ROT!«, schrie sie mit aller Kraft, die sie noch hatte.

Sofort war er bei ihr, zog ihr die Augenbinde vom Kopf.

»Mein Gott, Kleines, was ist denn?«, rief er erschrocken und schlang die Arme um sie.

»Mach mich los! Mach mich los!«, keuchte sie.

Er löste die Karabiner und sie wäre fast zusammengeklappt, als die Seile sie nicht mehr hielten. Schnell packte er sie, setzte sich in den nächstbesten Sessel und nahm sie auf den Schoß.

Sie zitterte wie Espenlaub und schluchzte laut.

»Was brauchst du, Lea? Brauchst du mehr Platz? Soll ich ein Stück weggehen, damit du besser atmen kannst?«

Wortlos schüttelte sie den Kopf und krallte sich an ihm fest. Lehnte sich an seine Brust, während er hilflos ihren Rücken streichelte.

»Was ist geschehen? Warum bist du so abgestürzt? Bitte rede mit mir!«

Ganz allmählich wurde sie ruhiger.

»Das kannst du nicht machen, nicht so.«

Sie schüttelte den Kopf.

»Waren die Hiebe mit der Gerte zu hart?«

Sie schaute in sein ratloses Gesicht.

»Sie waren schon grenzwertig, aber das war nicht das Problem. Du musst mich auffangen bei so einer Session. Ich muss zumindest deine Stimme hören oder dich sehen können. Du kannst mich nicht in vollkommener Stille und Dunkelheit allein lassen. Nicht bei so einer harten Session. Das halte ich nicht durch!«

Endlich verstand er und drücke sie noch enger an sich.

»Es tut mir so leid, Baby. So etwas darf einem erfahrenen Dom wie mir nicht passieren. Ich wollte, dass du genau das erfährst. Dunkelheit und Stille. Aber ich habe nicht damit gerechnet, dass du abstürzt. Das habe ich nie gewollt! Es tut mir so leid! Mir war wohl nicht klar, wie sehr du dich beim Spielen tatsächlich auf mich fixierst. Colin hat so etwas schon mal erwähnt nach unserer Session bei Luis.«

»Worauf sollte ich mich denn deiner Meinung nach konzentrieren, wenn nicht auf dich? Zum Beispiel, wenn wir miteinander schlafen? Auf die Decke über mir? Sollte ich kontrollieren, ob die mal wieder einen neuen Anstrich nötig hätte?«

»Unsinn, du lenkst ab. Auf die Gefühle, die durch das, was ich mit dir mache, in dir ausgelöst werden.«

»Ich konnte mich noch nicht mal am Zählen der Hiebe festhalten, weil du mir nicht gesagt hast, wie viele es sein werden. Also Stille, Dunkelheit, Schmerz und Ungewissheit, wie lange ich es ertragen muss und Einsamkeit.«

»Einsamkeit?«, fragte er überrascht.

»Ja. Ich glaube, ich habe mich noch nie so allein und verloren gefühlt. So masochistisch bin ich wohl einfach nicht veranlagt.«

»Gott, es tut mir so leid. Ich habe die Situation völlig falsch eingeschätzt.«

»Hey, es ist okay, es ist ja vorbei.« Sie wühlte zärtlich durch seine Haare. »Das kann passieren, du bist auch nur ein Mensch.«

»Nein, ich bin ein erfahrener Dom und so etwas darf mir nicht passieren!«

Sie verließen den Keller, die Stimmung war eh im Eimer. Stattdessen verbrachte Lea den Rest des Tages damit, ihm klarzumachen, dass die Welt nicht untergehen würde, nur weil ihm einmal in all der Zeit ein Fehler unterlaufen war. Zumal sie im Nachhinein noch nicht einmal mit Bestimmtheit sagen konnte, dass es wirklich nur sein Fehler gewesen war. Wäre sie mit der Situation vielleicht besser klargekommen, wenn sie innerlich so stark und stolz gewesen wäre, wie sie es ihn glauben ließ? Immerhin ahnte er nichts davon, wie traurig und hoffnungslos sie sich tatsächlich fühlte.

18

Die kurze Zeit, die ihnen noch blieb, verging wie im Flug. Sobald sie allein war, überwältigte Lea die pure Verzweiflung. Immer wieder ging sie ihre Optionen durch. Was sollte sie tun? Ihm ihre Gefühle gestehen und darauf hoffen, dass auch sie ihm wichtig geworden war?

Zwei gemeinsame Wochen lagen nur noch vor ihnen und die Leere in Lea wuchs mit jedem Tag. Nur wenn Lukas bei ihr war, vergaß sie ihre Sorgen. Allein seine Anwesenheit machte sie glücklich. Seine Aura, diese ruhige Präsenz, die ihr ein Gefühl von Geborgenheit, von Zuhause sein gab, hüllte sie ein. So musste sie ihm nicht einmal etwas vorspielen, was er vermutlich sofort durchschaut hätte. Sie ließ sich vollständig fallen. Ihre Hingabe war vielleicht eher noch etwas größer. Ihre Leidenschaft vielleicht noch ein bisschen glühender. Vor allem gab es auch keinen weiteren negativen Zwischenfall, sodass er keinen Grund hatte, misstrauisch zu werden.

»Baby, schläfst du nicht genug? Du hast dunkle Ringe unter den Augen«, fragte er sie einmal besorgt, was ihr einen Schreck in die Glieder fahren ließ.

»Ich schlafe tatsächlich nicht besonders gut zur Zeit. Totaler Stress im Job. Wir müssen einen Kalender fertig kriegen. Zusätzlich sind wir noch für Shootings für ein großes Modelabel gebucht, die ihren Katalog Ende des Monats fertig für den Druck haben wollen. Die sind sehr kritisch und mäkeln dauernd an den Aufnahmen herum. Dann müssen wir wieder alles durchgucken, andere Fotos aussuchen oder Bilder neu nachbearbeiten. Das ist im Moment alles ziemlich nervig.«

Das war noch nicht einmal gelogen, nur waren sie diesen Stress im Atelier gewohnt und hatten sich die Arbeit so aufgeteilt, dass sie ganz gut zu bewältigen war. Die Arbeit bereitete ihr ganz sicher keine schlaflosen Nächte, aber das erzählte sie ihm natürlich nicht. Stress im

Job war etwas, was Lukas absolut nachvollziehen konnte. Auch er kannte solche Phasen sehr gut, deshalb zweifelte er ihre Ausrede nicht an. Tatsächlich verbrachte Lea ihre Nächte damit, darüber nachzugrübeln, ob sie sich richtig verhielt. Über ihre Gefühle brauchte sie sich keine Gedanken zu machen. Sie liebte ihn. Sie gehörte zu ihm, daran gab es nicht den geringsten Zweifel. Konnte sie ihn wirklich einfach so kampflos aufgeben? Warum ihn in Watte packen? Ihn einfach so ohne schlechtes Gewissen gehen lassen? Sie wollte ihm die Hölle heißmachen! Er sollte sich gefälligst mit ihren Gefühlen auseinandersetzen! Aber offenbar hatte er nicht das Gefühl, auch zu ihr zu gehören. Er hatte Erfahrung mit solchen Arrangements. Er hatte so etwas schon oft gemacht und scheinbar kein Problem mit der Trennung. Das war sein Spiel, seine Regeln. Sie hatte sich darauf eingelassen und den Unsinn sogar unterschrieben. Sie konnte es auf ihrem Exemplar nachlesen, sechs Monate, keine Verkürzung, keine Verlängerung. Nur Sex, nicht mehr und nicht weniger. Es war ja auch nicht so, als hätte er ihr dieses Spiel aufgezwungen. Nein! Sie hatte genau das Gleiche gewollt, damals zumindest. Ihre Freiheit und ihre Eigenständigkeit waren ihr ja ach so wichtig gewesen. Wie hätte sie ahnen sollen, dass sie sich nicht an die Spielregeln würde halten können? Ihr Problem nicht seines, oder? Und eines erschien ihr besonders wichtig.

Ein Argument stellte ihr ganzes Lamentieren, das ganze Abwägen von Für und Wider in den Schatten, ließ alles andere bedeutungslos werden. Was hatte er ihr gepredigt, immer wieder? Was hatte er ihr eingeimpft, bis sie es verinnerlicht und zu ihrem eigenen Credo gemacht hatte? Stolz! Er wollte sie stolz sehen!

Wollte sie sich wirklich vor ihm in ein jammerndes Häufchen Elend verwandeln, das ihn anflehte, bei ihr zu bleiben? Nein, er sollte sie so in Erinnerung behalten, wie er sie kannte. Seine Sklavin, seine Königin. Sie würde nicht betteln, nicht flehen. Auch wenn er sie nicht lieben konnte oder wollte, er mochte sie und hatte Respekt vor ihr und das zumindest sollte auch so bleiben. Bisher war kein einziges Wort von ihm gekommen, das erkennen ließ, dass er sich Gedanken über das Ende ihrer Vereinbarung und das *danach* machte, während ihre Welt Stück für Stück zerbrach. Enttäuscht fragte sie sich, ob es wohl so enden würde, dass sie nächstes Wochenende die zwei Koffer voller Sachen, die er aus ihrer Wohnung geholt hatte, gemeinsam wieder einpackten. Würden sie sich dann locker, wie zwei gute Kumpel voneinander verabschiedeten und das war es dann?

19

Samstagnachmittag. Es war bitterkalt, als Lea ihr Auto vor Lukas' Haus parkte. Draußen tobten die ersten eisigen Dezemberstürme und so wie das Jahr dahinging, schwand auch ihre Hoffnung.

Wie immer, wenn er sie erwartete, war die Haustür unverschlossen. Er werkelte in der Küche, kam ihr aber entgegen, als er sie bemerkte, nahm sie in den Arm und küsste sie zärtlich.

»Hey Baby, da bist du ja.«

Wie immer vergaß sie alles andere in seinen Armen und strahlte ihn glücklich an.

»Hey, schön dich zu sehen.«

»Hast du Lust, eine Runde mit mir spazieren zu gehen?«

Leas Herz begann zu rasen. Dass er einen Spaziergang bei dieser Eiseskälte vorschlug, hieß dann wohl, dass die Stunde der Aussprache gekommen war. Gewöhnlich saßen sie sich gegenüber oder dicht aneinander gekuschelt, wenn sie redeten. Dieser Vorschlag konnte nichts Gutes bedeuten, oder?

»Klar«, erwiderte sie leichthin und versuchte sich gegen alles zu wappnen, was da kommen könnte.

In dicke Jacken eingepackt wanderten sie los. Durch den großen Garten und dann vorbei an Feldern, die jetzt im Winter brachlagen. Der Weg führte zu dem kleinen See, an dem ihre wunderbare Fotoserie entstanden war. Doch heute hatte sie keinen Blick für die bezaubernde Umgebung.

»Die sechs Monate sind schnell vergangen«, begann er schließlich zögernd.

»Ja«, sagte sie nur.

»Es war eine sehr schöne Zeit mit dir, Kleines.«

»Ja.«

Sie wusste, sie machte es ihm mit ihren einsilbigen Antworten nicht leicht. Aber sie musste sich sehr zusammenreißen, um nicht in Tränen auszubrechen. Mehr als ein Ja brachte sie da einfach nicht heraus.

»Ich weiß nicht, wie du das siehst, aber ich fände es schade, wenn es endet, nur weil die Zeit um ist.«

Ihr Herz setzte ein paar Schläge aus. War das sein Ernst? Waren seine Gefühle für sie etwa doch tiefer, als sie zu hoffen wagte?

»Was genau willst du mir damit sagen?«, fragte sie vorsichtig.

»Nun, so wie es jetzt ist, ist es doch sehr schön, oder? Ich finde, es spricht nichts dagegen, wenn wir einfach so weiter machen, ganz zwanglos.«

Leas aufflackernde Hoffnung brach wie ein Kartenhaus in sich zusammen. ›Nein!‹, schrie es in ihr, ›Das kann doch nur ein Missverständnis sein.‹ Vor einem Augenblick war da noch ein strahlend heller Hoffnungsschimmer am Horizont gewesen, und jetzt … Er wollte diese Fickbeziehung aufrechterhalten, weil es so nett war, sie zu bespielen? Weil er es geil fand, sie zu vögeln?

»Du willst so weiter machen, wie es jetzt ist. Zwanglos?«, fragte sie sicherheitshalber nach.

»Ja«, erwiderte er und lächelte sie unsicher an. »Es ist doch schön so, oder nicht?«

»Nein!«, brach es aus ihr heraus. »Das ist es ganz und gar nicht! Ich halte das keine Minute länger aus! Es tut mir leid, leb wohl!«

Damit rannte sie den Weg zurück, als wäre der Teufel hinter ihr her. Die Tränen, die wie Sturzbäche über ihre Wangen flossen, bekam er nicht mehr mit.

Lukas blieb geschockt zurück. Mit vielem hatte er gerechnet, aber nicht mit dieser Reaktion. Er hatte geglaubt, er würde ihr auch etwas bedeuten. Eine glatte Fehleinschätzung, das wurde ihm jetzt klar. Es tat weh, verdammt weh. Was war er doch für ein Idiot! Er hatte einfach kein Glück mit Frauen. Nicht wenn es um mehr ging als um ein paar geile Sessions. Wie hatte er sich nur einbilden können, dass sich in den letzten zwölf Jahren etwas daran geändert haben könnte?

20

Lea lief einen Waldweg entlang. Sie trug einen Korb bei sich und pflücke Brombeeren. Sie achtete gar nicht mehr auf den Weg, sondern schaute nur auf die Früchte, die sie von den Sträuchern in ihr Körbchen sammelte. Sie war so versunken darin, dass sie ihre Umgebung darüber vergaß. Irgendwann beschlich sie plötzlich das Gefühl, nicht mehr allein zu sein. Sie schaute sich um und bemerkte zum ersten Mal, dass sie gar nicht mehr auf dem Waldweg war, sondern auf einer Lichtung, die von hohen Bäumen und Sträuchern umschlossen war. Der Boden war mit Gras bedeckt, das so hoch gewachsen war, dass es bis kurz über ihre Knie reichte. Sie schaute sich verwirrt um, bekam Angst, weil sie keine Ahnung hatte, wo sie war und wie sie dort hingekommen war.

Dann sah sie ihn. Er stand auf der anderen Seite der Lichtung. Er war zu weit weg, um Details von ihm erkennen zu können. Doch ihr Herz klopfte plötzlich wie wild und sie wusste mit absoluter Sicherheit, dass es nichts gab, was richtiger und echter war als das. Sie ließ ihren Korb achtlos fallen und rannte auf ihn zu. Die Sonne schien, der Himmel war blau und das hohe Gras streichelte ihre Beine beim Laufen. Sie war glücklich, hatte das Gefühl schwerelos zu sein.

Er startete ebenfalls von der anderen Seite und lief ihr entgegen. Er war etwas schneller als sie, hielt in der Mitte der Lichtung an und breitete seine Arme aus.

Ihre letzten Schritte sah sie in Zeitlupe. Sie stieß sich ab und flog in seine Arme. Er fing sie auf und wirbelte sie herum. Durch ihren Schwung verlor er das Gleichgewicht und sie fielen in das hohe Gras. Sie lachten und balgten sich spielerisch, bis er beim Kabbeln auf ihr landete. Abrupt hörte er auf zu lachen und schaute sie sehr ernst an. Sein Blick war so tief, dass sie wusste, er sah alles von ihr, sah, wer sie wirklich war, kannte sie besser, als sie sich selbst. Unendlich langsam beugte er sich zu ihr hinunter und küsste sie. Sie versank in diesem wundervoll süßen Kuss.

Die Szene wechselte. Es war dunkel und über ihnen am Himmel funkelten Hunderte Sterne. Er war über ihr und sie versank in sturmgrauen Gewitteraugen, während er sich unendlich langsam in ihr bewegte. Er füllte sie so perfekt aus, wie nur er es konnte. Sie gab ihm absolut alles von sich und bekam alles zurück. Er öffnete sich ihr so vollständig, dass sie bis in den hintersten Winkel seiner Seele schauen konnte.

Sie sah seine Kraft, seine Stärke, aber auch seine Verletzlichkeit, seine Trauer, seine Ängste, seine Macken und Fehler und seine ganze Liebe, die allein ihr gehörte. Sie schaute in sein Gesicht, dass sie so sehr liebte.

»Ich liebe dich mehr, als ich jemals in Worte fassen kann, Lukas«, flüsterte sie ihm zu.

Langsam und unendlich tief stieß er in sie.

»Ich weiß, Baby, ich sehe es.«

Er lächelte sie zärtlich an. Sie schaute auf seine Lippen, sah, wie er die Worte formte, hörte, wie er sagte:

»Ich liebe dich auch, für immer und ewig. Und ich hoffe, es geht niemals vorbei.«

Wieder wechselte die Szene. Sie lag noch auf der Wiese, immer noch funkelten die Sterne über ihr. Sie war immer noch nackt, doch jetzt trug sie sein Halsband um ihren Hals. Die Arme hatte sie weit über ihren Kopf gestreckt. Die Beine waren leicht angewinkelt und weit gespreizt, ihre Füße standen auf dem Boden. Außer um ihren Hals gab es keine Bänder oder Fesseln an ihrem Körper. Und trotzdem konnte sie sich nicht rühren, nicht einen Zentimeter. Ihre Glieder waren so überstreckt, dass es gerade noch erträglich war. Er hatte sie gefesselt, ohne ein einziges Hilfsmittel, allein mit seinem Willen. Sie konnte auf sich selbst herabschauen, sah rote Striemen, die ihren Körper zierten. Und sie sah Lukas, wie er mit der Peitsche in der Hand und seinem unbeweglichsten Master-Gesichtsausdruck auf sie herab starrte. Nur seine Augen strahlten vor Liebe. Und in diesem

Augenblick spürte sie den Schmerz. Ihr ganzer Körper brannte wie Feuer.

»Fühle, wie heiß meine Liebe zu dir brennt, Baby. Du gehörst mir! Ich lasse dich nie wieder los!« Die Peitsche sirrte, traf ihre glühende Haut, die Lust raste durch ihre Adern. Sie sah sich selbst dabei zu, wie sie in wilder Ekstase zuckte, hilflos seinem Willen ausgeliefert.

»Ich bin dein Eigentum, Herr, bitte beherrsche mich, mach mit mir, was immer du willst!«

Wieder wechselte die Szene. Der Morgen graute, ihr Kopf lag auf seiner nackten Brust. Sein Herz schlug ruhig und gleichmäßig, seine Arme hielten sie warm und sicher. In ihr herrschte absoluter Frieden. Sie war vollkommen mit sich selbst, mit ihm und mit der ganzen Welt im Gleichgewicht. Sie hob den Kopf, sah in sein Gesicht, verlor sich in den Tiefen seiner Gewitteraugen. Langsam, ganz langsam verblasste sein Gesicht mehr und mehr.

Lea erwachte mit wild wummernden Herzen. Ziellos starrte sie in die Dunkelheit, als sie mit einem Schlag in die Realität zurückgeschleudert wurde. Es war also geschehen. Die widersprüchlichsten Emotionen tobten in ihr. Sie war glücklich, wie immer, wenn die Gefühle aus dem Traum noch präsent waren. Und wegen der schlichten Tatsache, dass sie ihn zum ersten Mal überhaupt in ihrem Leben zu Ende geträumt hatte. Das Warten darauf hatte ein Ende. Die bange Frage, ob dieser spezielle Traum ihr überhaupt jemals das Gesicht ihres Gefährten offenbaren würde, war beantwortet und sie war überglücklich, dass Lukas dieser Mann war. Gleichzeitig war sie zutiefst enttäuscht. Sie war immer davon ausgegangen, dass der Traum ihr die Augen öffnen und den Weg weisen würde. Ihr zeigen würde, was sie bis dahin nicht einmal geahnt hatte. Aber dass sie Lukas liebte, wusste sie auch so. Wenn sie das gleich nach ihrem ersten Date geträumt hätte oder zumindest irgendwann zu Beginn ihres Arrangements, dann hätte sie vielleicht eine Chance gehabt, für ihr Glück zu kämpfen. Aber doch nicht jetzt, wo es zu spät war! Dieser Gedanke wiederum ließ sie verzweifeln. Was sie ohnehin schon die ganze Zeit gewusst hatte, traf sie jetzt mit voller Breitseite. Noch nie hatte ein Mensch ihr so viel bedeutet wie Lukas und trotzdem war ihre Zeit vorbei.

Sehnsüchtig flüsterte sie seinen Namen in die Dunkelheit, während salzige Tränen über ihre Wangen rannen.

›Und wenn ich den Traum ganz am Anfang gehabt hätte‹, fragte sie sich, ›hätte es im Ergebnis etwas geändert? Hätte ich etwas anders gemacht? Vielleicht ... ja ... wahrscheinlich sogar. Aber ist Lukas mit seinen negativen Erfahrungen überhaupt beziehungsfähig? Wie hätte er reagiert, wenn ich ehrlich zu ihm gewesen wäre?‹ Sie war immer davon ausgegangen, dass er sich sofort zurückgezogen hätte, wenn er es gewusst hätte. ›Wäre es so gekommen? Einen Versuch wäre es alle Male wert gewesen. Aber es ist zu spät.‹

21

Lea wusste nicht, seit wann sie in ihrem Bett lag. Stunden? Tage? Es war ihr egal. Auf der Arbeit hatte sie sich krankgemeldet. Sie lag einfach nur da und starrte Löcher in die Decke über ihr. Sie raffte sich nur auf, um auf die Toilette zu gehen. Und wenn sie dann schon mal auf den Beinen war, trank sie ein Glas Wasser aus der Leitung und schleppte sich wieder ins Bett zurück.

Manchmal schellte jemand an der Tür, verlor aber relativ schnell die Geduld und es wurde wieder still.

Rebecka war im Skiurlaub und bekam von den Trümmern ihres Lebens nichts mit. Einerseits war das schade, denn gerade jetzt hätte sie ihre Freundin gebraucht. Andererseits wollte sie niemanden sehen und hören und Becky hatte ihr schließlich vor einiger Zeit ausdrücklich abgeraten, sich weiterhin mit Lukas zu treffen. Sie hatte den Rat in den Wind geschlagen, da war es nur gerecht, wenn sie jetzt allein durch diese schwere Zeit hindurch musste.

Die Türglocke schellte erneut. Sie blieb liegen und wartete darauf, dass es endlich wieder still wurde. Aber das Klingeln hörte nicht auf. Es wurde langsam nervtötend. Als sie es nach einer kleinen Ewigkeit nicht mehr aushielt, quälte sie sich erbost aus dem Bett und schlich zur Tür. Kaum hatte sie einen Spalt geöffnet, um den lästigen Besucher abzuwimmeln, da wurde die Tür auch schon energisch aufgedrückt.

»Alec? Was willst du denn hier? Ich bin gerade nicht auf Besuch eingerichtet. Komm bitte ein anderes Mal wieder, ja?«

Alec musterte sie von oben bis unten und rümpfte die Nase.

»Ja, das sehe ich. Und so ungefähr habe ich mir das auch vorgestellt, wenn auch etwas weniger muffig. Meine Güte, warum hast du sämtliche Vorhänge zugezogen? Hier kommt man sich ja vor wie in einem Grab!«

»Ich habe ein Spannerproblem«, grummelte sie.

»Ach der ... den haben Lukas und ich uns doch schon vor Wochen vorgenommen, wegen dem brauchst du dich hier nicht verbarrikadieren!«

»Was? Ihr habt den Typen geschlagen? Seid ihr verrückt? Ihr könnt euch doch nicht so in Schwierigkeiten bringen! Was, wenn der euch wegen Körperverletzung anzeigt?«

»Himmel, jetzt verstehe ich, warum Luke dir nicht erzählt hat, dass wir dort waren. Wer sagt denn, dass wir ihn verhauen haben, hm? Luke hat mich damals extra vom Auto aus angerufen und gebeten mitzukommen, weil er so wütend war. Er wollte, dass ich ihn zurückhalte, falls er in seiner Wut etwas Dummes tut. Wenn er ihn hätte verprügeln wollen, wäre er sicher allein hingefahren.«

»Man und ich dachte damals, er fährt extra in die Stadt zurück, um mir meine Sachen zu holen. Hätte ich geahnt, dass er diesem Spanner einen Besuch abstatten will, hätte ich ihn bestimmt nicht gehen lassen. Aber das wusste er wohl. Und was genau habt ihr da gemacht?«

»Ich mache dir einen Vorschlag: Du springst unter die Dusche. Mir scheint, du hast es dringend nötig. Und nimm dir bitte frische Klamotten mit! Ich reiße alle Fenster auf und wenn der Muff hier drin beseitigt ist, essen wir eine Kleinigkeit. Ich habe ein paar belegte Brötchen mitgebracht. Danach unterhalten wir uns.«

»Kannst du nicht bitte einfach wieder gehen?«

»Nein!«

»Ich brauche weder frische Luft noch habe ich Hunger. Und eigentlich ist mir auch egal, was ihr mit meinem Nachbarn gemacht habt. Scheinbar haben sie euch nicht dafür eingebuchtet, also war es wohl okay. Ich danke dir für deinen Besuch und wünsche dir noch einen schönen Tag!«

Sie öffnete die Wohnungstür wieder und schaute ihn auffordernd an.

Alec verschränkte die Arme vor der Brust.

»So wie ich das sehe, hast du zwei Möglichkeiten und du bekommst dreißig Sekunden Zeit zu entscheiden, welche davon es werden soll:

Entweder du gehst jetzt freiwillig duschen oder ich trage dich in dein Badezimmer und stelle dich so, wie du bist mitsamt Klamotten unter die kalte Dusche. Entscheide dich schnell und mach nicht den Fehler, mich zu unterschätzen! Das ist keine leere Drohung!« Lea schaute ihn für einen kurzen Moment giftig an. Drehte sich dann um und verschwand zuerst im Schlafzimmer, wo sie wahllos eine frische Jogginghose, T-Shirt und Unterwäsche aus dem Schrank zog und dann in Richtung Bad stakste. Die ganze Zeit über schimpfte sie laut über die Arroganz dominanter Männer, die sich in Dinge einmischten, die sie nichts angingen. Als sie die Badezimmertür hinter sich schließen wollte, hielt Alec die Tür fest.

»Du hast fünfzehn Minuten. Denk nicht mal daran, dich da drin zu verschanzen. Wenn du nicht pünktlich wieder rauskommst, hole ich dich! Notfalls trete ich die Tür ein!«

»Komisch, bei Lukas hat mich die dominante Masche erregt, bei dir ist sie einfach nur nervig!«

Er lachte. »Das ist keine Masche, weder bei Luke noch bei mir. Und dass du bei mir kein feuchtes Höschen kriegst, ist vollkommen in Ordnung. Aber jetzt mach, dass du unter die Dusche kommst, die erste Minute ist schon rum!«

Lea warf ihm noch einen mörderischen Blick zu, bevor sie ihm die Tür vor der Nase zuschlug, sie aber, wie er zufrieden feststellte, nicht von innen verriegelte. Er nutze die Zeit, um sämtliche Vorhänge und Fenster zu öffnen. Das Kaffeepulver fand er in der Küche auf der Arbeitsplatte. Er kochte Kaffee und suchte in den Schränken nach Geschirr. Als Lea frisch geduscht dazukam, goss er das schwarze Gebräu gerade in zwei Tassen. Er musterte sie besorgt. Sie war blass und viel zu dünn. In ihren mit dunklen Ringen geränderten Augen stand eine Qual, die ihm ins Herz schnitt. Lustlos kaute sie an ihrem Brötchen herum. Obwohl ihr Magen laut und vernehmlich knurrte, bekam sie kaum etwas herunter.

»Wann hast du das letzte Mal etwas gegessen?«

Sie zuckte die Schultern. »Keine Ahnung, welchen Tag haben wir heute?«, fragte sie ohne großes Interesse.

Er schüttelte den Kopf.

»Ich verstehe dich nicht. Warum hast du ihn abblitzen lassen, wenn es dir doch ganz offensichtlich so schlecht damit geht?«

Lea starrte ihn mit leerem Blick an.

»Ich habe ihn abblitzen lassen? Ach so, ja ... so kann man das natürlich sehen, wenn man möchte.«

»Erkläre es mir, ich möchte es gerne verstehen.«

»Warum bemühst du dich extra hierher, um mich das zu fragen? Frag doch ihn.«

»Das habe ich. Er sagte, er hätte dich gebeten zu bleiben und du hast ›Nein‹ gesagt und bist fortgerannt. Mir kam das komisch vor. Es war nicht zu übersehen, dass du ihn liebst. Deshalb würde ich gerne von dir wissen, was passiert ist.«

»Er hat mich gebeten zu bleiben und ich habe ›Nein‹ gesagt? Ja, so kann man das natürlich auch sehen.«

Alec seufzte. »Du brauchst nicht jeden Satz zu wiederholen. Ich möchte gerne deine Sichtweise der Dinge hören, deshalb bin ich hergekommen. Wenn ich Wiederholungen brauche, schaffe ich mir einen Papagei an.«

Lea starrte einige Minuten ausdruckslos vor sich hin, bevor sie zu reden begann:

»Du weißt, welcher Art unsere Beziehung war?«

Bei dem Wort Beziehung machte sie Anführungszeichen in die Luft.

Alec nickte kurz. »Ich bin schon viele Jahre mit Luke befreundet, wie du weißt. Ich kenne die Absprachen, die er trifft.«

»Am Anfang war das vollkommen in Ordnung für mich. Ich wollte im Grunde genau das Gleiche wie er. Einen Dom, der mit mir spielt. Der mich führt, mich unterwirft, mit dem ich meine härtesten Fantasien ausleben kann. Und das alles bitteschön ganz unverfänglich. Eine reine Fickbeziehung ohne Verpflichtungen, ohne Bindungen und ohne tiefere Gefühle. Was ich damals schon affig fand, war, dass er darauf bestand, das Ganze schriftlich festzuhalten und dass das Arrangement einen festen Zeitraum hatte.«

Alec nickte verständnisvoll.

»Nicht geplant war, dass ich mich viel zu schnell und viel zu heftig in ihn verliebe. Seit ich mir darüber klar geworden bin, liegt mir diese ganze dämliche Absprache auf der Seele. Die Eckdaten waren so genau festgeschrieben, dass sie keinen Raum für Entwicklungen, ganz gleich welcher Art, boten. Wenn ich mal vorsichtig auf diese Eckdaten zu sprechen kam, in der Hoffnung er würde die Vereinbarung vor meinen Augen zerreißen, hat er gar nicht darauf reagiert. Als er den Wunsch nach einer Verlängerung äußerte, habe ich extra noch mal nachgefragt, was genau er möchte, um Missverständnisse zu vermeiden. Er meinte, alles solle bleiben, wie es ist, ganz zwanglos. Also mit anderen Worten, das Arrangement sollte weiterhin gelten, nur die zeitliche Begrenzung wollte er aufheben.«

Verzweifelt schüttelte sie den Kopf. »Ich kann das nicht mehr, Alec. Ich liebe ihn viel zu sehr. Ich hatte schon seit geraumer Zeit ein Problem damit, dass ich Gefühle entwickelte, die laut unserer Vereinbarung ausgeschlossen waren. Je näher das Enddatum kam, desto mehr belastete mich die ganze Situation. Hätte er mir nur einmal gesagt, dass ihm etwas an mir liegt, wäre ich ihm freudestrahlend in die Arme gefallen. Von Liebe hätte er gar nicht sprechen müssen. Es hätte schon ausgereicht, wenn ich gespürt hätte, dass ich nicht nur ein austauschbares williges Stück Fleisch für ihn bin. Aber einfach nur dieses Arrangement erfüllen, ohne die geringste Hoffnung, dass er irgendwann doch noch mal etwas mehr empfindet, als nur das Vergnügen mich zu unterwerfen und zu vögeln? Nein! Ich mache das nicht mehr mit. Es geht einfach nicht mehr.«

Alec hatte sie keine Sekunde aus den Augen gelassen. Jetzt stand er auf, um sie in den Arm zu nehmen.

»Nein! Bitte nicht! Wenn ich anfange zu heulen, höre ich so schnell nicht wieder auf, deshalb ist es besser, du fasst mich nicht an. Aber danke für die gute Absicht.«

Er setzte sich wieder zurück auf seinen Platz und schaute sie eine Weile nachdenklich an.

»Ich denke nicht, dass du das richtig einschätzt«, begann er bedächtig. »Man sieht es Lukas zwar nicht ganz so deutlich an wie dir. Allerdings nur, weil er über die Jahre gelernt hat, sich eine Fassade aufzubauen, hinter die nur die wenigen Menschen blicken können, die ihn wirklich gut kennen. Aber ich zähle zufällig zu diesem Personenkreis und ich sehe, dass es ihm überhaupt nicht gut geht. Vielleicht hat er es vermieden, über eine feste Beziehung nachzudenken, weil er sich nicht eingestehen will, dass er seine Einstellung ändern muss. Vielleicht hat er auch geglaubt, eure Beziehung wäre einfach stillschweigend in etwas Ernsteres übergegangen und hielt es gar nicht für nötig, frühzeitig lang und breit darüber zu reden. Ich weiß es wirklich nicht und es ist wohl auch müßig, Vermutungen anzustellen. Was ich weiß, ist, dass er dich die wenigen Male, die ich euch zusammen gesehen habe, nicht so behandelt hat, wie er normalerweise als Herr seine Sklavinnen behandelt. Da war eine Intimität zwischen euch, die er sonst nicht aufbaut, nicht so zumindest. Du hast gesagt, wenn du ein bisschen Hoffnung gehabt hättest, hättest du die Chance genutzt. Ich denke, du verlangst ein bisschen zu viel von einem Mann, dessen einzige wirklich ernsthafte Beziehung vor über zehn Jahren sehr schmerzhaft geendet hat. Und der sich selbst geschworen hat, sein Herz nicht mehr zu verschenken. Ich bin mir hundertprozentig sicher, dass er genauso für dich empfindet, wie du für ihn. Er braucht einfach nur etwas mehr Zeit, sich das einzugestehen. Wärst du auf seinen Vorschlag eingegangen, hätte eure Beziehung eine gute Chance gehabt, weiter zu wachsen. Davon bin ich überzeugt.«

»Ja na klar, eine gewachsene Fickbeziehung. Wunderbar!«

Alec schüttelte den Kopf. »Er liebt dich, Lea, da bin ich mir sicher. Als ich ihn fragte, was los ist, hat er mir geantwortet, er hätte dich gebeten zu bleiben, aber du hättest ihn einfach so verlassen. Er glaubt, dass du ihn nicht willst, und versucht irgendwie damit klarzukommen. Aber, wie ich schon sagte, es geht ihm nicht gut.«

Lea starrte ins Leere. »Du glaubst, ich habe einen Fehler gemacht?«

»Da bin ich mir sicher!«

»Und was soll ich jetzt deiner Meinung nach tun?«

»Ganz einfach: geh zu ihm und rede mit ihm.«

Sie schüttelte vehement den Kopf.

»Das habe ich doch schon.«

»Nein, das hast du nicht. Du hast versucht, ihn durch die Blume zu einer Aussage zu bewegen. Ich bin sicher, dass er gar nicht mitgekriegt hat, wovon du wirklich geredet hast.«

»Oh doch, das hat er. Er versteht immer, was ich sage. Er versteht sogar, was ich nicht sage.«

»Lea, wir sind Männer. Sag uns dein Problem und wir liefern dir eine Lösung. Stell uns eine konkrete Frage und wir wägen das Für und Wider ab und teilen dir unsere Entscheidung mit. Offen und direkt. Subtiles Gefasel verstehen wir nicht. Das ist was für Mädchen.«

»Lukas hat mich immer verstanden. Ich bin noch nie einem so aufmerksamen Mann begegnet und ausgerechnet bei dem Thema, das wirklich wichtig ist, soll er schwer von Begriff sein? Das glaubst du doch selbst nicht.«

»Lukas spielt seit gut zehn Jahren mit devoten Frauen. Er beschränkt sie in ihrer Bewegungsfreiheit, er tut ihnen absichtlich weh, aber er ist trotzdem kein Mistkerl. Er ist verantwortungsbewusst. Er achtet auf jede Regung in ihren Gesichtern, auf jeden Blick, jede Geste, jedes Wort, um sicherzustellen, dass sie sich wohlfühlen. Und als guter Dom muss er das auch. Das ist seine verdammte Pflicht, wenn er spielt. Trotzdem ist er immer noch ein ganz normaler Kerl, der mit den Gedanken manchmal noch in der Firma ist, wenn er von der Arbeit nach Hause kommt. Der nicht immer mitkriegt, dass du das, was du sagst, gar nicht so meinst, sondern ihn damit nur zu einer bestimmten Reaktion bringen willst. Dass du ausgerechnet ein Thema, das entscheidend für euer beider Leben ist, nur hintenrum anschneidest, anstatt ihm geradeheraus zu sagen, was du willst, ist ziemlich unfair von dir! Und dumm noch obendrein!«

Ratlos sah sie ihn an. War ihre Entscheidung falsch gewesen?

»Bitte rede mit ihm, Lea. Das zwischen euch ist zu kostbar, um es einfach wegzuwerfen!«

»Glaubst du, das weiß ich nicht? Ich weiß es sogar besser, als du dir vorstellen kannst!«

Eine Weile blieb es still, während Lea eine Idee durchdachte.

»Ich werde es ihm sagen, so, dass er es versteht. Aber ... ich werde nicht mit ihm reden, weil ich fürchte, mich in ein winselndes, jämmerliches Etwas zu verwandeln, vor dem er keinen Respekt mehr haben kann, wenn ich erst mal anfange.«

»Lea ...«

»Nein, warte. Ich weiß, was du sagen willst. Aber hör dir zuerst an, was ich mir ausgedacht habe.«

Nachdem sie es ihm dargelegt hatte, nickte er zögernd.

»Mir wäre lieber, du würdest den direkten Weg gehen, aber du kannst es ja erst mal so versuchen. Wenn das nicht klappt, musst du eben doch die Holzhammermethode anwenden.«

22

Lukas saß im Büro und schlug sich mit den Bilanzen herum, die der Buchhalter ihm vorgelegt hatte, als sich die Tür nach einem kurzen Klopfen öffnete. Seine Sekretärin kam herein und brachte ihm die Post. Stirnrunzelnd entdeckte er neben den üblichen Briefumschlägen ein großes flaches Paket im DIN-A2 Format. Er hatte weder einen Bildband noch einen Kalender bestellt. Einen Absender konnte er auch nicht entdecken. ›Merkwürdig‹, dachte er und öffnete das Paket. Es handelte sich tatsächlich um einen Kalender. Das Deckblatt war ganz in Dunkelblau gehalten. Ein großes wunderschön gemaltes Auge mit einer Iris, die in sanften Farbabstufungen von braun zu grau überging, nahm das obere Drittel der Seite ein. Eine einzige dicke Träne, ungefähr in der Mitte des Bildes, befand sich auf dem Weg nach unten in einen See mit dunklem Wasser. Auf dem Cover stand nur ein einziges Wort: AUGENBLICKE.

Beim Betrachten des Deckblattes erfasste ihn eine tiefe Traurigkeit, obwohl er nicht einmal wusste, warum. Wahrscheinlich war das auf seine momentan grundsätzlich schlechte Stimmung zurückzuführen. Er schlug das schöne, aber beklemmende Deckblatt um auf den Januar und erstarrte.

Zwei glückliche Gesichter lachten ihm entgegen, die Wangen aneinandergeschmiegt. Sein eigenes und Leas. Er im Anzug, Lea schulterfrei und in grünblaulila schimmernder Seide.

Das Selfie hatte sie nach der Comedyshow, die sie besucht hatten, mit der Handykamera aufgenommen, erinnerte er sich. Er setzte sich, starrte das Bild eine gefühlte Ewigkeit lang an und dachte an den Abend zurück. Er war perfekt gewesen, wie so viele Momente mit ihr. Er wies seine Sekretärin an, dass er nicht gestört werden wollte, und schlug das Blatt um.

Februar: Lea, wie sie nackt auf dem Boden im Keller kniete. Die Hände auf dem Rücken gefesselt. Den Kopf zur Seite geneigt blickte sie mit großen Augen direkt in die Kamera. Im Mund hatte sie den schwarzen Gummiball, mit dem sie immer so rattenscharf ausgesehen hatte.

Sein Herz zog sich zusammen. Die Gefühle, die er sorgsam in Schach gehalten hatte, brachen mit voller Wucht über ihn herein. Er vermisste sie so sehr.

März: Eine Aufnahme aus dem unteren Badezimmer, die den Fokus genau auf die Stelle setzte, wo er sie an seinem Geburtstag an die Wand gedrückt und hart im Stehen genommen hatte.

April: Das Selfie von seinem Gesicht im strengen Mastermodus, das er ihr geschickt hatte, als er sie am Telefon dominierte.

Mai: Ein Bild von ihrem Treppenhaus, wo er ihr die Lektion in Selbstdisziplin erteilt hatte.

Juni: Das Foto zeigte ihn von hinten, wie er nackt am See stand, seine Haut in Mondlicht getaucht.

Juli: Ein Bild von den Säcken in der verwahrlosten Ruine, auf denen er ihre Fantasie Wirklichkeit werden ließ. Sogar ein paar Stofffetzen ihrer zerrissenen Kleidung lagen noch auf dem Boden herum.

August: Lea im Käfig, nackt und an die Gitterstäbe gefesselt.

September: Eine Fotografie von ihnen beiden im See, wie sie auf seinen Hüften saß und sie sich im Mondlicht liebten.

Oktober: Ein Bild von ihm, wie er schlafend in seinem Bett lag. Die Laken zerwühlt, die Decke, die sich um seine Hüften geschlungen hatte, bedeckte nur das Nötigste. Ansonsten war er nackt. Er lächelte im Schlaf.

November: Das Selfie von Lea, das sie ihm auf seine Anweisung hin bei ihrer Telefonsex-Session geschickt hatte, wie sie aufreizend und vollkommen nackt auf dem Sofa lag.

Dezember: Eine Lichtung. Auf der Wiese war das Gras viel zu hoch gewachsen. Am Rand wuchs eine wilde struppige Hecke, die voll mit reifen Brombeeren hing.

Völlig gebannt von dem Foto, heftete Lukas so lange seinen Blick darauf, bis er glaubte, jede einzelne Brombeere in der Hecke zu kennen. Dann schoss er hoch und rannte aus seinem Büro, ohne seine erschrockene Sekretärin zu beachten. Vorbei an einem lächelnden Alec stürmte er die Treppe herunter in die Tiefgarage.

»Oh mein Gott, was ist passiert?«, rief die Sekretärin panisch.

»Keine Sorge, es ist alles in Ordnung. Ihr Chef ist intelligenter, als er aussieht«, sagte Alec nur und schlenderte schmunzelnd in sein Büro zurück.

23

Lea saß verloren auf ihrer Couch und starrte Löcher in die Luft. Sie fragte sich zum wiederholten Male, ob Lukas wohl auf ihren Kalender reagieren würde. Und vor allem wie? Hatte Alec recht? Sie traute sich kaum, den Gedanken zu Ende zu denken. Zu groß war ihre Angst, dass er sich irrte. Es klingelte an der Tür. Lea stockte der Atem. Unfähig, auch nur einen Muskel zu rühren, blieb sie sitzen. Ihr Herz hämmerte wie ein Maschinengewehr. Es schellte wieder. Aufdringlicher und länger dieses Mal.

Endlich sprang sie auf, rannte zur Tür, riss sie auf und da stand er.

Lukas.

Er sah gut aus, wie immer eigentlich. Ernster als sonst, irgendwie verkniffener, aber gut.

Sie löste sich aus ihrer Erstarrung, drehte sich um, ging ins Wohnzimmer zurück und überließ es ihm, ihr zu folgen oder auch nicht. Er setzte sich ihr gegenüber und musterte sie eindringlich.

»Du siehst beschissen aus, Kleines«, sagte er mitfühlend.

Und plötzlich stieg eine rasende Wut in ihr hoch. Was fiel diesem Mistkerl eigentlich ein? Er kam hierher in ihren schützenden Hafen, um sich an ihren Qualen zu ergötzen? Sie sprang auf.

»Ach ja? Es tut mir leid, wenn ich deine Augen beleidige. Du siehst übrigens nicht beschissen aus, sondern blendend wie immer. Der Traum eines jeden feuchten Höschens. Und nachdem wir das jetzt geklärt haben, hast du etwas, woran du dich auf dem Weg nach Hause aufgeilen kannst. Ich hoffe, ich habe dir den Abend versüßt. Auf Wiedersehen!«

Er hielt sie am Arm fest.

»Ich gehe nicht eher, bis wir wie zwei normale Menschen miteinander geredet haben. Das wird doch möglich sein, nach allem, oder?«

»Nach allem? Nach allem, was? Nachdem wir unsere bescheuerte Vereinbarung erfüllt haben? Ich habe Neuigkeiten für dich. Sie ist erfüllt! Die Zeit ist um! Es gibt nichts mehr zu sagen. Jeder geht seiner Wege, das waren DEINE Regeln! Du hast mich sogar genötigt, diesen Mist zu unterschreiben! Und jetzt tauchst du hier auf und erzählst mir, dass ich beschissen aussehe? Ich will nichts hören! Geh einfach!«

»Lea. Bitte hör mir zu.«

»Nein! Ich will nichts von dir hören. Es gibt nichts zu sagen. Alles stand schwarz auf weiß geschrieben, weißt du nicht mehr? Ich wünsche dir eine gute Nacht und noch ein schönes Leben! Ich gehe jetzt schlafen. Wag es nicht, in mein Schlafzimmer einzudringen, du bist dort nicht willkommen!«

Damit riss sie sich los, lief in ihr Schlafzimmer, knallte die Tür zu und drehte den Schlüssel von innen zwei Mal um. Dann warf sie sich aufs Bett und starrte an die Decke. Tränen liefen ihr über die Wangen. Himmel, was war nur los mit ihr? Sie hatte ihm den Kalender geschickt, um ihm damit klarzumachen, dass sie etwas Kostbares miteinander geteilt hatten, für das es sich zu kämpfen lohnte. Mit dem Dezemberbild hatte sie ihm ihr »Ich liebe dich« förmlich entgegengeschleudert. Und dann kam er tatsächlich hierher, um zu reden, und was tat sie? Sie rastete komplett aus, schrie ihn an, warf ihm irgendwelche kleinlichen Beleidigungen an den Kopf und ließ ihn dann einfach stehen? War sie verrückt geworden? Was sollte sie tun, wenn er jetzt wieder ging? Sie hatte ihn so sehr herbeigesehnt, aber als er dann tatsächlich vor ihr stand, waren ihr die Nerven durchgegangen. Das war einfach zu viel für sie gewesen. Angestrengt lauschte sie, aber von draußen war nichts zu hören. Dennoch war ihr, als könne sie seine Präsenz fühlen. So wie immer, wenn er in ihrer Nähe war, musste sie ihn nicht sehen, um zu wissen, dass er da war. Er war nicht gegangen und darüber war sie unendlich erleichtert. Sie schluchzte leise. Ihre unbändige Wut war verpufft, die tiefe Trauer war geblieben. Sie fühlte sich nur noch leer und verloren. Außerdem kam sie sich albern vor, so eine Szene gemacht zu haben. Er wollte reden? Schön sie auch. Sie seufzte, schwang sich vom Bett, öffnete die Schlafzimmertür und tappte in das inzwischen stockdunkle Wohnzimmer.

»Lass das Licht aus«, wies sie ihn tonlos an.

Im Dunkeln ließ sie sich neben der Tür auf den Boden sinken und umschlag ihre Knie mit den Armen.

»Entschuldige, ich bin etwas angespannt«, sagte sie nur.

Lange blieb es totenstill im Zimmer.

»Hilf mir, dich zu verstehen, Lea«, kam es schließlich leise von der Couch. »Es stimmt, ich habe anfangs die Regeln diktiert. Ich wollte diese Vereinbarung und ich wollte nicht mehr als eine Affäre auf Zeit mit geilem, unkomplizierten Sex. Den hatten wir, aber dennoch ist etwas geschehen, das ich so nicht vorhergesehen habe. Als die vorgegebene Zeit um war, wollte ich nicht, dass es endet. Ich habe dich gebeten zu bleiben, aber du bist gegangen. Trotzdem kann ich dich einfach nicht vergessen und mit meinem alten Leben weitermachen. Seitdem du weg bist, geht es mir nicht besonders gut. Aber ich habe mich mit dem Gedanken getröstet, dass es dir gut geht, weil dein Leben so weiterläuft, wie du es möchtest. Ich war davon überzeugt, bis ich heute den Kalender in der Post vorgefunden habe. Spätestens nach dem Dezember musste ich herkommen. Und was ich jetzt sehe, verstehe ich einfach nicht. Warum, Lea? Warum bist du gegangen? Es sieht nicht so aus, als wärst du mit deiner Entscheidung glücklich.«

»Du fragst mich warum?«, flüsterte sie tonlos. »Weil es so nicht mehr ging! Eigentlich ging es schon sehr viel länger nicht mehr, aber ich habe es ignoriert.«

»Merkwürdig, ich hatte den Eindruck, es ging ganz hervorragend. Fast schon zu gut. Habe ich wirklich so sehr neben der Spur gelegen? Habe ich nur meine eigenen Gefühle gesehen und deine Signale so falsch gedeutet?«

Lea stand vom Boden auf und drückte auf den Lichtschalter. Beide kniffen geblendet die Augen zusammen, bis sie sich langsam an die Helligkeit gewöhnten. Lea ging zu ihm und setzte sich wieder in den

Sessel ihm gegenüber, um ihn ansehen zu können. Er hatte dunkle Schatten unter den Augen, überhaupt wirkten sie irgendwie stumpf. Das Funkeln und das Lächeln fehlten vollkommen darin. So gut, wie sie zuerst gedacht hatte, sah er dann doch nicht aus.

»Warum ich nicht geblieben bin, möchtest du wissen?«, fragte sie und sah ihn scharf an.

Er nickte stumm.

»Als du mich darum gebeten hast, hat mein Herz geklopft wie ein Presslufthammer. Ich habe dich gefragt, warum du willst, dass ich bleibe, erinnerst du dich?«

Wieder nickte er.

»Wie sehr habe ich mir gewünscht, du hättest in diesem Moment Gefühle gezeigt. Du hättest gar nicht mal sagen müssen, dass du mich liebst. Hättest du einfach nur gesagt, dass du mich magst, wäre das schon genug gewesen. Dann hätte es sich gelohnt zu kämpfen und ich wäre geblieben, selbst wenn die Hoffnung noch so klein gewesen wäre. Aber du sagtest, du willst nicht, dass sich etwas ändert, weil es so zwanglos wie es ist, doch schön ist. Aber das reicht mir nicht, Lukas, nicht mehr. Es hat schon lange vorher nicht mehr gereicht. Nicht mehr, seitdem mir klar geworden ist, wie viel du mir bedeutest. Ich liebe dich, Lukas. Und auch wenn du es nicht hören willst, es fühlt sich gut an, dir nur einmal in die Augen zu sehen und dir das zu sagen. Ich wollte mich nicht in dich verlieben. Ich habe mir deine verdammten Regeln zu Herzen genommen. Ich habe sie sogar unterschrieben! Aber meine Gefühle haben sich irgendwann geändert. Ich könnte dir, selbst wenn ich wollte, nicht mehr genau sagen, wann das war. Aber als es mir dann klar wurde, wusste ich, dass ich leiden würde, sobald es vorbei ist. Ich wusste, ich würde bezahlen, für jede Stunde, die ich mit dir verbracht habe. Und trotzdem habe ich mich dafür entschieden, weiter zu machen bis zum letzten Tag. Bis zum unweigerlichen Ablauf der Sechsmonatsfrist. Und ich habe keine Sekunde bereut. Auch jetzt noch nicht. Egal, wie beschissen es mir geht und selbst, wenn es nie wieder gut wird. Ich bin dankbar für jede noch so kleine Erinnerung. Trotzdem konnte ich diese Scharade keinen Tag länger aufrechterhalten. Ich habe so getan, als wäre alles okay, weil ich jede Sekunde mit dir genießen wollte. Ich weiß, dass ich nie wieder jemanden so sehr lieben werde. Ich kann einfach keine vertraglich geregelte Fickbeziehung mehr mit dir führen. Es geht nicht, so gut es auch war. Ich kann das nicht. Nicht mehr.«

Lukas' Mine blieb unergründlich, während sie sprach. Lange schaute er sie an, dann schüttelte er langsam den Kopf.

»Du liebst mich nicht, Lea.«

»Was?«, fragte sie verwirrt. Sie hatte mit vielem gerechnet. Vielleicht damit, dass er lachen würde oder damit, dass er gleichgültig reagieren würde, aber nicht mit dieser Antwort.

»Du liebst mich nicht«, wiederholte er fest. »Du liebst meine Dominanz, du liebst meine Stärke, den Sex mit mir – sicher. Vielleicht liebst du sogar meinen Humor oder meine Zärtlichkeit danach, aber nicht *mich*.«

Er breitete die Arme aus, die Handflächen nach oben.

»Schau mich an. Ich bin ein ganz normaler Mann. Der Herr, den du zu lieben glaubst, ist nur ein Teil von mir. Aber ich bin mehr als der harte, starke Dom, der jede Situation im Griff hat. Ich habe Schwächen. Ich mache Fehler. Ich habe Ängste. Ich bin oft gestresst. Ich bin nicht immer so aufmerksam, wie ich es vielleicht sein könnte. Du erzählst mir, dass du mich liebst und trotzdem hast du mich einfach aufgegeben, weil du keine Fickbeziehung willst? Hast du dich eigentlich mal gefragt, warum ich dich gebeten habe zu bleiben? Du hast doch überhaupt keine Ahnung, was ich will! Wenn es nur um eine Fickbeziehung ginge, fände ich problemlos eine neue Sklavin, die kein Problem damit hat, meine Regeln zu akzeptieren. Hast du vielleicht mal darüber nachgedacht, dass auch ich mal sehr verletzt worden bin und Angst haben könnte, dir mein Herz einfach so vor die Füße zu werfen? Wenn du mich lieben würdest, hättest du, genau wie ich, nach jedem Strohhalm gegriffen. Und mehr Zeit, um es wachsen zu lassen, wäre ein guter Anfang gewesen. Wirfst du mir ernsthaft vor, dass ich es langsam angehen wollte? Ich sage dir, warum du gegangen bist, ohne uns diese Chance zu geben. Du hast

Angst, genau wie ich! Wir beide haben Angst, verletzt zu werden. Und wir haben Angst davor, so tief zu lieben. Und es tut mir leid, aber ich habe keine Garantien für dich. Schau mich an! Was du hier siehst, ist genau das, was du kriegst, nicht mehr und nicht weniger. Mehr kann ich dir nicht geben. Nicht mehr als mein Herz, meinen Körper und alles, was mich ausmacht, das Gute und das Schlechte. Ob das reicht für ein ganzes Leben? Ich kann es dir nicht sagen. Aber wenn du mich wirklich lieben würdest, dann würdest du den Weg mit mir gehen, anstatt feige davonzulaufen. Wenn du mich wirklich lieben würdest, hättest du keine andere Wahl, als das volle Risiko zu gehen ohne Netz und doppelten Boden. Mit der Option auf die Fresse zu fallen und mit der Option auf eine Liebe, die vielleicht ein Leben lang hält. Ich weiß nicht, was die Zukunft uns bringen wird. Aber wenn du mich aufgibst, noch bevor du es überhaupt probiert hast, dann hast du mich nie geliebt und dann ist jedes weitere Wort zu viel. Und deshalb werde ich jetzt gehen. Leb wohl!«

Lea starrte ihn einen Moment lang an, vollkommen geschockt, unfähig sich zu rühren. Doch als er Anstalten machte aufzustehen, sprang sie blitzschnell aus dem Sessel direkt in seine Arme. Lukas hatte keine Chance, sie aufzufangen und so rutschten beide auf den Boden, wo er sich heftig den Kopf an einem Tischbein stieß.

Sie landete auf ihm und küsste ihn wie eine Ertrinkende, die nach der letzten Planke greift. Sie klammerte sich so verzweifelt an ihn und ihre Berührungen taten seinem wunden Herzen so gut, dass er nicht anders konnte, als ihre Küsse zu erwidern.

Ihre Zungen tanzten einen wilden verzweifelten Tanz. Seine Lippen auf ihrem Mund fühlten sich an, als würde sie endlich wieder nach Hause kommen. Nie hätte sie gedacht, das noch einmal zu spüren, und sie wusste, dass sie nie wieder darauf verzichten wollte.

Er biss so fest in ihre Unterlippe, dass sie einen Schrei ausstieß und den kupfernen Geschmack von Blut schmeckte. Dann packte er ihr Oberteil mit seinen beiden Händen und riss es ihr vom Leib. Sie stöhnte auf und zerrte mit solcher Kraft an seinem Hemd, dass einige Knöpfe absprangen.

»Stopp«, keuchte er, stand mühsam aus der unbequemen Position auf und zog sie unter dem Tisch hervor. Eigentlich hatte er vor, sie in ihr Bett zu tragen. Doch als er sie mit ihrem zerrissenen Shirt und den geröteten Wangen vor sich auf dem Teppich liegen sah, konnte er keinen klaren Gedanken mehr fassen. Er zog an ihrer Jogginghose und schmiss sie samt Slip in eine Ecke. Dann befreite er sich hastig von Jeans und Unterhose. Im nächsten Moment war er wieder über ihr und drang mit einem einzigen Stoß in sie ein. Dann schloss er die Augen, blieb ganz ruhig liegen und genoss ihren engen, warmen, feuchten Schoß. Himmel, wie sehr hatte er sie vermisst. Lea schlang die Arme fest um seinen Hals und ihre Beine um seine Hüften. Sie zog ihn an sich, so nah sie nur konnte.

»Oh mein Gott ja, du hast mir so sehr gefehlt«, stöhnte sie mit geschlossenen Augen.

»Ich liebe dich! Nimm mich, Lukas, bitte! Beweg dich, ich muss dich spüren!«

»Ganz ruhig, Baby, du spürst mich doch. Genieß es!« Damit schob er sich sanft noch tiefer in sie und bewegte sich so langsam, wie er nur konnte in ihr.

Ihr Gesicht war nass von Tränen, die schon wieder über ihr schönes Gesicht liefen. Seine Wangen waren ebenfalls nass und er wusste nicht recht, ob es ihre Tränen oder seine eigenen waren, die seine Haut benetzten.

»Ich lasse dich nie wieder gehen, Baby«, flüsterte er ihr ins Ohr. »Du gehörst mir!«. Damit verschloss er ihre Lippen mit seinem Mund, während er das Tempo erhöhte.

Sie klammerte sich so eng an ihn, dass er nicht wusste, wo sie aufhörte und er anfing. Er wusste nur, er brauchte mehr von ihr und sie mehr von ihm, deshalb gab er ihr alles. Und er wusste, wie sie es mochte. Tief und kraftvoll pumpte er in sie. Ließ sie nicht zu Atem kommen. Stieß härter, zog sich fast ganz aus ihr zurück, um sich dann wieder komplett in ihr zu versenken. Wieder und wieder, während ihre Lustschreie immer lauter wurden und ihre Fingernägel sich immer tiefer in seine Schultern krallten. So fest, dass es wehtat und ihn noch mehr anspornte. Als er spürte, dass sie kurz davor war, sah er in ihr Gesicht und fand, dass sie nie schöner ausgesehen hatte. Sie hatte sich unter ihm vollkommen aufgelöst vor Verlangen. Ihre weit geöffneten braunen Rehaugen waren eine Spur dunkler als normal und verschleiert vor Gier und vor Hingabe. Ihr Blick hing geradezu an seinem Gesicht, ließ ihn keine Sekunde los, so als könnte sie es nicht recht glauben. Als hätte sie Angst, er würde verschwinden, wenn sie auch nur kurz blinzelte. Ihre Wangen waren gerötet und tränennass. Ihr Mund war leicht geöffnet, die Unterlippe zitterte.

»Komm für mich, Baby«, flüsterte er leise und veränderte den Winkel nur ein kleines bisschen, stimulierte den geheimen Punkt in ihr. Mit einem lauten Schrei explodierte sie. Er ließ sich fallen, ließ sich von ihr mitreißen in den Strudel der Ekstase. Ihre Muskeln zogen sich um seinen Schwanz zusammen, melkten ihn. Ließen auch nicht von ihm ab, als er mit einem heftigen Zittern kam. Ihre Muskeln hielten ihn so lange umklammert, bis er auch den letzten Tropfen seines Saftes in ihr heißes, feuchtes Fleisch entladen hatte. Mit einem tiefen, kehligen Stöhnen brach er auf ihr zusammen, vergrub sein Gesicht an ihrem Hals. Ihre weichen Locken kitzelten seine Wangen.

»Lukas«, flüsterte sie nach einer kleinen Ewigkeit und er hob den Kopf, um sie wieder anzusehen. Sie legte ihre Hände sanft auf seine Wangen.

»Ich liebe dich«, hauchte sie. »Ich liebe dich so sehr, dass ich glaube, zerspringen zu müssen.«

Er hielt sie fest und drehte sich behutsam mit ihr im Arm herum, ohne aus ihr herauszurutschen. Sie setzte sich aufrecht und streichelte verträumt seine Brust. Der Geruch von Schweiß und Sex hing schwer in der Luft. Genießerisch atmete er durch die Nase ein. Eigentlich hatte er sie nur von seinem Gewicht befreien wollen. Aber beim Anblick ihres flachen Bauches und ihrer wundervollen Brüste, garniert mit den kleinen, knackigen, dunkelroten Kirschen, regte sich sein bestes Stück schon wieder.

»Ich liebe dich auch, Kleines, mehr als mein Leben«, flüsterte er rau, während er seine Hände andächtig über schweißnasse Haut streichelten. »Ich möchte dich bei mir haben, so oft und so nahe, wie es nur möglich ist. Ich möchte mit dir in meinen Armen einschlafen, und wenn ich morgens aufwache, möchte ich als Erstes dein Gesicht sehen. Ich will, dass du wieder bei mir einziehst, Baby. Glaubst du, du könntest dich wohlfühlen in meinem oder besser gesagt in unserem Haus?«

Sie riss überrascht die Augen auf. »Ist das dein Ernst?«

»Mir war noch nie etwas so ernst«, erwiderte er mit diesem dunklen Bass, der sie bis in ihr Innerstes erschaudern ließ.

»Und außerdem«, jetzt grinste er spitzbübisch und zwinkerte ihr frech zu. »So laut, wie du geschrien hast, kannst du dich bei deinen Nachbarn sowieso nicht mehr blicken lassen.«

Sie schwieg einen, für seinen Geschmack viel zu langen, Moment.

»Mein Zuhause ist da, wo du bist, Lukas. Außerdem fühle ich mich hier sowieso nicht mehr wohl, mit diesem Spanner gegenüber. Wenn du mir erlaubst, dass ich deinem Zuhause auch ein bisschen meinen Stempel aufdrücke, ziehe ich gern bei dir ein.«

Lukas strahlte. Er setzte sich auf und schloss seine Arme behutsam um sie.

»Natürlich kannst du deinen Stempel hinterlassen. Ich bitte sogar darum. Wir können verändern, was immer du willst. Du kannst alle Möbel mitnehmen, die du behalten möchtest. Wir schmeißen dann welche von meinen raus. Wir können auch Sachen neu kaufen. Du hast freie Hand beim Einrichten«, rief er begeistert.

Lea schüttelte den Kopf, während sie die Arme um seinen Hals schlang und ihn küsste.

»Nein, das will ich gar nicht«, lachte sie, als sie sich ein bisschen atemlos von seinen Lippen löste.

»Was willst du nicht?«

Sie sah ihm in die Augen.

»Ich möchte nicht alles verändern, nur ein paar von meinen Sachen unter deine mischen. Dein Haus hat einen ganz eigenen Charme. Es hat mir vom ersten Augenblick an so ein Gefühl von Wärme und Geborgenheit gegeben und ich spüre dich dort so intensiv, selbst dann, wenn du nicht zu Hause bist. Ich möchte es gar nicht großartig verändern. Ich möchte von genau dieser Atmosphäre umgeben sein. Ich möchte dich dort einatmen und mich in dem Gefühl deiner Nähe suhlen.«

Er hauchte einen sanften Kuss auf jeden Mundwinkel.

»Dann ist es beschlossen, Baby. Wir packen dein Zeug so schnell wie möglich. Du bekommst jeden Platz, den du brauchst. Es wird mir ein Vergnügen sein, dir Platz im Kleiderschrank, im Bad, in der Küche und wo auch immer freizuräumen. Und wenn es irgendwo zu eng wird oder etwas fehlt, gehen wir einkaufen.«

»Das erscheint mir alles so unwirklich. Vor ein paar Stunden noch ging es mir so mies. Mein Leben war ein Scherbenhaufen. Und jetzt ... jetzt ist plötzlich alles anders. Du bist da. Du bittest mich, mein Leben mit deinem zu verbinden. Alles ist auf einmal so wunderschön. Ich kann das gar nicht realisieren.«

Er knetete ihre Brüste und zwirbelte ihre Nippel zwischen seinen Fingern.

»Dann lass die Realität noch ein bisschen warten. Sperr sie aus und reite stattdessen meinen Schwanz. Denk nicht, fühle lieber. Spüre mich, Lea.«

Sie sog tief Luft ein, lehnte sich dann weiter zurück und stützte sich mit den Händen hinter sich auf seinen Oberschenkeln ab. Sie legte den Kopf in den Nacken. Ihre langen weichen Locken kitzelten seine Knie. Langsam ließ sie das Becken kreisen. Mit einer Hand reizte er ihre kleinen harten Knospen. Streichelte mal sanft, knetete mal fester, zwickte, kniff. Die andere Hand wanderte währenddessen über ihre Rippen, ihren Bauch, über ihre Hüfte, ihren Venushügel. Er streichelte sanft über das geschwollene Fleisch, während sein Blick auf der Stelle verweilte, wo sein Schwanz in ihrer feuchten Hitze verschwand. Er verfolgte ihre langsamen rhythmischen Bewegungen, mit der sie ihn mal ganz in sich aufnahm, mal ein Stück seines harten Schaftes sichtbar war. Er strich mit dem Daumen über ihre geschwollenen Lippen, kniff fest hinein, entlockte ihr einen kehligen Schrei. Er tauchte seinen Daumen in ihre nasse Spalte, fand ihre Perle und übte nur ganz leichten Druck aus. Gleichzeitig zog er mit der anderen Hand fest an ihrem Nippel und Lea keuchte und schrie.

»Ja Baby, genau das will ich hören, das ist Musik in meinen Ohren«, flüsterte er rau.

Er ließ ihre Brustwarze nicht los, zog noch ein bisschen fester, tat ihr noch ein bisschen mehr weh, genoss ihr Jammern.

»Halt es aus, für mich«, befahl er, gab seiner Stimme absichtlich den strengen, kühlen Master-Tonfall.

Mit Genugtuung nahm er die Gänsehaut wahr, die über ihren Körper rieselte. Sanft streichelte er weiterhin ihre Perle, zu sanft. Es war nicht genug, das wusste er genau. Aber er war noch nicht bereit, ihr die Erleichterung zu gewähren, nach der sie sich so sehr verzehrte. Sie wimmerte. Er ließ ihren linken Nippel los und kniff stattdessen fest in den rechten, während er nicht aufhörte, unendlich sanft ihre nasse Pussy zu streicheln. Ihre Hüften zuckten, ritten ihn härter auf der verzweifelten Suche nach dem Höhepunkt, den er ihr nicht gewährte, noch nicht.

»Bitte Herr, bitte erlöse mich«, bettelte sie.

»Hast du Erlösung verdient, Miststück?«

Ihr verzweifelter Schluchzer gab ihm einen wunderbaren Kick.

»Bitte Lukas, ich bitte dich um Gnade«, jammerte sie.

»Du willst Gnade? Verdiene sie dir! Bezähme deine Gier, Luder!«

Sie jaulte frustriert, wie ein kleines Kätzchen, aber sie ließ seinen Phallus aus sich herausgleiten, drehte sich um und präsentierte ihm ihren kleinen, knackigen Arsch.

»Bitte bestrafe mich, Herr und danach erlöse mich mit deinem wundervollen Schwanz.«

Er ließ seine Fingerspitzen über ihre Backe gleiten, berührte sie hauchzart.

»Bitte«, hauchte sie zitternd.

»Bitte was?«, fragte er kühl.

»Bitte schlag mich, Lukas! Bitte tu mir weh!«

Mit voller Wucht klatschte seine Hand, zuerst auf ihre rechte und dann auf ihre linke Pobacke.

Lea schrie, ihre zarte Haut zeigte sofort zwei herrliche rote Abdrücke.

»Das war nur dafür, dass du respektlos bist und vergessen hast, wie man korrekt kniet.«

»Verzeih Herr«, quiekte sie erschrocken und spreizte die Beine.

Er zog ihre Backen weit auseinander. Dann ließ er seinen Schwanz durch ihre nasse Spalte gleiten, um ihn danach vorsichtig gegen ihren Hintereingang zu drücken. Lea stöhnte laut, während er vorsichtig in sie hineinglitt.

»Bitte benutz mich, Herr. Mein Körper dient nur deinem Vergnügen«, keuchte sie.

»Genau so ist es, Sklavin. Und deshalb wirst du nicht kommen. Du wirst dienen«, raunte er, während er seinen Schaft sanft, aber energisch, bis zum Anschlag in ihrem Arsch versenkte. Er zog sich fast vollständig wieder zurück, nur um erneut tief in ihr zu versinken. Er folgte einem trägen Rhythmus. Quälend langsam, gründlich, genüsslich. Er griff nach ihrem Hintern, zog die Backen auseinander und schaute zu, wie sein Schwanz ihren Anus eroberte. Immer wieder und wieder, ohne das Tempo zu erhöhen.

Lea war halb von Sinnen vor Lust. Sie sehnte sich so sehr nach Erfüllung, aber die versagte er ihr. Sie zitterte inzwischen am ganzen Körper und noch immer hatte er kein Erbarmen mit ihr.

»Bitte Herr«, schrie sie verzweifelt. »Bitte, ich brenne.«

»Du brennst? Bist du sicher?«

Fest schlug er mit der flachen Hand auf ihren Arsch, genau dahin, wo die Haut bereits rote Flecken aufwies. Einmal, zweimal, dreimal, viermal klatschte seine Hand fest auf ihr geschundenes Hinterteil.

»Jetzt brennst du, du Luder«, knurrte er. »Oder brennst du vielleicht noch nicht heiß genug, was meinst du?«

Noch einmal ließ er seine Hand fest auf ihr zartes Fleisch sausen. Dann stieß er, drei, vier Mal hart in sie, bevor er seinen Schwanz aus ihr herauszog und seine Lust mit einem kehligen Stöhnen auf ihre geröteten Backen spritzte. Zitternd kauerte sie auf den Knien, rührte sich nicht. Er stand auf, entfernte sich, kam aber augenblicklich zurück und säuberte sie mit einem feuchten Waschlappen.

»Steh auf und leg dich quer über den Sessel, den Po auf die Armlehne. Ein Bein auf die Rückenlehne.«

Nachdem sie sich nach seiner Anweisung positioniert hatte, kniete er sich vor sie und legte ihr anderes Bein über seine Schulter. Jetzt hatte er einen herrlichen Blick auf ihre feuchtglänzende Pussy. Die unerfüllte Begierde ließ sie herumzappeln, ohne dass sie sich dessen bewusst war.

»So ungeduldig«, murmelte er. »Ich glaube, wir müssen sehr bald mal wieder eine Session dem Thema Disziplin und Selbstbeherrschung widmen.«

Zärtlich leckte er über ihre Schamlippen, ihre unkontrollierten Laute waren Musik in seinen Ohren. Er zog ihre Lippen weit auseinander und pustete sanft in ihren Schoß. Dann drückte er sein Gesicht in ihre Spalte, strich mit der Zunge ganz kurz über ihre Klit. Sie zuckte heftig zusammen.

»Ah, Lukas. Gib mir mehr, bitte, bitte, gib mir mehr!«

Er drang mit zwei Fingern in sie ein, stieß unendlich langsam in sie. Er wusste genau, was sie brauchte. Sie brauchte es schnell und hart, deshalb machte er es langsam und sanft, nahm einen dritten Finger hinzu, ohne das Tempo zu erhöhen. Ihr Becken zuckte unkontrolliert, er legte eine Hand auf ihren Bauch und hielt ihre Beine mit seinem Körper ruhig, sodass sie ihre Hüften nicht mehr bewegen konnte. Während der ganzen Zeit leckte er aufreizend sanft ihr geschwollenes Fleisch, jedoch vermied er, ihre Perle zu berühren. Er wollte nicht, dass sie explodierte. Er wollte, dass sie von innen heraus verbrannte. Zwischendurch zupfte er mit den Zähnen sanft an ihren Schamlippen, lauschte ihren Schreien, ihrem Jammern und Flehen, bis er bemerkte, dass ihr ganzer Körper zu beben begann. Schnell zog er sie vom Sessel, legte sie auf den Boden, spreizte ihre Beine und drang langsam in sie ein. Sofort schlang sie die Beine fest um seine Hüften, legte die Arme um seinen Hals und zog ihn verzweifelt an sich.

Weil ihre Schreie inzwischen so laut waren, dass er Angst bekam, die Nachbarn würden die Polizei rufen, erstickte er ihre Laute mit einem Kuss. Seine Zunge stieß hart und hungrig tief in ihren Mund, der genau das bekam, wonach ihr Schoß sich so verzweifelt sehnte. Ihren Körper dagegen hielt er mit seinem ruhig. Sein Schaft war tief in ihr, groß und hart und leider vollkommen bewegungslos. Das Beben ihres Körpers wurde stärker. Sie war hilflos in ihrer Lust, die ihren Körper schüttelte. Mit den Fingernägeln zerkratzte sie ihm den Rücken.

»Du gehörst mir«, knurrte er wild in ihren Mund. »Ich lasse dich nie wieder gehen. Niemals! Hörst du?«

Dann endlich bewegte er das Becken. Mit drei harten, fast schon brutalen Stößen gab er ihr den Rest und hielt sie, bis das ekstatische Zucken ihres Körpers nach einer kleinen Ewigkeit nachließ. Lange blieben sie so liegen, zu erledigt und zu glücklich, um sich von einander zu lösen. Doch schließlich drückte er sie noch mal zärtlich an sich, gab ihr einen Schmatzer auf die Lippen, stand auf und nahm etwas vom Tisch. Er kam zurück und hielt es ihr mit einem breiten Grinsen hin.

»Ich habe noch einen kurzen Zwischenstopp auf dem Weg hierher eingelegt. Ich wollte doch nicht mit leeren Händen zu dir kommen.«

Leas Herz schlug bis zum Hals und jedes einzelne Härchen auf ihren Armen stellte sich auf. Ungläubig starrte sie auf die Schale in ihren Händen – frische Brombeeren, mitten im Dezember.

Epilog

Beim Erwachen spürte Lea die Nachwirkungen der letzten Nacht. Lächelnd konzentrierte sie sich auf das Brennen ihrer Backen und ihre noch immer schmerzenden Nippel. Sie fühlte sich herrlich gerädert, liebte dieses Nachglühen am Morgen danach.

Lukas' Seite des Bettes, das sie seit über zwei Jahren mit ihm teilte, war leer. Also stand sie auf, um ihn zu suchen.

Auch wenn die Schmetterlinge sich mittlerweile aus ihrem Bauch verzogen hatten, staunte sie immer wieder, wie gut sie beide das schafften, den Alltag zu meistern, ohne das Wir zu verlieren. Wenn sie abends nach Hause kam, klopfte ihr Herz schneller und ein warmes Glücksgefühl rann träge durch ihre Adern. Sie sorgte dafür, dass er ihr das ansah, und wusste, das war der Moment, in dem auch er abschalten und ihre Zweisamkeit genießen konnte.

Im Alltag begegneten sie sich auf Augenhöhe, wie ein ganz normales Paar. Doch es reichte schon ein Wort oder auch nur ein dunkler Blick aus sturmgrauen Augen und das Machtgefälle war da, jagte wohlige Schauer über ihren Rücken.

Wenn sie zu ihm aufsah und in seinen Augen erkannte, dass er das Geschenk ihrer Hingabe ganz bewusst annahm, es genoss und zu schätzen wusste, empfand sie echte Demut. Dieses Gefühl, um das sie ihn damals, als alles begann, gebeten hatte, ohne zu ahnen, dass Demut ohne tiefe Liebe für sie gar nicht möglich war.

Lukas kramte im Spielzeugschrank im Keller, doch als er sie sah, nahm er sie zärtlich in den Arm.

»Guten Morgen, Kleines. Ich muss leider ins Büro.«

»Morgen. Wirklich, heute am Samstag?«.

Wenn es eben ging, hielten sie die Wochenenden von Arbeit frei.

»Es geht nicht anders. Aber als Entschädigung habe ich für heute Nachmittag etwas Besonderes geplant.« Er hob ihr Kinn und schaute sie streng an. »Die Session wirst du dir verdienen, bevor du sie genießen darfst. Deine erste Aufgabe besteht darin, den Spielort zu finden. Ich habe die Koordinaten in dein Handy eingegeben. Du fährst um punkt halb vier mit dem Auto zu einem Parkplatz, den ich als Zwischenziel festgelegt habe. In diesem Korb hier sind einige hübsche Hilfsmittel, die ich später an dir ausprobieren werde. Du wirst ihn mitbringen, ohne vorher hineinzusehen. Vom Parkplatz läufst du nach der Handynavigation über einen Waldweg zu einer alten Villa. Sag dem Türsteher meinen Namen. Er wird dich zu mir führen.« Das klang nach einem Spiel in einem abgelegenen Fetisch-Club, interessant.

»Ja Herr, ich werde dich schon finden.«

Er streichelte ihre Wange.

»Der Korb bleibt zu, vergiss das nicht! Ich weiß, du wirst mich nicht enttäuschen.«

Nach knapp einer Stunde Fahrt fand Lea den Parkplatz und ging zu Fuß weiter. Mit dem Korb in der Hand und den Sonnenstrahlen auf der Haut spazierte sie durch den Wald und hielt gespannt Ausschau nach der Villa. Doch sie sah nichts als Bäume.

Der Weg endete. Vor ihr erstreckte sich eine große Wiese, die dringend gemäht werden musste.

Lukas schien sich bei der Eingabe der Koordinaten vertan zu haben. Laut Navi hatte sie ihr Ziel erreicht, aber weit und breit war kein Club zu sehen.

Ratlos schaute sie sich um. Sie stand auf einer Lichtung, die von einer Brombeerhecke umschlossen wurde. Die Früchte waren noch grün. Trotzdem, die Situation erschien ihr seltsam vertraut und doch vollkommen neu. Ihr Kopf war wie Watte und ihr Herz schlug Purzelbäume. Plötzlich spürte sie, dass sie nicht mehr allein war. Unwillkürlich wanderte ihr Blick auf die gegenüberliegende Seite und tatsächlich, da stand er. Er war zu weit weg, um Details von ihm sehen zu können, trotzdem hätte sie ihn unter Tausenden erkannt. Ganz kurz wunderte sie sich über diese Inszenierung, aber er hatte auch schon andere Träume wahr werden lassen. Warum also nicht auch diesen? Und überhaupt, es fühlte sich wunderbar an! So richtig, so echt!

Sie ließ den Korb achtlos fallen und rannte auf ihn zu. Die Sonne schien, der Himmel war blau, das hohe Gras streichelte ihre Beine beim Laufen. Er startete ebenfalls, lief ihr entgegen. In der Mitte der Lichtung blieb er stehen, breitete die Arme aus, fing sie auf und wirbelte sie ausgelassen herum. Er verlor nicht das Gleichgewicht, sondern ließ sich absichtlich ins Gras fallen, sodass sie auf ihm landete. Sie kabbelten sich. Oh, es war schön, sein Lachen zu hören! Als er beim Toben auf ihr landete, verstummte er plötzlich und schaute forschend in ihre Augen. Sein Blick war so tief, sie wusste, er sah auf den Grund ihrer Seele. Nichts blieb ihm verborgen. Er wusste, wer sie wirklich war, kannte sie schon lange viel besser, als sie sich selbst. Unendlich langsam beugte er sich herunter und küsste sie. So sanft, so zärtlich, dass ihr die Tränen in die Augen schossen vor Glück. Sie blickte in sein geliebtes Gesicht. Mit einem bedeutungsvollen Blick schaute er in den blauen Himmel und wieder zu ihr.

»Du hattest diesen Traum schon so oft und trotzdem hast du keine Ahnung, was jetzt geschieht. In deinen Träumen wechselt die Szene und es ist tiefe Nacht. Aber was passiert, während die Dämmerung einsetzt?«

Ratlos zuckte sie die Schultern.

Er stand auf und zog sie auf die Füße.

»Warte einen Augenblick, ich hole den Korb.«

»Mach ihn auf«, sagte er rau, als er wieder vor ihr stand und hielt ihn ihr hin.

Sie öffnete ihn und holte eine Flasche mit einer dunkelroten Flüssigkeit heraus.

»Brombeersekt. Ich habe ihn in eine Plastikflasche umgefüllt.« Er zwinkerte ihr zu. »Ich wusste ja, dass du den Korb fallen lässt.«

Als Nächstes beförderte sie ein Plastikgefäß mit einer rot-schwarzen Masse zutage.

»Brombeermarmelade«, kommentierte Lukas.

Es folgte eine Schüssel.

»Frischer Salat mit Brombeeren und Nüssen.«

Ungläubig schüttelte sie den Kopf. Sie holte noch Butter und Brot heraus und ganz zum Schluss ein kleines schwarzes Kästchen. Eine Gänsehaut lief über ihren Körper. Sie bekam kaum noch Luft. Ungläubig starrte sie das kleine Kistchen an.

»Mach es auf«, seine Stimme bebte leicht.

Als sie es mit zitternden Händen öffnete, ging Lukas vor ihr auf die Knie.

»Lea, ich ...«, er stockte.

Lea starrte abwechselnd auf den Ring und auf den vor ihr knienden Mann. Der filigrane Ring bestand aus Weißgold mit einer kleinen Brombeere aus Edelsteinen. Jede einzelne Fruchtperle ein winziger glitzernder Stein.

Lukas fehlten offensichtlich die Worte. Er schnappte nur mehrfach Luft. Schließlich schüttelte er den Kopf.

»Ich habe mir genau überlegt, was ich sagen will. Den Text auswendig gelernt, aber jetzt ist mein Kopf wie leer gefegt. Alles, was ich sagen kann, ist: Ich liebe dich und möchte nie wieder ohne dich sein. Nie hätte ich gedacht, dass ich noch mal den Wunsch verspüre, mein Leben mit einer Frau zu teilen. Doch dann bist du in mein Leben getreten. Es hat lange gedauert, bis ich kapiert habe, dass du zu mir gehörst und ich zu dir. Aber jetzt weiß ich es. Ich will, dass du meine Frau wirst, in den guten und schlechten Zeiten an meiner Seite stehst. Genau wie ich zu dir stehen werde, solange ich lebe. Ich will dich als meine Ehefrau und Sklavin.« Wieder stockte er, schluckte trocken, schaute ihr tief in die Augen. »Ich konnte nicht mehr warten, bis die verdammten Brombeeren endlich reif sind. Bitte heirate mich, Lea.«

Sie stand da, in ihren Ohren rauschte es, ihr Herz drohte zu zerspringen vor Glück und Liebe. Tränen liefen ihr übers Gesicht, ohne dass sie es bemerkte. Nach einer Ewigkeit des Schweigens räusperte er sich.

»Es ist wahrscheinlich nur gerecht, dass du mich vor dir auf Knien schmoren lässt. Schließlich verlange ich das ja auch oft genug von dir. Wenn du darauf bestehst, bleibe ich noch eine Weile in dieser Position, nur gewöhn dich nicht daran. Aber ich hätte gerne eine Antwort.«

Sie fiel auf die Knie und ihm um den Hals. Umarmte ihn so fest, dass er kaum noch Luft bekam. Dann lehnte sie sich in seinen Armen zurück, um ihm in die Augen zu schauen.

»Oh, Lukas. Du bist der Herr über meinen Körper, der Mann meiner Träume und die Liebe meines Lebens. Ja! Natürlich werde ich deine Frau! Ich liebe dich. Ich werde dir im Schlafzimmer gehorchen und dir ansonsten zur Seite stehen. Für immer.«

Er lachte und drückte sie sanft in das hohe Gras.

»Du kannst viel besser mit Worten umgehen als ich«, flüsterte er. »Du machst mich sehr glücklich, Baby. Ich freue mich schon darauf, den Rest meines Lebens mit dir zu teilen.

Er küsste sie innig und machte sich daran, auch den letzten Teil ihres Traumes Wirklichkeit werden zu lassen.

Über die Autorin

Zwischen Kohle und Stahl erblickte Tanja Russ im Ruhrgebiet das Licht der Welt, wo sie auch heute noch, gemeinsam mit ihrem Mann lebt.

Schon in der Schule liebte sie es, Aufsätze zu schreiben und schrieb bereits mit nur 14 Jahren ihren ersten Roman. Handschriftlich fasste sie ihn und schrieb alles in ein Schulheft. Es folgten Kurzgeschichten, hin und wieder auch Gedichte.

In Ihrer Freizeit liest sie viel: Fantasyromane, romantische Liebesgeschichten und Erotikromane mit BDSM Kontext. Mit Ihrem Debütroman Brombeerfesseln hat sie die Genres »romantische Liebesgeschichte« und »BDSM-Roman« vereint und so ein außergewöhnliches Buch geschrieben. Angesprochen sind alle Leser/innen, die Liebesromane mögen und die BDSM gegenüber nicht abgeneigt sind. »Brombeerfesseln« ist eine wunderbare Mischung aus Erotik und Story, aus hart und zart, aus BDSM und Romantik. Ein Buch, das man so schnell nicht wieder aus der Hand legen will.

Weitere Bücher

**Um mehr über weitere Titel zu erfahren, besuchen Sie auch die
Webseite des Verlags: www.schwarze-zeilen.de**

Siri S - gelebte Unterwerfung
Ein autobiografischer BDSM-Roman

Siri S lebt BDSM. Sie engagierte sich lange und intensiv in der Berliner Szene, leitete das weit über die Hauptstadt hinaus bekannte »Subbiekränzchen« und die Bondage-Gruppe »Miss Rope«. In diesem Roman, der auf wahren Erlebnissen basiert, beschreibt sie, wie sie BDSM für sich entdeckt. Aus ihren Tagebuchaufzeichnungen ließ die Autorin einen Roman entstehen, der in ihrer ganz eigenen Sprache erzählt, wie sie ihre ersten Erfahrungen empfunden hat und schließlich BDSM als Teil ihrer selbst akzeptiert.

Dieser autobiografische Roman räumt mit allen Klischees über BDSM auf. Schonungslos und ehrlich erzählt Siri S und lässt die Leser daran teilhaben, wie sie ihre Neigungen entdeckt, wie sie zweifelt und schließlich zu sich selber findet. Sie schreibt von den Schwierigkeiten, den geeigneten Partner zu finden und von dem Glück, wenn man ihn gefunden hat. Sie räumt mit gängigen Klischees über BDSMler auf und am Ende werden sie feststellen, BDSMler sind auch nur ganz normale Menschen.

ISBN: 978-3-94596-728-7
Paperback 14,99€ (D)

Cara Morgen - Ich steh auf BDSM ... und du?

Ein Ratgeber zu den Themen: „Wie sag ich`s meinem Partner?" und „Wie finde ich den richtigen Partner?"

Dieser Ratgeber widmet sich dem richtigen Outing Ihrer BDSM-Neigung innerhalb der Beziehung. Wie bringen Sie Ihrem Partner Ihre Wünsche am besten bei – ohne dass er/sie geschockt reagiert. Wie gehen Sie mit ihrer/seiner Reaktion um? Dieser Ratgeber gibt Ihnen die passende Hilfestellung.

Sie sind auf der Suche nach dem passenden Partner im BDSM-Bereich. Was für Besonderheiten gibt es bei der Suche zu beachten und wie finde ich den Partner, der zu mir passt? Wo finden Sie überhaupt Ihren passenden Gegenpart und wie erkennen Sie ihn oder sie? Auch hier wird Ihnen der Ratgeber eine große Hilfe sein.

Folgerichtig hat Cara Morgen beide Themen in einem Buch leicht verständlich und unterhaltsam vereinigt. Denn wenn es mit dem Partner gar nicht geht und die BDSM-Sehnsüchte zu groß sind, dann erfahren Sie in diesem Ratgeber auch gleich, wie Sie beim nächsten Partner auf den oder die richtige/n stoßen.

Über die Autorin:

Cara Morgen ist studierte Psychologin und begann schon in ihrer frühen Jugend mit dem Schreiben von Kurzgeschichten. Als junge Erwachsene schrieb Sie unter dem Pseudonym Foxy Farkas erotische Literatur, die als Printbücher, E-Books und teilweise im Internet erschienen. Jetzt hat sie Ihr Wissen in diesem Ratgeber gebündelt.

ISBN: 978-3-94596-714-0
Paperback 12,95€ (D)

Vanessa Haßler - Hiebe & Küsse: Wenn Liebe wehtun muss

Freimütig erzählt Vanessa Haßler von ihrem Verlangen nach Strafe und Schlägen. Stockkonservativ erzogen muss sie zunächst lernen, ihre Neigung zu akzeptieren. Dabei helfen ihr Erfahrungen mit Gleichgesinnten, vor allem aber die befreienden Erlebnisse mit ihrem späteren Lebensgefährten Sebastian. Endlich kann sie dann ihrer Passion – dem „Englischen Laster" – hemmungslos frönen.

Der Inhalt von »Hiebe & Küsse« hat autobiographischen Charakter, berücksichtigt aber auch die Erfahrungen von *Gesinnungsgenossen*. Es lag der Autorin am Herzen, die Themen *BDSM* und *Flagellantismus* aus unterschiedlichen Perspektiven zu beleuchten; sie wollte sozusagen die *nette Flagellantin von nebenan* und die Domina sowie den Sklaven *zum Anfassen* vorstellen; Menschen also, die neben ihrer speziellen Ausrichtung ein völlig normales Leben führen.

Ein deutliches Gewicht lag überdies auf der glaubhaften Darstellung der Charaktere und Geschehnisse. Alles, was geschildert wird, basiert weitgehend auf realen Ereignissen. Wenngleich es in den Geschichten mitunter hart zugeht, ist eine gewisse *Harmoniesüchtigkeit* der Autorin unverkennbar, neben BDSM-Erotik kommen Liebe und Romantik nicht zu kurz und meistens gibt es ein Happy End.

»Hiebe & Küsse« ist als Paperbackausgabe und als E-Book im ePub-Format erhältlich. Das Buch hat 220 Seiten und ist bei allen Online-Buchversendern und im örtlichen Buchhandel erhältlich.

ISBN: 978-3-94596-718-8
Paperback 14,99€ (D)

Impressum

ISBN 978-3-94596-731-7

Unsere Web-Adresse: www.schwarze-zeilen.de

(c) 2016 Schwarze-Zeilen Verlag
ein Imprint des Footstep Verlag,
Reichenaustr. 81c, 78467 Konstanz
info@schwarze-zeilen.de

Coverfoto
Model: Verspera
Fotograf: Visage_deux

Erotische Fotografie by Visage_deux
Webseite: www.visage-deux.de